Berchtesgrund

Bernd Klatetzki

Meinen Dank
an Gina, Acki und Grit

Impressum:

Die Deutsche Nationalbibliothek verzeichnet diese Publikation. In der
Deutschen Nationalbibliographie detaillierte bibliografische Daten sind im
Internet über dnd.d-nd.de verfügbar.

© 2012 Bernd Klatetzki
Grafiken von Axel Schenk
Herstellung und Verlag:
Books on Demand GmbH, Norderstedt
ISBN: 978-3-8391-5359-8

Edinburgh, Schottland im März

Es ist einer jener trüben Montagmorgen im Frühjahr dieses Jahres. Im Zimmer ist es dunkel und absolut still. Kathy liegt mit offenen Augen in ihrem Bett und wartet darauf, dass ihr Tag beginnt. Sie hatte letzte Nacht nur wenig Schlaf bekommen. Die Festnahme des „Glasgow-Rippers", hatte ihr viele Nächte den Schlaf geraubt und sie psychisch wie auch physisch an ihre Grenzen gebracht. Sechs Frauen hatte dieser Irre aufgeschlitzt. Nur so, völlig grundlos und nur zum eigenen Vergnügen.

Für die Polizei sind das die schlimmsten und am schwersten zu fassenden Täter. Dadurch, dass sie keine Spuren hinterlassen, keine Tatmuster zu finden sind und keiner weiß, wann, wo und warum er wieder zuschlägt, ist man häufig auf Kommissar Zufall angewiesen. In diesem Fall war dem Täter seine eigene Arroganz und Überheblichkeit zum Stolperstein geworden. Denn seit dem vierten Mord hatte er sich regelmäßig bei der Polizei telefonisch gemeldet. Mit verzerrter Stimme machte er sich über deren Inkompetenz zunächst lustig, dann wurde er jedoch immer wütender. Er vergaß bei den weiteren Anrufen den Stimmenverzerrer, so dass es den Phonetikern ein Leichtes war, ein Stimmenprofil zu erstellen. Nachdem diese durch mehrere Filter bearbeitet wurde, war sie endlich klar und deutlich zu hören. Die Bevölkerung wurde über die Medien aufgefordert, sich die Stimme unter einer bestimmten Nummer der Polizei anzuhören. Mit dieser Maßnahme hofften Kathy und ihr Team einen schnellen Erfolg bei der Suche zu erreichen. Das Echo auf diese ungewöhnliche Aktion war gewaltig. Über zehntausend Zugriffe auf die Sondernummer wurden gezählt. Doch leider ohne Erfolg.

Bei der Analyse der Hintergrundgeräusche wurden dann Rummelmusik und Karusselle herausgearbeitet. Leider fielen dem „Ripper" noch zwei weitere Frauen zum Opfer, da sich die Ermittlungen zunächst auf falsche Standorte konzentrierten. Endlich bekam das Team gestern Morgen den richtigen Platz genannt. Mit einem Großaufgebot an Polizisten wurde das Schaustellergelände südlich von Glasgow umstellt und jeder Besucher und Angestellte einer kurzen Stimmprobe unterzogen. Durch einen sofortigen Abgleich gelang es Kathys Leuten schnell, den freundlichen „Ballonclown" als Täter zu entlarven. Er versuchte es zwar noch mit einer kurzen Flucht, stolperte dabei aber über seine überdimensionalen Schuhe. Irgendwie ein ironisches Ende. Das Verhör und der abschließende Bericht dauerten dann noch bis kurz nach Mitternacht. Kaputt aber befriedigt fiel Kathy gegen ein Uhr in ihr Bett. Sie wurde eindeutig zu alt für solche sechzehn Stundenschichten.

Leichter Schneefall, vermischt mit feinem Sprühregen und eine Temperatur um den Nullpunkt, machten es ihr heute nicht leicht, sich aus dem warmen Bett zu quälen und ihre täglichen Runden zu absolvieren. An anderen Tagen stand sie um diese Zeit längst unter der Dusche. Doch heute war alles ein bisschen anders. Sie hatte Geburtstag, und zwar den fünfundvierzigsten. Damit war wohl alles gesagt.

Kathy McGore hatte in ihrem Alter alles erreicht was sie konnte. Sie gehörte seit Jahren zur absoluten Spitze der Edinburgher Polizei. Seit knapp dreieinhalb Jahren war sie zur Special-Superintendentin befördert worden und unterstand damit nur noch dem Innenminister und dem Chief. Sie konnte sich seit dem ihre Fälle und ihre Partner aussuchen. Und doch galt sie trotz ihrer Größe von gerade mal 1,60 Meter und ihren 50 Kilogramm als knüppelharte Polizistin. Das hatten schon eine ganze Reihe von Ganoven schmerzvoll erleben müssen. Und doch legte sie stets Wert auf ein freundliches und feminines Aussehen und Auftreten. Damit, und das hatte sie in der Vergangenheit oft erfahren können, kam sie bei Verbrechern, Zeugen aber auch bei Kollegen stets besser weiter, als wenn sie ihre Dienstmarke mit den drei goldenen Sternen auf den Tisch knallte. Und seit dem sie den Raub der schottischen Kronjuwelen vor knapp einem Jahr so bravourös geklärt hatte, galt sie ohnehin als die „taffste

Waffe" der schottischen Polizei. Und die wurde heute fünfundvierzig. Zwei Dinge hatte sie sich aus diesem Anlass gegönnt. Zum einen ein neues Fitnessprogramm und zum zweiten eine blonde Kurzhaarfrisur. Sie war gespannt, was ihre Kollegen und Freunde zu dieser Typveränderung sagen würden. Sie selbst jedenfalls fand, dass dieser Schnitt sie mindestens fünf Jahre jünger machte.

Inzwischen war es kurz vor sieben Uhr und sie hatte bereits drei Meilen Jogging sowie jede Menge Dehnübungen hinter sich. Langsam kroch die Kälte und die Nässe immer mehr an hier hoch. Viele der Straßen und Wege waren mit einer feinen Neuschneedecke bedeckt, was eine große Rutschgefahr darstellte. Sie hatte schon mit dem Gedanken gespielt, einen Teil der Strecke mit dem Linienbus zu absolvieren, so wie diese merkwürdigen „Nordic-Walker". Doch da meldete sich der innere Schweinehund und sie lief tapfer weiter.

Wieder zu Hause, sprang sie unter die Dusche, machte sich dann ein Müsli, steckte sich eine ihrer Lieblingszigaretten an und schlürfte in Ruhe ihren ersten Kaffee am Morgen. Während sie in ihrem Lieblingssessel relaxte, sah sie sich die Morgennachrichten im TV an. Gab es keine nächtlichen Katastrophen, war sie zufrieden und startete beruhigt in den Tag. Es gab aber oftmals auch Berichte über ihre eigene Arbeit oder deren Ergebnisse. Und so stellte natürlich die Festnahme des „Glasgow-Rippers" heute den Mittelpunkt der Nachrichten dar. Zahlreiche Interviews mit wildfremden Frauen, die hunderte von Kilometern entfernt wohnten und ihre Erleichterung zum Ausdruck brachten, erzeugten ein leichtes Schmunzeln auf Kathys Gesicht. Und alle von denen konnten etwas zu der Festnahme sagen und im Übrigen hätten sie es ja von Anfang an alle gewusst. „Es konnte nur ein Clown gewesen sein." Plötzlich sprang Kathy auf und glaubte ihren Augen und Ohren nicht zu trauen. Bei einem langgezogenen Kameraschwenk konnte sie plötzlich ihr eigenes Konterfei auf dem Bildschirm sehen. Dazu hörte sie den Moderator sagen: „Und hier, meine Damen und Herren, sehen Sie die erfolgreiche Superintendentin Kathy McGore, der wir die Festnahme zu verdanken haben."

Sofort wählte Kathy die Nummer des Senders und ließ sich mit dem Chefredakteur verbinden. Es war ein kurzes und sehr heftiges Gespräch, das schlussendlich darin gipfelte, ihm die sofortige Festnahme anzudrohen, sollte der Beitrag nochmal in dieser Form über den Sender gehen. Wütend knallte Kathy den Hörer auf. „Na warte, mein Freund, das ist noch nicht vorbei." Es gab eine klare Weisung aus dem Innenministerium, dass Special-Superintendenten niemals bei der Arbeit gefilmt oder gar benannt werden durften. Kathy war sauer. Dieser Beitrag hatte ihr den Geburtstag gründlich versaut, und so startete sie mies gelaunt in den Tag. Dabei sprang ihr „kleiner John" heute bereits beim ersten Startversuch an, als wolle er ihr gratulieren. Und so parkte sie bereits fünfzehn Minuten später, wie immer quer, vor dem Revier. Die Kollegen kannten das schon und doch würde es niemand wagen, sie daraufhin anzusprechen. Es war neun Uhr, als Kathy die Edinburgher Polizeizentrale betrat. Der Posten am Eingang musterte sie misstrauisch. Das flotte „Hallo Bob!" konnte er dieser kleinen Blondine nicht zuordnen. „Sorry, aber darf ich ihren Ausweis sehen?" Kathy ging langsam auf den jungen Constable zu. „Aber Bob, Sie kennen mich doch." Plötzlich wusste der junge Polizist, wen er da vor sich hatte. Verlegen begann er zu stottern: „Äh, Sorry Miss McGore. Entschuldigen Sie bitte, Special-Superintendent. Aber ich habe Sie nicht gleich erkannt. Die blonden Haare. Sie wirken so jung." Kathy konnte sich ein Grinsen nicht verkneifen. „Das war nur zur Hälfte ein Kompliment und das wissen Sie, mein Lieber. Aber trotzdem danke. Hier ist mein Schlüssel, bitte parken Sie mein Auto. Und machen Sie den Mund wieder zu. Ist Tom schon da?" „Wenn Sie Superintendent Morgan meinen, ja Mam." „Danke fürs Parken." Damit lief sie an den Fahrstühlen vorbei, vor denen wie üblich etliche Kollegen warteten. Zwei, drei anerkennende Pfiffe zeigten ihr, dass sie auch hier nicht erkannt wurde. Auf der Treppe nahm sie wie immer zwei Stufen und fühlte sich dabei leicht und beschwingt, obwohl es zunehmend anstrengender wurde.

Die Sitzung bei Chief Simmons hatte schon vor dreißig Minuten begonnen. Anerkennendes Kopfnicken ihrer Kollegen begleitete sie, als sie bemüht leise in die Richtung ihres Platzes lief. Der Chief erläuterte gerade den gestrigen Fahndungserfolg des „Rippers" und lobte die Arbeit von Kathys Team. Danach verlas er die Arbeitsplanung der einzelnen Bereiche für das nächste Quartal. Es waren die üblichen Punkte. Sparen, Stellenabbau, Außenwirkung, Effektivität und so weiter. Plötzlich sah der Alte über seinen Brillenrand in die Richtung von Kathy. „Apropos Effektivität, meine Liebe. Erstens meinen herzlichen Glückwunsch zum gestrigen Erfolg, dann natürlich zu deinem heutigen Geburtstag, auch im Namen aller Kollegen hier. Im Übrigen, die neue Frisur steht dir ausgezeichnet." Kathy wurde verlegen, besonders als alle Kollegen mit ihren Knöcheln auf die Tischplatte klopften. „Danke Chief, danke Kollegen." „Hier, meine Liebe, ist eine Einladung für dich. Du sollst auf einem internationalen Polizeikongress in Hamburg sprechen. Thema: Die Effektivität unserer Arbeit." Kathy war erschrocken. Gangster jagen jederzeit, aber vor Hunderten von Kollegen reden? „Ich, warum ausgerechnet ich, Sir?" „Glaube mir, meine Liebe, ich würde es dir gerne ersparen, aber die Entscheidung kommt von ganz oben." „Der Innenminister?" Chief Simmons nickte. „Aber ich habe ein paar Tage Urlaub für dich raus schinden können. Na, ist das was? Und wegen der Rede setzt du dich mit Tom zusammen. Der wird dir dabei gerne behilflich sein. Nicht war, Superintendent Morgan? So meine Herren und Kathy, das war`s für heute. „God save the Queen!". Kathy, du bleibst bitte noch einen Moment." Alle erhoben sich, schüttelten ihr die Hand, bevor sie in die Richtung ihrer Büros verschwanden.

Kaum hatten alle das Büro verlassen, schloss der Chief die Tür. „Pass auf, meine Liebe. Der wahre Grund für deine Reise nach Hamburg ist ein anderer. Die Deutschen, Holländer und Franzosen möchten in ihren

Reihen ebensolche Cops wie dich einsetzen." In diesem Augenblick sprang die Tür auf und Karen, die Sekretärin des Chief, kam mit einer Torte in das Zimmer, auf der fünfundvierzig Kerzen brannten. „Happy Birthday, Mam!" Chief Simmons sah sie irritiert an. „Was soll das, Karen?" „Aber ich dachte, Sir..." Tom, der hinter ihr stand, entkrampfte die Situation. „Geben Sie her, wir verlegen die Party einfach in mein Büro. Bis dann, Kathy, und noch mal Sorry, Sir." Damit nahm er der verdutzten Sekretärin die Torte aus den Händen und schloss die Tür.

„Also, nochmal. Die Chefs der einzelnen Länder möchten von dir ein paar Erfahrungen und Tipps haben. Wie du arbeitest, wie die Zusammenarbeit mit den anderen Kollegen so läuft, und wie hoch deine Erfolgskurve ist. Na ja, halt alles, was du preisgeben kannst. Vielleicht erläuterst du das an deinem letzten Fall, den du, wie immer, brillant gelöst hast." „Sorry Chief, aber sechs junge Mädchen sind ermordet worden." „Ja, du hast ja recht. Im Übrigen, hier ist eine Mappe mit „helfenden Hinweisen" vom Vize. Die sollst Du bitte in deine Rede mit einarbeiten. Hör bitte auf zu lachen und sieh das mal wenigstens durch." Das war's. Und nochmal, deine Frisur sieht super aus." „Danke, Sir." Kathy musste grinsen und schloss die Tür. Bevor sie das Vorzimmer verließ, küsste sie der verdutzten Karen auf die Wange. „Danke für die Torte." Dann verschwand sie in Toms Büro.

In der Mitte des Beratungstisches stand ein herrlich duftender Fresien-Strauß, Kathys Lieblingsblumen. „Setz dich, und alles Gute noch mal zum Geburtstag. Tee und Teller kommen gleich. Die blonde Frisur steht dir im Übrigen ganz ausgezeichnet. Macht dich glatt…" „Sag jetzt bloß nichts Falsches, mein Lieber." Kathy steckte sich eine ihrer gefürchteten Zigaretten an, fuhr sich durchs Haar und ließ sich in einen bequemen Beratungssessel fallen. „Ach so, Glückwunsch zum Ripper. Die Jungs vom SWAT-Team haben erzählt, er ist auf der Flucht von seinen eigenen Schuhen ‚gefasst' worden?" „Genau! Nur die Handschellen kamen von mir. Weißt du Tom, vielleicht ist es langsam an der Zeit für ein eigenes Büro?"

„Klar, meine Liebe. Du bist ohnehin der einzige Special-Superintendent in ganz Schottland, der kein eigenes Büro hat. Und es hätte noch ein Gutes. Ich müsste nicht ständig dieses grausame Zeug ertragen." Damit deutete er auf die Zigarette." „Lass mir doch das kleine Laster." „Wolltest du nicht aufhören?" In diesem Moment betrat Betty, Toms Sekretärin, das Büro mit einer Kanne ihres unverwechselbaren Tees. „Einen kleinen Moment bitte, das Geschirr kommt gleich, Sir." „Holen Sie sich auch eine Tasse und einen Teller. Irgendwer muss diese herrliche Köstlichkeit ja auch essen." Kurze Zeit später saßen alle bei duftendem Tee und jeweils einem großen Stück Torte und ließen es sich schmecken. „Das mit dem Urlaub ist doch eine gute Idee vom Chief." „Finde ich auch. Ich kann mich gar nicht daran erinnern, wann ich das letzte Mal im Urlaub war? Jetzt muss ich mir nur noch ein ruhiges Plätzchen in diesem Deutschland suchen. Am liebsten irgendwo am Meer."

Auch Tom genoss die kleine Kalorienbombe, bestehend aus zwei Schichten Marzipan und einer herrlichen Buttercreme dazwischen.

„Wusstest du eigentlich, dass ich als Kind ein paar Jahre in Deutschland gelebt habe?" „Na klar." Tom war verblüfft. „Ich habe auch dich überprüft. Ich weiß immer gerne, mit wem ich arbeite." „Egal, das ist jetzt etwa vierzig Jahre her. Als meine Eltern damals nach Schottland auswanderten, blieb ich bis zum Ende der Grundschule bei meiner Tante in Deutschland. Mein Vater war damals Polizist in Bremen und wollte unbedingt zur Schottischen Polizei. Das war sein Lebenstraum, seitdem er im Rahmen eines Beamten-Austausches ein paar Wochen hier gearbeitet hatte." „Beamten-Austausch, welch grausames Wort. Das klingt schon in sich, spröde und langweilig." „Jedenfalls hatte ihn wohl die Mentalität und Freundlichkeit der Menschen, die überall erlebbare Geschichte und die schroffe Umgebung gefallen." „Und das Bier", lachte Kathy. „Ja, auch das Bier. Obwohl das deutsche Bier einen guten Ruf hat." „Immerhin hat es dein Vater hier bis zum Chefinspektor gebracht."

Meine Tante, Klara Hinrichsen, die Schwester meiner Mutter, lebt heute noch an der Nordseeküste, in einem kleinen Haus, direkt am Strand. Wenn du willst, dann kannst du bestimmt bei ihr ein paar Tage Urlaub machen. Das Dorf heißt Berchtesgrund und liegt völlig abgeschieden an der See. Ich werde heute Abend versuchen sie zu erreichen. Ich glaube, sie wird sich sehr über deinen Besuch freuen. Wenn ich Zeit hätte, würde ich dich ja begleiten, aber der Alte hat mir den Aufbau des neuen SWAT-Teams übergeholfen." Kathy überlegte einen Moment, dann gefiel ihr die Idee, Urlaub in der deutschen „Pampa" zu machen. „Tom, ich bin darauf gespannt, deine Tante kennen zu lernen. Sagen wir, für eine Woche? Das wäre dann so Ende April, wenn ich richtig gerechnet habe." Tom nickte. „Ich sage dir morgen früh Bescheid." „Noch ein Stück Kuchen?" „Nein, danke. Ich bin jetzt fünfundvierzig. Da muss ich ein bisschen mehr auf meine Figur achten." Karen räusperte sich. „Sorry Mam, aber das haben Sie doch nicht nötig." „Danke meine Liebe. Aber Sie können doch bestimmt noch ein Stück vertragen. Greifen Sie ruhig zu." Karen war verwirrt. „Wie meinen Sie das?" „Sorry meine Liebe, aber nichts für ungut. Das war nicht böse gemeint. Und bitte, sagen Sie nicht immer Mam zu mir. Ich finde, das macht mich alt. Wir kennen uns nun schon lange genug." In diesem Moment klopfte es an der Tür und ein junger Sergant betrat das Zimmer. Er salutierte kurz, überlegte und überreichte dann Kathy, als Ranghöchste, eine neue Fallmeldung. Sie überflog kurz das Fax und reichte es dann an Tom weiter. „Hier, ein kleiner hübscher Mord am Stadtrand. Der ist für dich. Ich werde dann gehen." Damit zündete sie sich noch eine Zigarette an und verließ leise pfeifend das Büro. Kathy freute sich auf ein paar freie Tage und doch kroch irgendein ungutes Gefühl in ihr hoch. Das konnte aber auch an der Torte liegen.

Der Tod der Klara Hinrichsen
Berchtesgrund

Nach der stürmischen Nacht, versprach der heutige Tag sich von seiner
besten Seite zu zeigen. Der Himmel war klar und schimmerte in einem
sanften weißen Licht. Ein leichter Wind strich über die Wiesen und Rapsfelder hinaus aufs offene Meer. Die Morgensonne erwärmte mit ihren
ersten Strahlen das vom nächtlichen Sturm geschundene Dorf. Nichts
war zu hören. Nicht einmal das ewige Geschrei der hungrigen Möwen,
nicht das Rauschen der Bäume vom nahen Wald oder das ewige anbran-
den der Wellen. Selbst die See war heute spiegelglatt und schien auf
irgendetwas zu warten. Alles schien auf etwas zu warten...
Mit einem langgezogenen Knarren öffnete sich die windschiefe Tür und
langsam, auf einen Stock gestützt, trat Klara Hinrichsen hinaus. Sie hatte
ihre besten Kleider angezogen. Ein weiter roter Faltenrock, kombiniert
mit einer grünen Schürze, passte gut zu der schwarzen Wolljacke, die ihre
schmalen Schultern umschloss. Die schwarzen Lackschuhe glänzten im
Sonnenlicht. Das bunte Kopftuch, das sie sich zum Schutz vor dem kalten
Wind umgebunden hatte, war das Geburtstagsgeschenk ihres Neffen aus
Edinburgh. Ole, der Briefträger, hatte es schon vor Wochen aus der Stadt
mitgebracht. Nur mit einem kurzen Gruß versehen, hatte es in einem
braunen Umschlag gesteckt. Und trotzdem hatte sie sich darüber gefreut.
Es war das einzige Geschenk, das sie erhalten hatte. Zunächst! Denn gestern Abend stand plötzlich ein kleines hübsch verpacktes Päckchen auf
dem Fenstersims ihres Hauses. „Bitte erst am Morgen öffnen", hatte
jemand mit schöner Schrift auf eine hübsche Karte geschrieben, die daneben lag. Der Inhalt des Päckchens war mehr als mysteriös. In einem Kästchen saßen zwei kleine, jeweils schwarz-gelb gemusterte Frösche, die,
kaum hatte sich der Deckel geöffnet, heraussprangen und zunächst still
auf dem Tisch saßen. Klara musterte die knapp zwei bis drei Zentimeter

großen niedlichen Tiere. Da hatte sich bestimmt jemand in der Adresse geirrt. Gerade wollte sie die Kleinen wieder in das Kästchen setzen, da sprang einer auf ihren Handrücken. Sie spürte ein leichtes Zwicken. Das Biest hatte sie wohl gebissen. Sie schüttelte ihn von der Hand und er verschwand irgendwo in der Dunkelheit der Stube.

Klara sah aus, als wollte sie in die Kirche gehen. Doch heute würde der Pfarrer nicht kommen. Niemand würde kommen. Und nachdem vor drei Tagen das schwarze Auto des Notars am Horizont verschwunden war, würde es lange dauern, bis wieder einmal jemand seine Schritte hierher lenken würde. Doch das konnte ihr auch egal sein. Sie war dann tot …

Die Sonne stand jetzt hoch am Himmel. So sah er also aus, der letzte Frühling. Gestern war ihr Geburtstag. Neunzig war sie geworden. Eigentlich der Anlass für ein großes Fest mit vielen Gästen. Doch wer sollte schon kommen? Und dann noch zum neunzigsten! Viele im Dorf ahnten, was das zu bedeuten hatte. Langsam ging der Blick der Alten über die Hütten, vorbei an den Bergen von verrotteten Fischkisten und kaputten Netzen, hinüber zum alten Hafen mit seinen verfallenen Bootsstegen und dem kaputten Kutter, um schließlich beim Leuchtturm inne zu halten. Ein kleines Lächeln huschte über das Gesicht und eine winzige Träne bahnte sich ihren Weg über das faltige Gesicht. Heute war es also soweit.

Hinter ihr knarrte die Tür ihres Hauses. Jetzt war er gekommen, der Tod, das Ende oder wie man es auch immer nennen wollte. „Es würde ganz schnell gehen", hatte man ihr gesagt. Und, „es wäre absolut schmerzfrei, sie würde nichts spüren."

Ein langes und erfülltes Leben ging dem Ende zu. Neunzig Jahre voller Höhen und Tiefen, voller Glück und Liebe. Wieder knarrte die Tür und sie hörte Schritte hinter sich. Eine Hand, die in einem weißen Lederhandschuh steckte, drückte ihr ein Foto in die faltigen Hände. „Wir sehen uns." Damit verschwand die Hand. Mühsam erhob sich die Alte und ging langsam in ihr Haus. Auf dem Boden lag jetzt ein langer, schmaler, schwarzer Kunststoffsack, dessen Reißverschluss offen stand. Darin würde sie also ihre letzte Reise antreten. Na ja, war auch egal. Mühsam setzte sie sich in den alten Lehnstuhl, der am Fenster stand. Das kleine Glas, das auf dem blankpolierten Tisch stand, war mit einer milchigen Flüssigkeit gefüllt. Sie führte es vorsichtig zum Mund. Dann trank sie es in kleinen Schlucken aus. Es schmeckte süß und klebrig. Ein bisschen wie Honig. Mit einem Tuch tupfte sie sich den Mund ab. Nachdem sie ihre Lesebrille aufgesetzt hatte, nahm sie das Foto zur Hand. Sie kannte das Bild. Es war schon mehrere Jahre alt und doch gehörte es zu ihren Lieblingsfotos. Es war ein Bild ihres Neffen, wie er mit seinem Sohn auf einem Elefanten im Edinburgher Zoo ritt. Beide hatten Spaß, das konnte man an ihren Gesichtern sehen. Sie lachten und winkten in die Kamera. „Ein schönes Bild, nicht wahr?" Die Alte erschrak, denn sie hatte nicht gehört, dass jemand in ihr Haus getreten war. „Nicht umdrehen!" Die Stimme klang ruhig und angenehm, doch auch merkwürdig monoton. Doch das war jetzt nicht mehr wichtig. Es war die letzte Stimme, die sie hören sollte. Tränen liefen ihr über das faltige Gesicht. Sie legte das Foto auf den Tisch, denn das Bild begann vor ihren Augen zu verschwimmen. Vorsichtig strich sie es glatt. Der Fremde hatte sich auf einen Stuhl hinter ihr gesetzt. Seine Hand lag leicht auf ihrer Schulter und beide sahen zum Fenster hinaus. Irgendetwas begann ihr die Kehle zu zuschnüren. Nach zwei weiteren Minuten wurde der Atem der Alten plötzlich unruhig und schließlich sackte sie in sich zusammen. Ihr Oberkörper fiel nach rechts über die Stuhllehne und blieb so hängen. Der Fremde fühlte ihren Puls und begann zu lächeln. Es war wie immer. Alina hatte recht. Kein Gift wirkte schneller. Und das Gute daran, es gab kein Gegengift. Klara Hinrichsen war tot. Ein sanftes Lächeln erschien auf ihrem Gesicht und ließ sie glücklich erscheinen.

Er zog den Leichensack neben die Tote und legte sie vorsichtig, ja fast liebevoll hinein. Die Hände faltete er auf ihrer Brust. Bevor er den Reisverschluss endgültig schloss, gab er ihr noch einen Kuss zum Abschied.

„Liebste Klara, heute gehst du auf deine letzte Reise." Dann setzte er noch einen der gelb-schwarzen Frösche hinein. Sicher ist sicher, dann schloss er mit einem festen Ruck den Leichensack. Endlich verließ er das Haus.

Kurze Zeit später betrat Fredi das alte Haus. Er verpackte den in einer Ecke stehenden, riesigen, fast neuen Fernseher in einem Karton. Das Gerät hatte die Hinrichsen erst vor zwei Monaten bekommen. Jetzt brauchte sie es ja nicht mehr. Er schulterte den Karton, trat vorsichtig über den am Boden liegenden Sack und verschwand aus der Tür. Kaum vor dem Haus, sah er den Italiener vom Leuchtturm her in Richtung Dorfstraße kommen. Er winkte ihm zu, was der aber nicht erwiderte. „Verdammter Schnösel", murmelte er vor sich hin. Er konnte ihn nicht leiden und so verschnürte er das Gerät auf der mitgebrachten Karre und verschwand in Richtung des schwarzen Kutters.

Leon Guardia, genannt der „Italiener", marschierte festen Schrittes in die Richtung der Dorfstraße. Er wusste, dass er gleich eine unangenehme Entdeckung machen würde. Doch er war vorbereitet und es geschah ja auch nicht zum ersten Mal. Kaum in Berchtesgrund angekommen, steuerte er auf das Haus von Klara Hinrichsen zu. In der einen Hand hielt er seinen Gehstock mit dem eleganten Silberknauf. In der anderen Hand einen kleinen Blumenstrauß. Am Haus angekommen klopfte er mehrere Male, bevor er die Tür öffnete und hinein ging. Nach einer knappen Stunde verließ er das Haus wieder, verschloss es sorgfältig und ging in die Pension „Zum Anker". Er trat ein, sah der Wirtin ins Gesicht. Beide nickten sich wortlos zu. Leon verließ die Pension und die Wirtin informierte Pfarrer Kern, dass Klara Hinrichsen heute friedlich eingeschlafen war.

Edinburgh, Schottland

Am nächsten Morgen trafen sich Tom und Kathy auf dem Weg zum Revier. „Und, hast du deine Tante erreicht?" „Leider nicht. Ich habe es mehrfach versucht, aber das Telefon war tot. Wer weiß, vielleicht sind ja die Leitungen gestört. Das Dorf liegt sehr einsam und abgelegen. Es gibt viele Stürme und schwere Gewitter da oben. Ich werde es auf jeden Fall weiter versuchen." „Und da willst du mich hinschicken? In den Urlaub? Das klingt mehr wie ein Trainingslager unserer Elitetruppen." Tom musste lachen. „Also, ich habe mich da immer sehr wohlgefühlt. Weist du was, ich werde ihr gleich heute schreiben. Auf die gute Deutsche Post ist schließlich immer noch Verlass." „Wann hast du denn das letzte Mal mit ihr gesprochen?" Tom räusperte sich verlegen. „Nun, zu meiner eigenen Schande muss ich gestehen, dass das schon so vier, fünf Jahre her ist. Du weißt doch, man nimmt es sich fest vor, und dann …" „Schäm dich, mein Lieber." „Wir sind da." „Aber ich habe ihr ein Geschenk und einen Gruß zum 90. Geburtstag geschickt." Kathy sah ihn verdutzt an. „Das ist ja wohl das Mindeste." Der Satz von Tom klang irgendwie hilflos. Der von Kathy vorwurfsvoll.

In den nächsten Tagen sahen sich die beiden kaum und so rückte der Tag von Kathys Abreise schnell näher. Am letzten Abend trafen sie sich noch ein Mal in Toms Büro. „Und, hast du inzwischen ein Lebenszeichen von deiner Tante erhalten?" An Toms Gesichtsausdruck konnte sie erkennen, dass das nicht der Fall war. „Was meinst du? Soll ich da überhaupt hinfahren?" „Auf jeden Fall. Ich muss wissen, wie es ihr geht. Hier, ich habe dir eine Wegbeschreibung gezeichnet. "Dann sind hier noch ein paar Fotos von mir, Ellen und den Kindern. Und das Bild hier ist von meiner Tante." Liebevoll strichen seine Finger über das Antlitz einer freundlich blickenden alten Dame. „Und bitte, melde dich sofort, wenn du bei ihr bist. Ich muss wissen, wie es ihr geht." Kathy sah Tom ruhig an. „Du machst dir

Sorgen, oder?" Tom nickte. Kathy hasste große Verabschiedungen. „Jetzt beruhige dich. Ich werde deine Tante schon auftreiben und ich werde dort sicher ein paar wunderbare Urlaubstage verbringen. Wer weiß, vielleicht erfahre ich ja ein paar Geschichten aus deiner Jugendzeit. Also Kopf hoch, mein Lieber. Ich muss los." Damit steckte Kathy die Fotos und die Briefe in die Innentasche ihres Parkas und verschwand aus Toms Büro. „Irgendetwas stimmt dort nicht", murmelte Tom, als er das Büro verließ. Doch er wusste, dass die beste Polizistin Schottlands auf dem Weg zu seiner Tante war. Was konnte ihr da schon passieren?

Am nächsten Morgen machte sich Kathy gut gelaunt auf ihre Reise nach Hamburg. Sie hatte sich wegen des Urlaubes entschieden mit dem Auto zu fahren. Damit war sie flexibler, und außerdem konnte sie ein bisschen die Gegend erkunden.

Und so ging es bald flott über die Autobahn, an Glasgow vorbei, in Richtung Fähre. Nach einer stürmischen Nacht auf See landete sie am nächsten Morgen pünktlich in den Niederlanden. Von hier waren es dann noch gute dreihundert Kilometer, bis sie endlich Hamburg erreichte. Kathy hatte vor etlichen Jahren mal ein paar Monate in Berlin gelebt. In dieser Zeit hatte sie auch zweimal Hamburg besucht und sich sofort in diese Stadt verliebt. Und heute kehrte sie nun zurück. Zurück zu ihrer großen Liebe. Das konnte nur ein großartiges Erlebnis werden.

Der Kongress in Hamburg war ohne große Überraschungen für Kathy über die Bühne gegangen. Neben den Tagungen mit Kollegen aus sechs europäischen Ländern, gab es zwei, als inoffizielle Gespräche deklarierte Geheimtreffen, an denen außer Kathy auch die Polizeichefs der beteiligten Länder teilnahmen. Hier gab es viele Fragen der anwesenden Herren über ihre Arbeitsmethoden und ihre besondere Stellung innerhalb der schottischen Polizei. Die anfänglichen Zweifel der Männer über ihre Professionalität waren bald verflogen, als sie von der hundertprozentigen Aufklärungsquote Kathys hörten. Umso erstaunter waren alle, dass es bisher keinen Mann in dieser Specialfunktion gab. Für Kathy gab es neben Anerkennung und Applaus vor allem viele Visitenkarten mit Direktnummern der Herren und der Zusicherung, im Notfall weiter zu helfen. Am Abend traf man sich dann noch in der Hotelbar, um zu fachsimpeln oder einfach nur das deutsche Bier zu genießen. Dass Kathy einige dieser Kontakte früher nutzen sollte als ihr lieb war, konnte sie zu diesem Zeitpunkt noch nicht wissen.

Kathys Reise an die Nordsee

Und so machte sie sich am Montag gutgelaunt auf die Reise nach Berchtesgrund. Anfänglich ging die Strecke von Hamburg über Bremen in die Richtung Husum über gut ausgebaute Autobahnen in Richtung Nordsee. Nach knapp hundert Kilometern ging es weiter über Bundesstraßen in Richtung ihres Urlaubsziels. Kathy genoss das Fahren entlang den unendlich scheinenden Wiesen, den herrlichen Wäldern und sattgelben Rapsfeldern mit ihrem betörenden süßen Duft. Zum Teil erinnerte sie die Gegend an ihre schottische Heimat. Viele weite Flächen und überall Schafe. Laut der von Tom erstellten Karte kam sie in die Nähe von Tünning. Hier sollte sie die Bundesstraße verlassen. Auf der Karte war eine rote Linie eingezeichnet, die sie ab jetzt über Wald und Flur, vorbei an Feldern und Dörfern in Richtung Nordsee führte. Nach knapp zehn Kilometern orientierte sie sich erneut auf der Karte und entdeckte an einer Abzweigung ein kleines schiefes Schild mit der Aufschrift: „Berchtesgrund 9 km". Auf der Karte war diese Strecke als kurzer gelber Strich eingezeichnet, der als Abkürzung gut geeignet schien. Also verließ Kathy die rote Linie und bog auf die gelbe ab. Das sollte der Beginn einer Katastrophe werden.
Die bis dato festen Waldwege wechselten schnell mit breiten, sehr sandigen freien Bereichen in der Umgebung. Zusätzlich setzte Regen ein und

begann die Sandpisten in tiefe Schlammfurten zu verwandeln. Je weiter Kathy fuhr, desto schlimmer und einsamer wurden die Wege. Begegnete sie anfänglich noch dem einen oder anderen Bauern, so schien sie sich jetzt völlig einsam durch den deutschen Norden zu kämpfen. So langsam dämmerte es ihr, dass sich die Benutzung dieser Abkürzung als Fehler erwies. Doch zum Umkehren war es längst zu spät und auch gar nicht mehr möglich. Der schlammige Untergrund würde das kleine Auto sofort fest umklammern und eine Weiterfahrt unmöglich machen. Der Regen hatte inzwischen zugenommen und so war sie gezwungen, neben den Scheibenwischern auch die kleinen Scheinwerfer einzusetzen, was nicht viel half. Obwohl es erst gegen vierzehn Uhr war, begann es bereits dunkel zu werden. „Oh Tom, wo hast du mich da hingeschickt?" Erste Zweifel an dieser Urlaubsentscheidung kamen in ihr hoch. Doch es sollte noch schlimmer kommen. Knapp eine halbe Stunde später, der altersschwache Mini quälte sich seit gut einer Stunde über die Holperwege dieser gott-verlassenen Einöde. Im fahlen, gelblich schimmernden Licht der Schein-werfer konnte Kathy die mit Wasser gefüllten Senken und Mulden, die mit den kleinen Anhöhen in schneller Abfolge wechselten, kaum mehr erkennen, so dass die Federn und Stoßdämpfer des kleinen Autos, wie von Schmer-zen gepeinigt, aufschrien und es erbarmungslos hin- und herwarfen.

Seit knapp zehn Minuten regnete es wie aus Kannen und das Wasser ver-wandelte auch den Rest des ausgetrockneten Sandweges in ein wahres el Dorado für jeden Geländewagen. Der kleine „Engländer" dagegen drohte jeden Augenblick in einem dieser Schlammlöcher zu versinken, und mit ihm seine Besitzerin, die sich am Rande eines Nervenzusammenbruches befand. „Verdammte Mistkarre" war noch das Netteste, was der Wagen in den letzten Kilometern zu hören bekam. Wäre sie doch bloß einen Tag länger in Hamburg geblieben, schoss es ihr durch den Kopf.

Da war es wieder! Ein schleifende Geräusch, das seit kurzem aus dem Armaturenbrett zu hören war und nichts Gutes bedeutete. Nur klang es jetzt lauter und bedrohlicher. „Bitte, bitte, John", flehte sie fast hysterisch „Lass mich jetzt bloß nicht im Stich!" Kathy hatte das Auto „John" getauft. Eine sentimentale Erinnerung an eine kurze aber heftige Beziehung mit ihrem damaligen schottischen Ausbilder auf der Polizeiakademie. Ein harter Hund, der aber auch recht nett sein konnte.

Inzwischen war das Schleifen in ein Summen und ein dumpfes Brummen übergegangen. Kathy begann zunächst mit der flachen Hand, dann mit der Faust, wahllos auf das Lenkrad und später auf das Armaturenbrett einzuschlagen. Ohne Erfolg, wenn man von der Tatsache absah, das die Instrumentenbeleuchtung nun völlig den Geist aufgegeben hatte. Auch musste sie ihr Gesicht inzwischen fast an die Scheibe pressen, um wenigstens etwas von der aufgeweichten Straße erkennen zu können. Wobei das Wort „Straße" zu dem, was sie da draußen erkennen konnte, eine maßlose Übertreibung zu sein schien. Irgendwie war die Scheibe zusätzlich von innen verschmiert, was auf ihren erhöhten Zigarettenkonsum der letzten Tage zurück zu führen war. Plötzlich wurde das Schleifen lauter und der ohnehin zu kurze Scheibenwischer langsamer, bis er schließlich ganz den Dienst quittierte und in der Mitte der Scheibe stehen blieb. „Verfluchtes Mist-Ding, nicht jetzt! Bitte!" Verzweifelt begann sie an irgendwelchen Hebeln und Schaltern zu rütteln. In ihrer Aufregung drückte sie das Gaspedal durch und der kleine Wagen schoss über die schlammige Piste. Plötzlich kippte er ruckartig nach vorn, nur um sich im nächsten Moment gleich wieder nach hinten zu werfen. Ein kurzes aber heftiges metallisches Geräusch, gefolgt von einem lauten Schnarren verriet ihr, das gerade irgendetwas definitiv kaputt gegangen war. Fast panisch sah sie auf ihre linke Hand, in der sich zu ihrem Entsetzen der abgebrochene Wischerhebel befand. „Auch das noch!", schrie sie, wobei ihr die Zigarette aus dem Mundwinkel fiel und irgendwo im Dunkel des Fußraumes verschwand. Wütend riss sie am Hebel der Handbremse und das kleine Auto drohte mit einem leisen Surren nach links drehend, in der

Tiefe einer Senke zu verschwinden. Jetzt gab der Motor entnervt auf und Stille umschloss die unsägliche Situation. Nur die Regentropfen, die auf das Wagendach schlugen, schienen die Ruhe stören zu wollen.

Kathy saß, die Muskeln angespannt und starr vor Angst, in ihrem Wagen. Die Hände umklammerten das Lenkrad, als wären sie für alle Zeiten mit ihm verwachsen. Langsam wurde ihr bewusst, dass der Wagen stand und eine gewisse Erleichterung machte sich breit. Das ungute Gefühl, gerade knapp einer Katastrophe entgangen zu sein, durchströmte ihren geschundenen Körper. Vorsichtig löste sie ihre Hände vom Lenkrad und nervös begannen ihre Finger sich eine der Zigaretten aus der kleinen roten Schachtel, die aufgerissen in der Ablage unter dem Schalthebel lag, zu fingern. Es war die letzte rote „Gauloise", und Kathy warf die leere Schachtel zwischen die Cola-Dosen und Burger-Pappen, die sich im Fond des Wagens auftürmten. Ab jetzt hieß es also „Gauloise blau" zu rauchen. „Auch gut", dachte sich Kathy. Das typische Geräusch ihres Sturmfeuerzeuges und der erste tiefe Zug an der würzigen Zigarette, begannen ihre Nerven zu beruhigen. Langsam lehnte sie sich zurück und drückte sich tief in das Polster des „Minis". Bis hierhin und nicht weiter, dachte sie sich und blickte völlig entspannt, den kleinen sich kringelnden Rauchwölkchen hinterher. „Für sowas werde ich langsam zu alt", dachte sie sich.

Dabei war Kathy eine höchst attraktive Frau, die mit ihren fünfundvierzig Jahren zum Besten zählte, was die schottische Polizei zu bieten hatte. Mit ihren knapp 1,65 cm Größe und gut 50 Kilogramm Gewicht machte es ihr sichtlich Spaß, mit den jüngeren Kollegen zu kokettieren um dann in die erschrockenen Gesichter zu sehen, wenn die erkannten, wen sie da vor sich hatten. Gut, mit ihren kurzen blonden Haaren und dem ewigen Parker sah sie nicht aus wie Chief Simmons Chef-Ermittlerin. Doch das alles half ihr im Moment wenig. Lieber jagte sie im Team oder allein die gefährlichsten Ganoven, als hier in Gottes Einöde verloren in einem Schlammloch zu stecken.

Das Ziffernblatt ihrer Armbanduhr zeigte an, dass es gerade kurz nach drei Uhr war. Das hieß hier bei den Deutschen wohl fünfzehn Uhr oder besser früher Nachmittag.

So begann er also, ihr erster Urlaubstag in völliger Abgeschiedenheit und Einöde. Eine weitere Zigarette später und Kathy war wieder ganz die alte. „Mist verfluchter!" Wütend griff sie sich die Karte und suchte nach der Straße, auf der sie sich gerade befand. Da war er wieder, der kleine gelbe Strich in der Landschaft, der sich sanft neben der Bundesstraße direkt bis zur Nordsee schlängelte. Und hier, in der Legende stand: gelber Weg – *Achtung! Militärisches Schutzgebiet!* Das musste sie wohl übersehen haben, als sie vor knapp neunzig Minuten von dem Waldweg abbog. Mit einem tiefen Seufzer wurde ihr plötzlich klar, dass sie wohl eine Art aufgeweichte Panzerstrecke als Abkürzung benutzt hatte und nun in einer der ausgefahrenen Senken feststeckte. „Typisch Kathy", würde Tom, ihr Kollege aus Edinburgh, jetzt wohl sagen. „Immer hundertzehnprozentig, immer voll drauf." Ein Lächeln huschte über ihr Gesicht. Im flackernden Licht des Feuerzeuges konnte sie am Ende der kleinen gelben Linie mühsam den Namen ihres heutigen Ziels, Berchtesgrund, entziffern. Da war er also. Der „einsamste Ort Deutschlands", zumindest wenn es nach den Schilderungen von Tom ging. Hier sollte sie leben, Toms alte Tante, von der er seit über fünf Jahren nichts mehr gehört hatte. Klara Hinrichsen, inzwischen stolze neunzig Jahre alt. Sie hörte noch seine Worte:

Dort wäre es herrlich ruhig und seine Tante würde sich bestimmt darüber freuen, einer Kollegin ihres Neffen zu begegnen. Wunderbar erholen könnte sie sich dort. In Ruhe und Abgeschiedenheit, direkt an der See die Seele baumeln lassen, einfach mal ausspannen. Seine Worte klangen wie die Werbung in einem Reisemagazin. „Na warte mein Freund, darüber werden wir noch mal ernsthaft reden müssen", dachte sich Kathy.

Im Nachhinein schlitterte sie gerade in einen ihrer spektakulärsten Fälle. Doch das konnte sie zu diesem Zeitpunkt noch nicht wissen.

In diesem Moment galt es lediglich, dieses gottverlassene Dorf irgendwie, und am besten noch in der nächsten Stunde, zu erreichen, denn langsam wurde es dunkel. Wenigstens hatte der Regen inzwischen aufgehört.

Mit einem kräftigen Ruck stemmte sie ihre Schulter gegen die Fahrertür, die erstaunlicher Weise leicht aufsprang. Fast wäre sie aus dem Wagen gefallen. Gerade noch konnte sie sich am Lenkrad festhalten und so fiel nur ihr erstaunter Blick auf eine riesige Wasserfläche, in dessen Mitte ihr Auto, ähnlich einer Insel, die einzige Erhöhung darstellte. Kleine Wellen kräuselten sich friedlich an der Oberfläche und schwappten schmatzend an die Vorder- und Hinterräder. Na wenigstens waren die noch zu sehen, so dass die Wassertiefe bei höchsten zehn oder fünfzehn Zentimeter liegen konnte. Vor und hinter ihr türmten sich tiefe Furchen im Boden auf, die wie riesige Narben den ausgemergelten Sandweg durchzogen. „Na Prost Mahlzeit", schoss es ihr durch den Kopf. Hier kam sie ohne fremde Hilfe jedenfalls nicht heraus. Zum Glück hatte sie ihre Gummistiefel dabei. Nur lagen die irgendwo, und im Moment für sie unerreichbar, im Kofferraum, unter dem alten Seesack, einem kaputten Reifen und irgendwelchem anderen Trödel, versteckt. Auch schien der Wagen gerade voll Wasser zu laufen, denn so oft sie auch den Starterknopf betätigte, war nur ein schwächer werdendes Summen aus dem Motorraum zu hören. Bald gab die Batterie ihren Geist auf und damit auch die Scheinwerfer, die bis dahin wenigstens etwas die fremde Umgebung in ein fahles, fast mystisches Licht getaucht hatten. Das Auto konnte sie abschreiben. Es würde sie heute sicher nicht mehr an ihr Ferienziel bringen.

Wie so oft im Leben gab es in dieser Situation zwei Möglichkeiten. Die erste war die eines längeren Fußmarsches. Dagegen sprach, dass sie sicher klitschnass werden und sich in der Gegend verlaufen würde. Oder aber, sie blieb einfach im Auto sitzen und wartete auf Hilfe. Irgendwann musste hier ja mal jemand vorbeikommen. Doch wenn sie sich so umsah, dann erschien ihr diese zweite Variante als wesentlich aussichtsloser. Also doch Variante eins. So richtig konnte sie sich nicht entschließen in die sicher eiskalte Brühe zu springen, in der ihr Auto festsaß. Im Rückspiegel ihres kleinen Autos konnte sie auf der Rückbank ein paar Büchsen Bier und eine Flasche besten Supermarkt-Rotwein liegen sehen. Das war zwar ursprünglich als Willkommenstrunk für Toms Tante, oder wen auch immer, gedacht. Doch in dieser Situation wurde es umgehend zur Notreserve erklärt, und Kathy öffnete mit geübter Hand eine der inzwischen lauwarm und gut durchgeschüttelten Bierbüchsen. Mit einem kräftigen und lauten Zischen verteilten sich etwa zwei Drittel der Büchse als schaumige Flüssigkeit im Auto und verwandelte im Bruchteil einer Sekunde den gesamten Wageninhalt in einen nach Bier stinkenden Pub. Während sie angewidert das warme Bier trank, schweifte ihr Blick über den trüben See zu den langsam im Dunkeln verschwindenden Bäumen. Leichtes Hungergefühl in der Magengegend erinnerte sie daran, dass sie seit Stunden nichts mehr gegessen hatte. Im Licht ihres Feuerzeuges bemühte sie sich, die Pappschachteln auf dem Beifahrersitz nach irgendetwas Essbarem zu durchsuchen. Doch bis auf zwei einsam vergammelte Tomatenscheiben und einem kleinen Stück gegrilltem Hackfleisch konnte sie nichts finden. Damit hatte sie wohl den Tiefpunkt ihrer Situation erreicht. In diesem Moment entdeckte sie eine Tüte Kartoffelchips. Und obwohl sie ansonsten streng auf ihre Linie achtete, erschienen ihr die fettigen Dinger jetzt als „Gottesgeschenk". Und dabei hatte das bei Tom ganz anders geklungen.

Ein malerisch und einsam gelegenes Fischerdorf, mit freundlichen alten Menschen, einem prasselnden Kaminfeuer, leckeren Krabbenbroten und friesischem Tee. Im alten „Anker" wäre immer ein gemütliches Plätzchen für sie frei, und seine Tante würde sich bestimmt riesig freuen, sie kennen zu lernen."

Und nun saß sie hier mitten im Wald in einer Senke voller morastigem Wasser fest. Ohne „Anker", ohne Kaminfeuer, ohne Krabbenbrote und ohne genau zu wissen, wie weit es noch bis zu diesem paradiesgleichen Ort der Entspannung war.

„Tom, dafür hasse ich dich!" Wütend schnippte sie den Stummel der Zigarette aus dem geöffneten Beifahrerfenster. Ein kurzes Zischen verriet ihr, dass sich auf der anderen Seite des Autos ebenfalls Wasser befand. Mit einem kräftigen Ruck sprang sie mit beiden Beinen gleichzeitig aus dem Auto, wohlmeinend, dass das Wasser ihre Füße in den Halbstiefeln nicht erreichen würde. Doch da hatte sie sich gründlich geirrt. Von allen Seiten schienen die Wassermassen nur darauf gewartet zu haben, sich in ihre Schuhe zu stürzen. Ein eiskalter Schauer schoss durch ihre Beine. Mit einem spitzen Schrei und großen Sprüngen bemühte sie sich, das trockene Ufer zu erreichen. Und fast hätte sie es auch geschafft. Doch da rutschte sie mit dem linken Fuß im Schlamm aus und fiel der Länge nach hinein. Wie ein Häufchen Unglück lag sie da. Alles konnte sie ertragen, nur keine nassen Füße und klamme Finger. Vor Wut schlugen ihre Hände in Richtung Boden. Sie hatte vergessen, dass sie in einer Wasserlache lag ...

Mühsam und laut fluchend erhob sich Kathy aus dem Schlammloch und setzte sich auf eine kleine Grasnarbe. Beim Durchwühlen ihrer Taschen fand sie ein paar Feuchttücher einer Fastfood-Kette. Sie riss die kleinen Tüten mit ihren Zähnen auf und war froh, wenigstens ihre Finger und Teile des Gesichts damit reinigen zu können. Sie mochte zwar den Parfümgeruch nicht, doch war das in dieser Situation wohl zu verschmerzen. Die Kälte breitete sich weiter in ihren Gelenken und Muskeln aus. Sie wusste, dass sie etwas dagegen tun musste, wollte sie hier nicht ernsthaft erkranken. Mit zitternden Händen fingerte sie nach dem alten silbernen Zigarettenetui, das sie sich vor kurzem auf dem Flohmarkt in Glasgow gekauft hatte. Die nassen Jeans klebten am Körper. Endlich kam sie an das Etui heran und öffnete es vorsichtig. Ein Lächeln zog über ihr Gesicht. Wenigstens die Zigaretten hatten das Bad trocken überstanden. Und so zog bald würziger Duft französischen Tabaks durch die Dunkelheit

Schleswig Holsteins. Das mit dem Rauchen aufhören hatte sich hiermit endgültig für sie erledigt.

Der Riemen des schweren Seesacks schmerzte beim Laufen. Trotz seiner Breite war er dabei, ihre müden Schultern wund zu scheuern. Sie blieb kurz stehen, um ein Handtuch zwischen Gurt und Schulter zu legen. So gepolstert ging es besser und leichter. Inzwischen hatte es wieder zu regnen begonnen, doch Kathy konnte das nicht mehr stören. Sie hatte sich für das einzig logische entschieden. Mit nassen Halbstiefeln hatte sie ihr Gepäck und die Gummi-Stiefel aus dem Wagen hervorgekramt. Nach dem Wechseln der Socken und der Schuhe bekam sie warme Füße und so eilte sie nun strammen Schrittes durch die einsetzende Dunkelheit des frühen Abends. Das Auto würde sie morgen bei Tagesanbruch holen. Vielleicht hatte ja auch irgendein „Fischkopp" Mitleid mit einer armen „Großstädterin" und zog sie mit einem Traktor aus dem Sumpf in die nächste Autowerkstatt. Auch musste sie dringend ein Schuhgeschäft ausfindig machen. Denn die kleinen Stiefel würden das ausgiebige Bad in dem Wasserloch bestimmt nicht überstehen. Und die Gummistiefel, die sie letztendlich aus dem Kofferraum gefischt hatte waren zwar bequem, doch drei Nummern zu groß. „Stopf nur ordentlich Socken rein", hatte ihre Mutter geraten, als sie die alten Dinger in den Kofferraum des Wagens gelegt hatte. „Ich ziehe so etwas nicht an, Mama! Ich bin Chefinspektor der schottischen Polizei!" „Ja, ja, und immer noch Single, mein Kind." Und solange du an diesem Zustand nichts änderst, werde ich auch weiter ein Auge auf dich haben. Punkt. Und jetzt halt die Klappe!" Ihre Mutter grinste nur vielsagend und ließ sich nicht beirren. „Pack die Dinger ein, du wirst mir noch dankbar sein. Für diese Gegend sind die bestimmt genau richtig." Fest entschlossen, die Stiefel in den nächsten Altkleidercontainer zu werfen, packte Kathy die Tüte und vergrub sie im ohnehin zu kleinen Kofferraum. Natürlich hatte ihre Mutter wie immer Recht behalten und sie war froh, die Dinger nicht entsorgt zu haben. Trotzdem entsprachen sie nicht ganz ihrem Bekleidungsstil, falls man bei ihrer Garderobe überhaupt von Stil sprechen konnte. Unzählige Jeans, T-Shirts und weite Pullover, kombiniert mit Sport- und klobigen Männerschuhen stellten den Großteil ihrer Garderobe dar. Und das, obwohl sie eine ganz passable Figur haben soll, wie ihre Mutter beim Blick in ihren Kleiderschrank jedes Mal seufzend bemerkte. Das kleine Schwarze jedenfalls würde man bei ihr umsonst suchen. „Du brauchst endlich einen Mann", seufzte sie dann jedes Mal. „Doch die haben alle Angst vor dir, mein liebes." Kathy lachte in diesen Momenten immer auf. „Dabei bin ich doch so ein liebenswerter Mensch, Mama." „Ja, nur mit Handschellen und einer Waffe." „Nun fang nicht wieder damit an, Mama." „Du weißt, dass ich Enkel möchte." „Ja, ja, ich weiß, Mama. Doch dafür ist es jetzt wohl zu spät. Aber ich werde mir einen Mann suchen. Im nächsten Jahr, versprochen. Und dann werden wir Kinder adoptieren. Sagen wir drei, oder gleich vier. Ist das o.k. für dich?" „Du sollst eine alte Frau nicht veräppeln." „Aber du bist doch nicht alt." Damit gab sie ihrer Mutter einen dicken Kuss und hatte wieder für ein Jahr Ruhe.

Je weiter sie sich von der Schlammpiste entfernte, desto besser wurde der Weg. Alle fünfhundert Meter befanden sich jetzt Hinweisschilder an den Bäumen, die den Weg nach Berchtesgrund wiesen. Seit geraumer Zeit fühlte sich Kathy beobachtet. So als wenn irgendwer parallel zu ihr durch das Unterholz schlich, knackte und raschelte es in einem fort. Erst hatte sie an ein Tier gedacht, doch das wäre längst irgendwann verschwunden. Auch war ihr, als wenn Sie ein leises Lachen oder Kichern gehört hätte. Doch wer sollte schon lachend durch den Wald schleichen? Sicher spielten ihr die strapazierten Nerven einen Streich. Sie musste endlich ihr Ziel erreichen und aus den nassen Klamotten heraus. Weit konnte es nicht mehr sein. Denn neben der frischen Luft des Waldes spürte sie erste Böen voller würziger Seeluft. Das beflügelte ihre Schritte und bald lichtete sich der Wald. Endlich, nach knapp anderthalb Stunden Fußmarsch, bei der sich der Riemen der schweren Reisetasche immer tiefer in die schmalen Schultern geschnitten hatte, erreichte sie den Waldrand. Vor ihr lagen noch knapp fünfhundert Meter Rapsfelder. Nach weiteren zehn Minuten hatte sie es geschafft. Sie stand hoch oben auf der breiten Deichkrone und hatte einen fantastischen und unbegrenzten Blick über die Weite der Nordsee. Ein frischer Wind, von der See her kommend, schlug ihr entgegen und ließ die Strapazen der letzten Stunden mit einem Schlag vergessen. Nach zwanzig erholsamen Minuten im Sand zeigte ihr Luxus-Chronometer, dass es kurz nach siebzehn Uhr war, und die Sonne im Begriff war unterzugehen. In spätestens dreißig Minuten würde es hier stockdunkel sein. Um noch rechtzeitig das Haus von Toms Tante zu erreichen, musste sie sich jetzt beeilen. Und doch hatte sie ihren ersten Sonnenuntergang am deutschen Meer erlebt. Bei ihrem Glück würde das sicher nicht oft vorkommen.

Das Dorf

Da war es also, Berchtesgrund. Tom hatte Recht. Ein kleines idyllisches Dorf, direkt an der Nordsee gelegen. So um die dreißig Häuser drängten sich in zwei Reihen dicht an dicht und dazwischen die Dorfstraße. Ein paar einzelne Grundstücke standen etwas abseits. Nach Toms Erzählungen wohnten hier nur alte bis sehr alte Menschen. So eine Art „Open Air-Heim für Alte". Kathy fand diesen Ausdruck zwar respektlos, doch traf er wohl die Realität. Es war still. Außer den Wellen und dem Wind, der von der offenen See landeinwärts wehte, war nichts zu hören. Von hier oben machte das ganze den Eindruck eines Geisterdorfes. Die lange Dorfstraße, die schnurgerade das Dorf in zwei Hälften teilte, war mehr eine bucklige Holperpiste. Die Häuser waren klein und windschief, so als duckten sie sich vor den schweren Stürmen der See. Am Strand lagen die

Zeugen einer einst florierenden Fischerei. Ein zerborstener Kutter, jede Menge Holzkisten und Berge von Netzen stapelten sich im Sand. Ein langer massiver Steg führte ins Wasser. An ihm schaukelte fest vertäut ein Kutter.

In dem Dorf selbst war es totenstill. Kein Mensch war zu sehen, kein Hund bellte, keine Gänse schnatterten. Kurz hinter dem Dorf, so zwei, drei Kilometer entfernt, stand der alte Leuchtturm von Översund. In den neueren Seekarten war dieses Seezeichen gar nicht mehr verzeichnet und doch sah man in manch finsterer Nacht sein schwaches Signallicht aufblitzen. „Wer weiß, wann dort jemand zum letzten Mal nach dem Rechten gesehen hatte", dachte sich Kathy, als sie sich die Tasche griff und die Deichkrone in Richtung Dorfstraße verließ.

Langsam schritt sie die holprige Straße entlang, immer darauf bedacht irgendwo ein Licht zu entdecken. Da an den Häusern weder Namensschilder noch Hausnummern befestigt waren, war sie gezwungen sich durchzufragen. Doch niemand war zu sehen. „Wie ausgestorben", dachte sich Kathy. Endlich, in einem kleinen Haus auf der linken Seite, konnte sie ein schwaches Licht durch zwei der schmalen Fenster erkennen. Doch kaum hatte sie sich dem Haus genähert, hörte sie wie jemand das Schloss der Tür mehrfach verriegelte. Kathy klopfte und rief, dass sie nur eine Frage hätte, doch niemand antwortete. Auch der Hinweis, dass sie von der Polizei sei, verhalf ihr zu nicht mehr Vertrauen und Nähe mit den Bewohnern. Gerade als sie durch das Fenster sehen wollte, wurden die Vorhänge ruckartig zugezogen. Kathy zuckte verblüfft mit den Schultern und ging weiter. Auch im nächsten und im übernächsten Haus passierte ihr dasselbe. Kaum wurde sie bemerkt, wurde auch schon die Tür verriegelt und die Vorhänge geschlossen. „Verschwinden Sie von hier", war das Einzige, was sie zu hören bekam. Ab und an war sie der Meinung, wieder das leise Lachen zu hören. Doch es war niemand zu sehen. Nur einmal schien es ihr, als sähe sie zwischen den Häusern einen schwarzen Schatten

hin und her springen. Doch waren die Umrisse kaum zu erkennen. Kathy ließ sich nicht entmutigen. Weiter ging sie von Haus zu Haus, ähnlich einem Vertreter. Irgendwann würde sie schon auf Toms Tante treffen. Gerade als sie das Ende der alten Straße erreicht hatte und auf das letzte Haus zusteuerte, hörte sie hinter sich einen langgezogenen Pfiff. Sie drehte sich herum und konnte im schwachen Licht des frühen Abends den Umriss einer Person entdecken, die mitten auf der Straße stand und ihr zuwinkte. „Na Gott sei Dank", dachte sie sich. Kathy schulterte die Tasche und ging auf die Person zu. „Endlich ein Mensch in diesem gott-verlassenen Nest!", rief sie. „Hallo! Warten Sie bitte. Ich habe eine Frage." Kathy hatte Glück. Die Person blieb fest in der Mitte der Straße stehen. Es war eine Frau die, da vor ihr im Dunkeln stand. Sie hatte die Arme vor der Brust verschränkt und im Mundwinkel wippte eine glimmende Ziga-rette. „Na Mädchen, wo soll's denn hingehen?"
Kathy musste lächeln. Mädchen hatte sie schon lange keiner mehr genannt. „Guten Abend, Madame." Kathy stand jetzt unmittelbar vor der Frau. Sie war ungefähr sechzig Jahre alt, mittelgroß und schlank. Ihr offenes und freundliches Gesicht strahlte sie an. „Ick bin keene Madame. Ick bin Traudl und mir gehört dieset Fünf-Sterne-Etablissement. Damit ging ihr Kopf in die Richtung einer kleinen Pension, über dessen Tür das Schild „Zum Anker" hin und her wippte. Kathy musste es beim Hinweg überse-hen haben. Da die Fensterläden verschlossen waren, hatte sie auch kein Licht sehen können. „Wolln se een Zimmer? Oder een Bier? Sie könn och bedet haben?" Kathy sah sie vergnügt an. „Nein Danke, aber vielleicht können Sie mir mit einer Auskunft weiterhelfen?" „Mal sehen, schöne Frau." „Ich bin auf der Suche nach dem Haus von Klara Hinrichsen." Sofort verflog das Lächeln aus dem Gesicht. „Wat wolln se denn von der?" Kathy war verblüfft. „Nun, ich möchte die Dame besuchen." „Warum?" Ich komme von ihrem Neffen aus Edinburgh." „Ick wusste ja nich, dat die alte Hinrichsen een Neffen hatte. Und denn noch von außen.

Wo is denn dieset Edinburgh?" „In Schottland, gute Frau." „Also det Haus der Alten steht da hinten. Is det letzte in die Reihe." „Danke für ihre freundliche Auskunft." Kathy warf sich die Tasche über die Schulter und war gerade im Begriff in die angegebene Richtung zu gehen, da stutzte sie. „Sie sagten, einen Neffen hatte? Wie meinen Sie das bitte?" „Na, die olle Hinrichsen is doch tot. Wat is nu, wolln se een Zimmer oder nich?" „Ich glaube, ich brauche jetzt einen Schnaps." „Na denn komm se Mal mit." Damit schnippte sie ihren Zigarettenstummel in die Nacht und ging vor Kathy in die Pension, die auch schon mal bessere Zeiten gesehen hatte. Mit einem tiefen Seufzer nahm die ihre Tasche und ging ihr hinterher.

Auch wenn die Kneipe von außen einen schäbigen und heruntergekommenen Eindruck machte, so war Kathy vom inneren Zustand beeindruckt. Wie in einer großen gemütlichen Stube empfing sie „Der Anker". Nimm Platz, ick hol dir wat." Damit verschwand sie irgendwo im hinteren Bereich der Gaststube und kam nach einem kurzen Augenblick mit einer großen Flasche und zwei Gläsern, die sie mit Schwung auf den blankpolierten Tisch knallte, zurück. „Det wird dir helfen. Glob mir." Sie goss beide Gläser mit geübter Hand randvoll. Kathy roch zunächst an der durchsichtigen Flüssigkeit. „Nich riechen, musste hinter kippen." Damit prosteten sich beide zu und jeder kippte sein Glas in einem Ruck hinunter. Kathy verzog nach einem kurzen Moment des Schmerzes keine Miene, was der Wirtin offenbar gefiel. „Wie gesagt, ick bin Traudl." Damit hielt sie Kathy die Hand hin. „Kathy McGore." „Nu, dat is ja ooch nich gerade een typisch deutscher Name. Angeheiratet?" „Nein, geboren und aufgewachsen. Ich komme auch aus Edinburgh. Ich bin Polizistin, wollte hier ein paar Tage Urlaub machen. Zumindest hatte ich das vor. Mein Kollege, Tom Morgan, auch aus Edinburgh, hatte hier vor dreißig oder vierzig Jahren eine Zeitlang bei seiner Tante gelebt. Dann haben sie sich irgendwie aus den Augen verloren. Kann ich hier rauchen?" „Wees ick nich, ob du kannst. Aber dürfen darfst de, wenn de mir ooch eene gibst?" Kathy kramte eine blaue „Gauloise" Schachtel aus ihrer Parkertasche und warf sie auf den Tisch. Traudl hatte inzwischen erneut die Gläser gefüllt. Beide stießen an und kippten das durchsichtige „Zeug" erneut in einem Zug hinunter. „Auf Oma Hinrichsen!", rief Traudl. Jetzt schüttelte sich Kathy doch ein bisschen. „Was ist das eigentlich?", fragte sie und deutete auf die unbeschriftete Flasche. „Selbstgebrannter Korn. Eigenes Rezept. Ick will hoffen, du wirst mia dafür nich verhaften, oder?" „Höchstens wegen Körperverletzung." Traudl lachte brüllend auf. „Ne, wat vorn Witz! Im Übrigen rauchst du dat selbe elende Zeug wie ick", sprachs und warf ebenso eine angefangene blaue Schachtel „Gauloise" auf den Tisch." Jetzt lachten beide und kippten das nächste Glas in einem Zug hinunter. „Na wenn det nich der Anfang einer wunderbaren Freundschaft is. Wie bist du eigentlich hierher gekommen? Wirst ja wohl nicht den ganzen Weg von deinem komischen Edinburgh bis hierher gelaufen sein?" „Oh nein!" Kathy bemerkte, dass sie einen leichten Schwips bekam. „Mein Auto hat irgendwo da hinten seinen Geist aufgegeben und steckt jetzt in einem tiefen, riesigen Schlammloch fest. Vielleicht könnte mir morgen jemand mit einem Traktor oder einem Jeep helfen, das Ding wieder flott zu bekommen?" „Glaube ich nicht. Hier jibt et keenen Traktor nich." „Dann rufe ich eben den Automobilclub." Das Lachen der beiden Damen war laut und weit zu hören. „Willste noch einen?" „Nein, lass man", sagte Kathy, die merkte, dass das Zeug seine Wirkung tat. Langsam begann sie sich bei dieser Frau wohl zu fühlen. Ein schwerer Fehler, wie sich bald noch herausstellen sollte.

„Ich glaube, ich möchte jetzt doch ein Zimmer", lallte sie ein wenig. „Kein Problem, alle Suiten stehen zur freien Auswahl, bis auf Zimmer Nummer zwei, da schläft ein Herr!" Jetzt kicherte die Wirtin leise. „Mein Herr." „Ist das dein Mann?", fragte Kathy, die langsam gegen die Müdigkeit ankämpfen musste. „Nu sagen wir mal, ein naher Bekannter von mir. Mal sehen, vielleicht wird es ja mal mehr. Den habe ick über ein Inserat inne

Zeitung kennen gelernt. Is ja hier die einzige Möglichkeit, jemanden in meinem Alter zu finden. Der Rest von det Dorf hier könnten allet meine Eltern sein. Bis auf den Italiener, Fredi und Friedrichsen stehen hier doch alle uff de aktive Sterbeliste. Sorry, aber Fredi hat ne Macke und mit dem ollen Friedrichsen, nun ja, der kommt mir nicht janz koscher vor, wenn du verstehst, was ick meine." Plötzlich fiel Kathy wieder ein, warum sie eigentlich hierher nach Berchtesgrund gekommen war. „Wie ist das denn nun mit Oma Hinrichsen passiert?" Traudl überlegte einen Moment. „Ick habe schon jedacht, du fragst janich mehr. Das muss so vor vier oder fünf Wochen gewesen sind. Ja, es war kurz nach ihrem Geburtstag, Anfang März. Auf jeden Fall, war es gegen Mittag, als sie von dem Italiener gefunden wurde." „Dem Italiener?" „Ein feiner, älterer Herr, der seit gut fünf Jahren im alten Leuchtturm wohnt und hier seinen Lebensabend verbringt.

Er kommt ab und an vorbei. Trinkt dann ein, zwei Gläser und verschwindet wieder in seinem Turm. Er nennt sich Signore Leon Guardia." „Und der hat Klara Hinrichsen gefunden?" „Genau, der Signore hat hier zu jedem guten Kontakt, warum auch nicht? Er wollte ihr wohl nachträglich zum Geburtstag gratulieren und da hat er sie auf dem Boden liegend gefunden." „Hat er wenigstens gleich einen Arzt gerufen?" „Wir haben hier keinen Arzt. Und da er selber lange Zeit in San Cervenzo als Arzt tätig war, hat er sie kurzer Hand für tot erklärt." Kathy glaubte nicht richtig zu hören. „Aber das geht doch nicht. Da hätte man doch einen richtigen Arzt kommen lassen müssen. Und was ist mit der Sterbeurkunde?" Traudl musste lachen. „Bis hier der Arzt aus der Nachbargemeinde kommt, nun ja, ick will mal so sagen, da wäre die Alte längst verschimmelt. Der alte Doktor ist schon vor drei Jahren in Pension gegangen. Und een neuen gibt's noch nich. Und wat hätte der auch anderes feststellen sollen? Oma Hinrichsen war alt, krank und nu eben tot. So is halt der Lauf der Welt. Sie hatte ein erfülltes Leben. Lassen wir sie in Frieden ruhen. Amen. Und hätten wir gewusst, dass sie eenen Neffen hat, dann hätten wir ihm bestimmt ne Karte geschrieben. Ach so, und wat die Sterbeurkunde betrifft, da haben wir den Pfarrer Kern anjerufen. Der hat det Ableben dann wohl im kirchlichen Sterberegister vermerkt. Wie du siehst, allet korrekt jeloofen und keen Fall für de Polizei." Kathy war über so viel Blauäugigkeit entsetzt. „Und wo ist Frau Hinrichsen jetzt? Ich hoffe doch, sie ist ordentlich beerdigt worden?" „Aber natürlich. Sie liegt auf dem alten Dorffriedhof. Es war eine sehr schöne Feier. Alle aus dem Dorf waren da. Fredi hat auf seiner Trompete gespielt, was nicht unbedingt festlich klang, irgendjemand hat ein paar Worte gesagt, das war's. Ach so, der Italiener hat noch ein Kreuz gespendet. Wie für die anderen auch?" „Welche anderen, um Gottes Willen?" In diesem Moment klopfte jemand laut an die Tür der Pension. Bevor Traudl öffnete, goss sie Kathy noch ein Glas vom Selbstgebrannten ein. „Einen Moment. Wer weiß, vielleicht noch ein verirrter Gast?" Damit ging sie zur Tür, öffnete, und als sie erkannte, wer da im Dunkeln vor ihr stand, verschwand sie nach draußen. Kathy glaubte das alles nicht, was sie da zu hören bekam. Aber vielleicht hatte sie auch etwas missverstanden. Sicher tat auch der Schnaps sein Übriges. Nach knapp fünf Minuten kam Traudl freudestrahlend zurück. Kathy sah sie fragend an. „Und, noch ein später Gast?" „Nein, aber ein kleiner Extra-Job. Ick fahre heute Nacht noch mal raus. Uff See! Krebse fangen, draußen hinter de Sandbänke von Översund. Det war der olle Friedrichsen jewesen. Der weiß, det ick zupacken kann, und so ein kleiner Nebenverdienst ist ja och nich zu verachten. Oh Gott, ick rede mia ja hier um Kopf und Kragen vor de Polizei. Doch keine Angst, morgen früh bin ich wieder pünktlich da, und diesmal gibt et auch Frühstück. Sind fünf Euro o.k.?" „Fünf Euro?" „Na für das Frühstück. Ich werde dir jetzt dein Zimmer zeigen." Sie griff sich Kathys Tasche. „Kommst du?" Als Kathy sich erhob merkte sie, dass der Schnaps seine Wirkung tat. Das lag sicher auch daran, dass sie seit Stunden nichts gegessen hatte. „Hast du irgendetwas zu essen da?" „Nun, ich kann dir ein paar belegte Brote machen. Mit Schinken? Kostet fünf Euro." Kathy war jetzt alles egal. „O.k., Brote für Fünf Euro. Aber über die Sache mit dem italienischen Arzt müssen wir noch reden." „Machen wir. Aber nich mehr heute." „Ach so, ich habe da noch ne Frage. Auf meinem Weg durch den Wald und auch auf der Dorfstraße habe ich ab und an so ein merkwürdiges Kichern oder helles Lachen gehört. Weißt du, wer hier im Dunkeln lacht?" Abrupt blieb Traudl stehen. „Da musst du dich verhört haben", sagte sie scharf. So, als hätte Kathy einen wunden Punkt getroffen. Traudl schien zu wissen, von wem Kathy da sprach. Und sie schien große Angst vor der Person zu haben. Langsam drehte sie sich zu Kathy um und bemühte sich zu lächeln. Komm jetzt. Wie gesagt, du musst dich geirrt haben. Wer sollte hier schon im Dunkeln lachen. Die oder derjenige müsste ja verrückt sein." „Wenn du meinst?" Damit trottete sie der Wirtin hinterher. „Ich gebe dir mein schönstes Zimmer. Direkt unter dem Dach." „Der klassische Satz jedes Vermieters", dachte sich Kathy. „Morgen früh möchte ich das Grab von Oma Hinrichsen sehen. „Allet klar. Bis morgen früh dann."

Das Zimmer war sauber, zweckmäßig und doch gemütlich eingerichtet. Das Mobiliar bestand aus einem breiten Bett, einem Tisch, zwei Stühlen und einem kleinen Schrank. An den Wänden klebte eine entsetzliche Blumentapete, die sie aber von schottischen Hotels her kannte. „Die Toilette und die Dusche sind auf dem Flur. Warmes Wasser gibt es zwischen sieben und neun am Morgen. Das Bett ist frisch bezogen. Hier hast du deine Ruhe. Das Essen bringe ich dir gleich." Damit verschwand sie aus dem Zimmer und Kathy ließ sich erschöpft auf das Bett fallen. Sie war müde, hungrig, benebelt von dem Schnaps und schlief sofort ein.

Sie brauchte einen Moment, um sich zu orientieren, als Traudl mit einem großen Teller voller belegter Brote in der Hand sie an der Schulter rüttelte. Instinktiv ging ihr Griff in die Richtung ihres Holsters. Traudl wich einen Schritt zurück. „Holla, holla, ich bin es nur." Kathy setzte sich auf.

„Entschuldige bitte, aber ich muss eingenickt sein." „Du hast geschnarcht wie een Holzfäller. Aber is kein Problem. Hier, dein Abendbrot. Ich hoffe, es schmeckt dir. Ich wünsche eene jute Nacht. Wir sehen uns dann morgen früh." „Fährt dein Freund mit raus?" „Nö, der schläft schon. Is halt ein Frühaufsteher. Entschuldige, aber ick muss los." Damit verschwand sie und Kathy ließ es sich schmecken.

Ruhe kehrte im Haus ein. Kathy packte ihre Sachen in den kleinen Schrank. Ihre Waffe versteckte sie samt Holster in dem speziell dafür eingearbeiteten Boden ihrer Reisetasche. Dann öffnete sie das Fenster und zündete sich in Ruhe eine Zigarette an. Einfach herrlich, diese nächtliche Seeluft. Von Ferne konnte man das Anlanden der Wellen hören. Und wenn es nicht so ein tragischer Moment wäre, dann könnte sie sich hier einen schönen Urlaub vorstellen. Plötzlich glaubte sie jemanden am Strand entlang rennen oder „fliegen" zu sehen. Doch bis sie ihr Nachtglas aus der Tasche gefingert hatte, war der oder die Person längst verschwunden. Wer weiß, vielleicht war es derjenige, der sie beobachtet hatte? Oder auch jetzt noch beobachtete?

Nach weiteren fünf Minuten klappte unter ihr die Eingangstür. Das musste Traudl sein, die zum Krebse fangen ging. Gerade wollte sie das Fenster schließen, da hörte sie eine zweite Stimme flüstern. Sofort erwachte die Polizistin in ihr. „Warum musst du da mit raus?", flüsterte eine Männerstimme. „Aha", dachte sich Kathy. Das musste der Herr aus der Zeitung sein. „Ich habe dir schon ein paar Mal gesagt, dass das meine Sache ist. Geh einfach in dein Bett und morgen früh bin ich wieder bei dir." „Du willst mir doch nicht ernsthaft erzählen, dass ihr Krebse fangen geht?" „Das geht dich gar nichts an, mein Lieber. Was glaubst du, was wir da draußen machen?" „Was soll das denn plötzlich heißen?" Jetzt wurde Kathy hellhörig. „Pass auf, mein Schatz", flüsterte Traudl. „Wenn das mit uns was werden soll, dann lass mir meine kleinen Geheimnisse. Ich verspreche dir, dich nicht zu betrügen. Zumindest jetzt noch nicht. Aber das hier muss ich heute Nacht tun. Es bringt gutes Geld. Und von irgendetwas muss ich ja leben. Ach so, wir haben die Polizei im Haus. Sie schläft unterm Dach. Is ne Polizistin aus Edinburgh." „Und was will die hier?" „Nichts. Nun beruhige dich. Die will einfach ein paar Tage ausspannen. Urlaub machen." Damit küsste sie ihn auf die Wange und verschwand im Dunkel der Nacht. Gerade als Kathy das Fenster schließen wollte bemerkte sie, dass eine Gestalt ihrer Zimmerwirtin in die Dunkelheit folgte. Sicher ihr Freund, der wohl doch wissen wollte, wohin seine große Liebe verschwunden war... Jetzt noch schnell Tom in Edinburgh anrufen, um ihn vom Ableben seiner Tante zu informieren und dann ins Bett, dachte sie sich, doch musste sie feststellen, dass ihr Handy hier keinen Empfang hatte. „Auch das noch", fluchte Kathy leise. „Erst die blöde Straße mit den elenden Schlammlöchern, der Fußmarsch, das leere Dorf, diese merkwürdige Pensionswirtin, der Tod der alten Dame und nun noch abgeschnitten vom Telefon. War das Urlaub oder nur der Beginn einer kleinen Katastrophe? Einen Moment überlegte sie noch, einen kleinen Nachtspaziergang am Strand zu machen, doch rüttelte inzwischen ein kräftiger Wind an den Fensterläden. Auch sah der Nachthimmel inzwischen nicht sehr vertrauenserweckend auf. Erste Regenschauer prasselten auf die trockene Dorfstraße hinab und verwandelten sie binnen kürzester Zeit in einen matschigen Weg. Und von Matsch und Schlamm hatte sie für heute genug. Der Mond verschwand auch gerade hinter Wolkenbergen und am Horizont zuckten erste Blitze. Ein dumpfes Grollen war zu hören. Das ganze sah nach einem kräftigen Unwetter aus.

Wäre sie am alten Hafen gewesen, hätte sie Merkwürdiges beobachten können. Im Dunkel der Nacht trugen mehrere Gestalten etwas Längliches, Schwarzes auf einen der Kutter. Kaum waren sie an Bord, drehte der ab und fuhr in Richtung offene See, jedoch ohne Positionslichter zu setzen. Erste Wellen warfen sich dem Schiff entgegen, doch dem schien das nichts auszumachen. Kaum war der Kutter im Dunkeln verschwunden, rannte jemand auf den Steg. Er hatte anscheinend die Abfahrt verpasst. Am Ende des Steges befanden sich zwei weitere Personen, die dem Kutter scheinbar hinterher winkten. Das eine war wohl jener „Italiener". Daneben stand eine sehr schlanke Person, die sich plötzlich herumdrehte und mit grazilen, fast elfenhaften Bewegungen in die Richtung des Ufers lief, ja fast flog. Bevor sie in der Dunkelheit verschwand, schien sie den zuletzt Gekommenen zu umarmen. Kurz danach lief sie weiter, wobei es aussah als hätte sie Flügel an den Armen. Der „Italiener" verließ ebenfalls den Steg. Kaum waren die beiden verschwunden, verließ auch die dritte Person leicht torkelnd den Steg in Richtung der Pension. Nach knapp dreißig Metern drehte er plötzlich in Richtung Wasser ab. Hier brach er zusammen und trieb regungslos im Wasser. Wer das alles beobachtet hatte, wusste eines genau: Dieser Kutter fuhr garantiert nicht zum Krebse fangen und es gab einen weiteren Toten.

Berchtesgrund, Dienstag

Als Kathy am nächsten Tag erwachte, war es bereits kurz nach elf Uhr. Die Sonne schien durch die Lamellen der Holzläden und versprach herrliches Wetter. Ihr Kopf fühlte sich schrecklich an. „Was hatte sie da gestern nur getrunken?" Auf dem Tisch stand ein Korb mit Brötchen, daneben etwas Butter, Marmelade und ein inzwischen kaltes Spiegelei mit frischem Lachs. Ein Frühstück, wie sie es liebte. Doch zunächst brauchte sie eine Dusche. Das mit dem warmen Wasser hatte sich zu dieser Tageszeit bereits erledigt und so duschte sie sich mit einem Schwall von eiskaltem Wasser, der ihre Lebensgeister weckte und den Kopf frei machte. Danach verspeiste sie ihr „fünf Euro" Frühstück mit großem Appetit und fühlte sich nun fit für den Tag. Am wichtigsten schien es ihr heute, Kontakt mit Tom aufzunehmen, danach den Friedhof zu besuchen und sich mit den näheren

Umständen des Todes von Klara Hinrichsen zu beschäftigen. Gerade als sie ihr Zimmer verlassen wollte, stand plötzlich Traudl in der Tür. „Na, hat es dir geschmeckt? Wenn du soweit bist, können wir los. Ach so, ist dir zufällig heute mein Freund begegnet?" Kathy war verwundert. „Nein, zumindest heute noch nicht." „Was soll das heißen?" Traudl war jetzt misstrauisch. „Nun, er ist dir doch gestern noch gefolgt. Habt ihr euch denn nicht mehr gesehen?" Traudl überlegte kurz. „Ach ja, jetzt wo du es sagst. Komm, lass uns gehen." „Wohin denn?" „Na, zum Friedhof. Das wolltest du doch unbedingt. Zumindest gestern Abend noch." „Gut, ich bin soweit. Wie war denn euer Fang heute Nacht?" „Ooch, eigentlich ganz o.k. Wir haben ein paar Heringe und jede Menge Krebse gefangen." „Und das trotz des Sturmes?" „Du gehst wohl nicht fischen, oder?", fragte Traudl vorsichtig. „Gerade wegen des Sturmes geht es hinauf auf See. Bei dem Wellengang werden die Krebse ganz „hibbelig" und wandern in gro-ßen Schwärmen über den Grund. Das ist dann die Chance für unsere Netze." Damit drehte sich Traudl um und stieg die enge Stiege hinunter. Kathy erinnerte sich an Erzählungen ihres Partners. Daher wusste sie, dass das, was die Alte da erzählte, völliger Quatsch war. Kein Krebs wan-dert in knapp fünfzig Meter Wassertiefe bei Sturm herum. Wer weiß, was die da heute Nacht auf See gemacht haben? Nur Krebse fangen, waren die bestimmt nicht.

Kurze Zeit später schlenderten beide über die holprige Straße in Richtung des alten Dorffriedhofes. Kathy bot ihr eine Zigarette an. „Wann bist du eigentlich hierher gezogen?", fragte sie neugierig. „Nun, das is so sechs, sieben Jahre her. Ich stamme ursprünglich aus der Gegend um Frankfurt. Lebte dann ein paar Jahre in Berlin. Doch dort hielt mich nich viel. Die Stadt is mir zu hektisch. Hierher kam ich dann durch einen blöden Zufall. Ich war auf dem Weg in den Urlaub, bog zwei, drei Mal falsch ab und mein Wagen verreckte auf einer extrem morastigen Straße." „Kommt mir irgendwie bekannt vor", warf Kathy dazwischen. „Auf der Suche nach einer Werkstatt landete ich dann hier in diesem Kaff. Zufällig lief mir damals der olle Friedrichsen über den Weg. Wir kamen ins Gespräch, das Wetter war herrlich und so ergab eins das andere. Er hatte den Schlüssel vom „Anker" in der Tasche und ich zog ein. Zunächst nur bis mein Auto repariert war. Doch das blieb bis heute verschwunden. Also blieb ich und nun sind daraus schon sechs Jahre geworden." „Und, hast du es jemals bereut?", fragte Kathy neugierig. Traudl überlegte einen Moment. „Wir sind da." Damit durchschritten beide das windschiefe Eisentor des Fried-hofes. „Da ist das Grab von Klara Hinrichsen." Beide standen vor einem flachen und schmucklosen Erdhügel, an dessen Kopfende ein frisches Eichenkreuz mit dem Namen Klara Hinrichsen stand. „Hier liegt sie also", flüsterte Kathy. „Warum sind die Geburts- und Sterbedaten nicht ver-merkt?" „Ich glaube, dat wäre ihr egal gewesen." Kathy sah sich auf dem Friedhof um und bemerkte weitere vierzehn Gräber, die ähnlich gestaltet vor sich hin verrotteten. „Hat bei denen auch der italienische Gönner die Grabgestaltung übernommen?" „Das kann schon sein", murmelte Traudl wortkarg. Kathy begann sich die Namen der anderen zu notieren. Dann versuchte sie Tom auf dem Handy zu erreichen. Doch auch hier bekam sie keinen Empfang. „Mist verfluchter!" „Das kannst du hier vergessen. Der nächste Mast steht so dreißig Kilometer von hier entfernt." „Das kann ja alles sein, aber ich müsste mal wirklich dringend telefonieren." Traudl sah sie verschmitzt von der Seite an. „Ich habe ein Telefon. Der Vorteil einer Pension." „Warum sagst du mir das erst jetzt?" „Du hast nich gefragt." „Stimmt." „Noch nen Wunsch, Frau Polizistin?" „Wenn du mich schon so fragst. Ich würde mich gerne mal mit diesem Signore Leon Guardia unterhalten. Ach so, und dann wüsste ich gerne, wo ich die nächste Polizeistation finde." „Is dat alles?" Kathy merkte, dass Traudl etwas bissig wurde. Also hieß es freundlich, sein bevor sie völlig „zu machte". Im Augenblick war sie die Einzige, von der sie ein paar Informa-tionen erhielt. Und so ganz nebenbei auch die Einzige, die über ein Telefon verfügte. Also hieß es gute Mine zum bösen Spiel zu machen, denn dass hier einiges im Argen lag, sagte ihr nicht nur ihr Bauchgefühl. Um die Situation zu entkrampfen, nahm Kathy Traudl kumpelhaft in den Arm. „Am meisten wünsche ich mir aber einen schönen starken Tee von dir. Na, wie ist es?" Traudl nickte ihr freundlich zu und die beiden Damen gingen fröhlich „schnatternd" zum „Anker" zurück. Zwei Stunden und einen starken Tee später erreichte Kathy endlich Tom, der natürlich erschüttert vom Ableben seiner Tante war. Als er aber dann noch von den merkwürdigen Umständen ihres Ablebens und der Beerdigung erfuhr, war er drauf und dran sofort nach „Berchtesgrund" zu reisen. Erst das Versprechen von Kathy, alle Umstände ihres Todes aufzuklären, konnte ihn etwas beruhigen. Doch sie musste ihm versprechen, ihn jederzeit auf dem Laufenden zu halten. Um ihr wenigstens etwas helfen zu können, wollte er über ein internationales Amtshilfeersuchen die örtliche Polizei um Unterstützung bei der Aufklärung der Todesumstände bitten. Doch das war leichter gesagt als getan. Es dauerte viele Stunden, etliche Telefonate, Mails und Faxe, um endlich heraus zu bekommen, dass Polizeimeister Sven Bruckner für diese Gegend zuständig war. Als der das Telefonat aus dem Innenministerium in Schleswig Holstein erreichte, fiel der fast vom Stuhl. Erst dachte er an einen üblen Scherz. Doch schnell wurde ihm klar, dass er da tatsächlich mit dem Innenministerium sprach. Zunächst verstand er eh nur „Bahnhof". Und dass eine schottische Superpolizistin im abgelegenen Berchtesgrund seine Unterstützung benötigte, ging ihm gar nicht in den Kopf. Doch egal, als deutscher Beamter hatte er Befehle nicht in Frage zu stellen, sondern zu erfüllen. Sofort begann er in seinem Papierberg herumzuwühlen, den er als seine „nordische Ablage" bezeichnete. Denn irgendwo musste doch diese blöde Telefonnummer von der Pension zu finden sein. Noch während er nach der Nummer suchte überlegte er angestrengt, wann er das letzte Mal in dem „abgelegenen Kaff" war und ob ihm das karrieretechnisch irgendwie schaden konnte. Da endlich fand er den abgerissenen Teil einer alten Sportzeitung, auf dessen Rand er sich damals die Telefonnummer von der Pension „Zum Anker" notiert hatte. Und daneben stand in krakeliger Schrift der Name Edeltraud Berger. „Na also", murmelte er vor sich hin. Bei ihm herrschte Ordnung. Alle wichtigen Daten waren notiert. Und jetzt fiel ihm auch ein, wann er zum letzten Mal in Berchtesgrund war. Das war genau am elften März letzten Jahres. Da wurde ihm der Diebstahl eines Schlittens angezeigt. Eigentlich wollte er gar nicht erst hinfahren, aber die Anzeige wurde durch einen Italiener gemeldet. Einen gewissen Signore Leon Guardia. Na ja, und ehe es Ärger gab … Jedenfalls war die Sache damals im Sande verlaufen.

Er wählte die Nummer der Pension und war erstaunt, dass er diese Frau Berger gleich am Telefon hatte. „Hier ist Polizeimeister Sven Bruckner, mit wem spreche ich?" „Wat soll det heißen? Hier is Traudl, wer sonst?" Bruckner räusperte sich kurz und versuchte damit seriöser oder offizieller zu erscheinen. Beherbergen Sie z. Z, eine schottische Polizistin mit Namen Kathy McGore oder so ähnlich?" „Wieso, hat se wat ausjefressen? Oder isse am Ende ja keene Polizistin?" „Nun lassen Sie mal die Scherze, Frau Berger. Sagen Sie der Kollegin, dass ich gegen sechzehn Uhr bei Ihnen erscheine. Haben Sie das verstanden?" „Nu brich dia mal keen Zacken aus de Krone, Dicker. Ick werde ihr Bescheid sagen."

Damit legte sie auf und überlegte, ob eine Situation entstanden war, die gefährlich werden konnte. Und zwar nicht nur gefährlich für sie und ein paar weitere Personen hier im Dorf. Nein, gefährlich für das ganze Projekt.

Kathy saß am Fenster, trank Tee und wartete auf den Italiener. Sie wirkte nach außen hin völlig ruhig, doch im Innern war sie auf das Äußerste gespannt. Von dem Gespräch mit dem Italiener erhoffte sie sich erste Antworten. „Wann kommt er?" „Du hast gegen vier Uhr ein Treffen mit Polizeimeister Sven Bruckner. Und der Italiener kommt gleich, meine Liebe. Noch einen Tee oder etwas Stärkeres?" „Oh nein, nicht um diese Zeit."

Traudl hatte Leon angerufen, als Kathy auf ihrem Zimmer war. Sie hatte ihm kurz die Situation geschildert und er hatte versprochen sich darum zu kümmern. Alles andere würde wie geplant weiter laufen.

Der Italiener und der Tote im Meer

Endlich, nach einem kurzen, fast sanften Klopfen öffnete sich die Tür und ein großgewachsener, gutaussehender Herr betrat die Gaststube. Sein fröhliches „Bon Jorno, Signoras!", wurde getragen von einer klaren Tenorstimme. Er nahm seinen breitkrempigen Hut vom Kopf und dichtes, fast silbriges Haar kam zum Vorschein. „Bitte geben Sie mir ihren Mantel, Signore." Kathy war von dessen Erscheinung angenehm überrascht. Auch schien es ihr, als ob Traudl versuchte, ihm ein wenig den Hof zu machen. Signore Leon rieb sich vergnügt die Hände und steuerte dann auf Kathy zu. „Was darf ich Ihnen bringen?" fragte Traudl. „Nun, ich denke, es ist noch nicht zu spät für einen Cappuccino und einen kleinen Grappa. Ich darf doch, Signora?" Damit deutete er auf den freien Stuhl am Tisch. „Ich bitte darum, Signore Guardia."

Da saßen sie sich nun gegenüber. Kathy, eine schottische Polizistin und Leon, ein italienischer Pensionär. Fast sah es aus, als „beschnupperten" sich beide. Als prüften sie ihr Gegenüber. Ein erstes Abtasten von zwei starken Persönlichkeiten.

Leon blickte ihr freundlich ins Gesicht. „Wussten Sie eigentlich, dass man Cappuccino in Italien nur am Vormittag genießt? Am Nachmittag trinken wir Espresso. So kann man Italiener ganz leicht von Touristen unterscheiden." „Danke Signore Guardia, ich werde es mir merken." „Oh bitte, sagen Sie Leon zu mir." „O.k. Signore Leon. Ich darf mich kurz vorstellen?" „Das müssen Sie nicht, Signora." Leon grinste. „Sie sind Kathy McGore, kommen aus Schottland, genauer aus Edinburgh. Sie sind Special-Superintendent der dortigen Polizei und vor ein paar Wochen fünfundvierzig geworden. Was man Ihnen nicht ansieht, Signora. Und Sie wollten Klara Hinrichsen besuchen, die vor einigen Wochen leider zu Gott abberufen wurde." Kathy war erstaunt. Da hatte jemand seine Hausaufgaben gemacht.

„Sie verblüffen mich, Signore Leon. Sie wissen viel über mich. Leider weiß ich gar nichts über Sie?" In diesem Augenblick trat Traudl an den Tisch und brachte den Cappuccino und den Grappa. „Bitte Signore", hauchte sie und setzte sich neben ihn. „Ich danke Ihnen, meine Liebe. Doch würden Sie uns einen Moment alleine lassen? Ich denke, dass unsere gutaussehende Polizistin hier ein paar Fragen an mich hat. Nicht war, Miss Kathy? Ich darf doch Miss Kathy zu Ihnen sagen?" „Das dürfen Sie." „Bitte Traudl, könntest du uns ein wenig allein lassen?"

Irgendwie baute sich ein Spannungsbogen zwischen Leon und Kathy auf. So, als läge ein Gewitter in der Luft. Hier saßen sich zwei „Alpha-Tiere" gegenüber, und das war zu spüren. Gerade wollte Traudl in die Richtung der Küche verschwinden, da flog die Tür auf und ein junger Mann stürzte atemlos herein. Mit schreckgeweiteten Augen ging er auf Traudl los, fasste sie an den Schultern und schüttelte sie kräftig durch. „He Fredi, nun beruhige dich. Hör auf zu schütteln, du tust mir ja weh." Traudl war klar, dass irgendetwas passiert sein musste. Doch wollte sie das bestimmt nicht vor der Polizistin besprechen. „Redet ihr mal hier in Ruhe miteinander, ich gehe mit Fredi ein bisschen vor die Tür." Der Italiener lächelte den beiden zu. „Ich finde, das ist eine sehr gute Idee, nicht wahr Signora Kathy?" Natürlich interessierte sich Kathy brennend dafür, was da gerade geschehen war, doch konnte sie das jetzt unmöglich zeigen. Und so griff sich Traudl den aufgeregt zappelnden Fredi am Arm und zog ihn vor die Tür. Beim Hinausgehen hörte sie nur noch, wie er aufgeregt auf Traudl einredete. „Traudl, Traudl. Schnell du kommen müssen. Es ist was Schreckliches passiert. Schnell, er ist tot…" Kathy war sich nicht sicher, ob das Wort

„tot" tatsächlich gefallen war, da in diesem Moment die Tür geschlossen wurde. Auch lenkte Leon sofort von dem Geschehen ab.

„Sie müssen Fredi entschuldigen. Er ist, wie sagt man hier, ein besonderes Kind des Herrn." „Er ist nicht ganz hell im Kopf, sagt man bei uns in Schottland, Signore. Doch deshalb wollte ich nicht mit Ihnen sprechen. Es geht mir unter anderem um die Todesumstände von Klara Hinrichsen." Kathy sah ihm direkt in diese fantastischen blauen Augen. „Und klingelt da was bei Ihnen?" Leon parierte den Blick. „Warum interessieren Sie sich dafür? Wie ich erfahren habe, sind Sie eine schottische Polizistin, die ohne jede Amtsbefugnis ein paar Tage in Deutschland weilt. Also, warum interessieren Sie sich dafür?" Jetzt merkte Kathy, wie irgendetwas in ihrem Bauch begann, ihr zu signalisieren: „Vorsicht! Da stimmt etwas nicht." „Nun Signore Leon, da Sie ja so vieles von mir wissen, fehlen da doch ein paar Informationen. Ich arbeite seit vielen Jahren mit Superintendent Tom Morgan zusammen. Ja, man kann sagen, wir sind gute Freunde. Und besagter guter Freund ist oder war der Neffe von Klara Hinrichsen. Zudem lebte er vor gut dreißig Jahren eine gewisse Zeit hier in Berchtesgrund. Das heißt, er ist der letzte noch lebende Verwandte der toten alten Dame. Und besagter Neffe wollte, dass ich hier ein paar Tage Urlaub mache."

Irgendwie erstarb das Lächeln im Gesicht des „Italieners". „Das haben wir nicht gewusst", murmelte er vor sich hin. „Was meinen Sie, Signore?" „Nun, dass es einen lebenden Verwandten gibt." „Und was meine Befugnis betrifft, ich komme gerade von einem Polizeikongress aus Hamburg. Hier habe ich die Visitenkarte des Polizeichefs von Schleswig Holstein. Er versprach mir uneingeschränkte Hilfe, sollte ich diese mal benötigen. Was ist jetzt? Brauche ich diese Hilfe?"

Der „Italiener" überlegte einen Moment, bevor er Kathy wieder mit einem umwerfenden Lächeln ansah. „O.k., was wollen Sie wissen?" „Nun, zunächst einmal wurde mir gesagt, Sie hätten den Leichnam gefunden."

„Welchen?" „Was meinen Sie mit welchen? Natürlich den von Frau Hinrichsen. Haben Sie denn noch mehr gefunden?" Leon räusperte sich kurz. „Ist das hier ein offizielles Verhör? Müsste ich mir in diesem Fall nicht einen Anwalt nehmen?" Jetzt war es an der Zeit für Kathy, ihren Charme spielen zu lassen. „Aber wissen Sie Doktor, nennen wir es doch ein freundschaftliches Gespräch zwischen zwei Fremden in Deutschland." „Wie Sie meinen." Dann lehnte er sich zurück und begann zu erzählen.

„Vor knapp sechs Jahren sei er durch einen Zufall in dieses Dorf gekommen. Und von Anfang an hatte er sich in diesen kleinen Flecken Natur verliebt. Als frisch gebackener Pensionär mit etwas Geld, einer guten Pension und viel Zeit mietete er die gerade leer gewordene Leuchtturmwärter-Wohnung für zunächst zwei Jahre. Bald freundete er sich mit vielen der alten Dorfbewohner an. Andere Besuche erhielten die ja längst nicht mehr. Und so waren sie froh jemanden kennen zu lernen, der ihnen die große weite Welt in ihre kleinen windschiefen Häuser brachte. So lernte er auch Klara irgendwann kennen. Im Übrigen hatte sie in keinem ihrer Gespräche jemals einen Neffen erwähnt.

Nach den zwei Jahren bekam er dann die Möglichkeit, den Leucht-Turm von der Gemeinde zu kaufen."

In den letzten Jahren begegnete er immer wieder dem einen oder anderen Dorfbewohner zu einem kleinen Schwatz." „Sie waren früher als Arzt tätig?" „Sicher Signora. Ich war fast dreißig Jahre in San Cervenzo als Arzt im dortigen Krankenhaus angestellt. Nach meiner Pensionierung bin ich dann durch Europa gereist." „Kommen wir zurück nach Berchtesgrund. Sie haben sich mit den alten Menschen hier angefreundet?" „Angefreundet, wissen Sie, das ist heutzutage so ein großer Begriff. Ich habe ihnen zugehört, wenn sie über ihre Sorgen und Nöte sprachen. Ich gab ihnen Ratschläge bei ihren vielen Zipperlein und ich schenkte ihnen Trost. Ich war einfach da, wenn es andere nicht waren." „Sie meinen, nahe oder auch entfernte Verwandte?" „Genau. Und so habe ich mich dann halt mit den Alten angefreundet, wenn Sie so wollen. Auch mit der alten Klara Hinrichsen. Wir haben oft auf der alten Bank vor ihrem Haus gesessen und einfach nur ein bisschen, gelöhnt', wie die Leute das hier nennen." „Ich finde das gut, Leon. Und am Tag ihres Todes haben Sie dann Klara gefunden?" „Nun ja, es war am zwölften März, so gegen vierzehn Uhr." „Auch noch an meinem Geburtstag", dachte sich Kathy. „Klara hatte einen Tag vorher ihren neunzigsten Geburtstag gehabt und ich wollte ihr gratulieren. Fast hätte ich es vergessen. Gott sei Dank hängt in meinem Turm ein Geburtstagkalender, auf dem ich die meisten Ehrentage der Einwohner von Berchtesgrund eingetragen habe. Ich besorgte ihr ein kleines Geschenk. Es war ein Gedichtband von A. Schoerfler, dann machte ich mich auf den Weg. Gegen vierzehn Uhr erreichte ich das Haus von Klara. Ich klopfte mehrmals an die Tür, bevor ich ins Haus trat. Es war ein bizarres Bild, das sich mir bot. Die Mittagssonne schien durch das Fenster auf das Gesicht von Klara, die tot am Boden lag. Die Augen waren weit geöffnet und doch schien es mir, als wenn sie mit einem Lächeln im Gesicht ihre letzte Reise angetreten hatte." Kathy hatte längst aufgehört, sich Notizen zu machen. „Und sie war wirklich tot?", flüsterte sie. „Da können Sie ganz sicher sein, Signora. Ich habe mit der Feststellung des Todes über viele Jahre meine Erfahrungen machen müssen." „Ich auch, Signore. Was haben Sie danach gemacht?" „Ich habe Signora Berger informiert." „Wen bitte?" „Nun Signora Berger. Sie kennen sie besser als Wirtin des „Ankers". „Sie hat dann Pfarrer Kern angerufen. Wir haben sie in einen der Särge gelegt, die sich noch in der alten Kapelle befinden. Dann haben wir alle Bewohner im Dorf informiert und zwei Tage später auf dem alten Dorffriedhof beerdigt. Ich habe noch ein Kreuz in San Cervenzo anfertigen lassen." „Warum?" Ich wollte nicht, dass sie so würdelos auf dem Friedhof liegt." „Das ist schön Leon", rutschte es Kathy heraus. „Was meinen Sie, woran ist sie gestorben? Ich würde das gerne ihrem Neffen mitteilen." „Nun, ich denke, es war das Herz. Es wollte einfach nicht mehr.

Sie ist aber auf jeden Fall friedlich eingeschlafen, das können Sie ihrem Neffen mitteilen. Sie war krank, wissen Sie. Ich hatte gehofft, dass sie in ein Krankenhaus geht, doch das wollte sie nicht. Sie wollte hier nicht weg." Kathys Neugier war gestillt. Der Bericht des Italieners erschien ihr logisch in der Abfolge und sie konnte beim besten Willen keine Anzeichen einer Straftat erkennen, wenn man mal von der Feststellung des Todes durch einen italienischen Arzt absah.

„Haben Sie noch weitere Fragen, Signora?" „Eigentlich nicht, Leon. Oder doch, ich habe auf dem Friedhof weitere vierzehn identische Kreuze gezählt. Sind die etwa auch alle von Ihnen?" „Nun, wie ich am Anfang erwähnt hatte, ich lebe schon über sechs Jahre hier. Und ich kenne sie alle." „Ich hoffe doch Leon, dass Sie die anderen nicht auch alle tot aufgefunden haben?" „Aber nein, Signora." „Gott sei Dank." „Es waren elf. Doch bevor Sie falsche Schlüsse ziehen, sehen Sie sich doch mal um. Das durchschnittliche Alter im Dorf liegt bei Mitte siebzig. Ein großer Teil ist schon über achtzig. Und wenn man die Lebenserwartung zu Grunde legt, dann werden in den nächsten zehn Jahren die restlichen Einwohner ihren Platz auf dem Friedhof einnehmen." „Na dann können Sie ja schon mal jede Menge Kreuzen bestellen. Ich habe noch eine letzte Frage. Wem gehören jetzt eigentlich das Haus und das Grundstück? Auch wenn es nicht viel wert sein dürfte, muss sich doch jemand darum kümmern." „Sie meinen, ihren Neffen?" „Zum Beispiel." „Nun soviel ich weiß, hat Klara das Ganze schon vor längerer Zeit verkauft." „Ach was?" Jetzt war wieder der Polizist in Kathy geweckt. „Und wissen Sie an wen?" „Oh nein, da fragen Sie mich zu viel. Ich nehme aber an, dass sie dafür nicht viel bekommen hat. Wer will denn hier schon leben? Doch jetzt müssen Sie mich entschuldigen. Ich habe noch etwas zu erledigen. Und das, glauben Sie mir, ist nicht so angenehm wie mit ihnen hier zu plaudern. Wenn Sie keine weiteren Fragen mehr an mich haben, dann möchte ich mich an dieser Stelle empfehlen." „Oh bitte Signore, das war es, fürs Erste zumindest. Doch ich bin fest davon überzeugt dass wir uns bald wiedersehen werden." „Wie Sie meinen Signora, das Gefühl habe ich auch. Vielleicht kommen Sie mich mal in meinem Leuchtturm besuchen. Von ganz oben hat man einen fantastischen Blick." Damit erhob sich der Italiener, küsste ihr formvollendet zum Abschied die Hand, griff sich seinen Mantel und den Hut und verließ freundlich lächelnd die Pension. Da hatte sie wohl den wunden Punkt getroffen. Das ist noch nicht vorbei, dachte sich Kathy. Dann wählte sie Toms Nummer in Edinburgh und informierte ihn über den Stand der Dinge.

Derweil hatte Fredi Traudl am Arm gepackt und in Richtung des Strandes gezogen. Dabei rief er immer wieder: „Schnell, du müssen sehen, schnell!" Traudl hatte mehrfach vergebens versucht ihn zu beruhigen, doch ohne Erfolg. Am Strand angekommen zeigte Fredi aufgeregt auf etwas, das knapp fünfzig Meter vom Ufer entfernt im Wasser trieb. Wie man unschwer erkennen konnte, handelte es sich augenscheinlich um einen Menschen, genauer gesagt um einen Mann. „Da, du sehen, das ist…" Traudl wusste sofort, wer da tot im Wasser schwamm. Es war Gottfried, ihr Freund. Für einen Moment biss sie sich auf die Hand, um nicht laut schreien zu müssen. Doch dann reagierte sie sofort.

„Schnell Fredi, hol ihn ans Ufer." Der dachte nicht lange nach, und ohne mit der Wimper zu zucken lief er in das knapp zehn Grad kalte Wasser. Hier, an dieser Stelle war es nur knapp einen Meter tief, und so erreichte er den Leichnam in kurzer Zeit. Er packte den Toten, der mit dem Gesicht im Wasser trieb an den Beinen und zog ihn ans Ufer. Kaum am Land, drehte Traudl ihn herum und starrte in die toten Augen ihres Freundes. „Warum ausgerechnet du? Verdammter Mist, wie konnte das nur passieren? Du hast doch niemandem was getan", murmelte sie vor sich hin. Plötzlich ging ein Ruck durch Traudl. „Pass auf Fredi. Du musst mir helfen. Du holst eine Schubkarre und bringst ihn auf den schwarzen Kutter." „Aber dort liegt doch…" „Ja ich weiß, dort liegt der schwarze Sack für morgen Nacht. Pass auf, du darfst niemanden davon etwas erzählen, hörst du? Das muss unser Geheimnis bleiben. Hast du mich verstanden, Fredi?" „Ja, ja, Fredi nichts sagen. Geheimnis bleiben." „Ja, so ist es gut, und jetzt lauf los und hol die Karre." Fredi nickte und rannte los. Traudl setzte sich in den nassen Sand und bettete den Kopf des Toten in ihrem Schoß. „Was ist passiert, mein Lieber? Wem bist du heute Nacht in die Quere gekommen?" Denn dass das hier kein Unfall war, wusste sie sofort. Sie hatte sich schon gewundert, dass er heute Morgen nicht in seinem Bett lag, als sie sich auf Zehenspitzen in sein Zimmer schlich. Da er Frühaufsteher war, hatte sie sich zunächst nichts dabei gedacht. Erst als er gegen neun Uhr immer noch nicht da war, machte sich eine gewisse Unruhe in ihrem Bauch breit. Und jetzt sah sie, dass ihr Bauchgefühl sie nicht getäuscht hatte. Irgendwer hatte Gottfried heute Nacht getötet. Aber warum gerade ihn? Er war der friedfertigste Mann, dem sie je begegnet war. Er war nett, höflich und zuvorkommend. „Scheiße", dachte sie. „Warum du?" Plötzlich erinnerte sie sich daran, was Kathy gesagt hatte. „Sie hätte gesehen, dass er ihr gestern Abend noch gefolgt wäre." In diesem Fall konnte es ohne weiteres sein, dass er Leon oder gar Alina begegnet war. Dieser Bestie in Menschengestalt. In diesem Fall wusste sie, wen sie fragen musste.

Ein quietschendes Geräusch kam schnell näher. Es war Fredi mit einer Schubkarre. Beide luden den Leichnam in die Karre. Traudl verdeckte den Kopf mit dem Sakko, das er immer noch trug.

„Also, Fredi, du weist, wohin du ihn bringen sollst?" Der nickte heftig. „Fredi weiß Bescheid. Fredi ihn bringen auf schwarzen Kutter. Dort ihn verstecken. Niemand von Geheimnis erzählen." „Gut so, Fredi. Und wenn du damit fertig bist, musst du dich umziehen, sonst du dich erkälten. Und trink einen heißen Tee mit viel Milch und Honig. Der hilft immer." Fredi war schon auf dem Weg in die Richtung des Kutters. Traudl klopfte sich den Sand von Kleidern, strich sich das Haar aus dem Gesicht und ging langsam in die Richtung der Pension. Dabei steckte sie sich eine der blauen „Gauloise" an und sog den starken, würzigen Duft tief ein. O.k., sie hing da genauso tief drin wie der „Italiener" und Friedrichsen. Doch mit dem Tod von Gottfried hatte sie nichts zu tun. Das war persönlich und dafür würde jemand bezahlen.

Gerade als sie die Pension erreichte, trat der „Italiener" aus der Tür. „Na Traudl, alles in Ordnung?" Die sah ihn starr an. „Sollte ich herausbekommen, das du dafür verantwortlich bist, dann Gnade dir Gott." Der Italiener lächelte sie nur freundlich an. „Du weist, dass Alina noch da ist? Soll ich sie von dir grüßen?" „Alina ist immer noch da?" Traudls Gesicht erstarrte. Aber ich dachte, sie wäre gestern Nacht abgereist?" „Ist sie nicht. Da ist ihr wohl etwas, oder besser, jemand dazwischen gekommen. Also, was ist nun, soll ich sie von dir grüßen?" „Nein, nur nicht. Bitte sag ihr nichts." „Das hatte ich auch nicht von dir erwartet." „Was ist mit der Polizistin? Ist sie ein Problem?" „Keines, das du nicht lösen kannst." „Ich, aber wieso denn ich? Die is een Superbulle aus Edinburgh." „Pass auf, meine Liebe. Die Kleine da drin schläft in deinem Haus und benutzt dein Telefon. Also wer, wenn nicht du, hat sie unter Kontrolle. Und wer, wenn nicht du bemerkt als Erste, wenn sie etwas von unserem kleinen Nebenjob in Erfahrung bringt? Also, hast du noch Fragen, denn ich glaube, wir werden beobachtet." Traudl schmiss ihren Zigarettenstummel zu Boden und sah, dass Kathy am Fenster stand. „Sie telefoniert. Ich denke mit ihrem Freund in England." „In Schottland, meine Liebe." „Ob England oder Schottland, das ist mir scheißegal. Ich will, das sie von hier verschwindet." „Oh nein." Leon schüttelte stumm den Kopf. „Die geht hier nicht weg. Zumindest nicht lebend. Die weiß zwar noch nichts, aber ich bin sicher, die ahnt etwas." „O.k., ich werde mich um sie kümmern. Und bitte, sag Alina nichts." Leon musste lachen. „Du hast wohl Angst vor dem Mädchen?" „Du doch auch. Dieses Wesen ist der Teufel." „Pass auf, dass sie das nicht hört. Ich werde jetzt gehen. Ach so, und denke daran, Es geht morgen

Nacht auf Krebse-Fang." Damit drehte er sich herum, warf ihr noch einen flüchtigen Kuss zu. Dann schritt er zügig in Richtung des Leuchtturmes. „Also war es doch Alina", dachte sich Traudl.

Als sie in den Gastraum trat, war Kathy gerade mit dem Telefonieren fertig. „Hast du alles mit Signore Leon besprochen?" Kathy sah sie fragend an. „Und, was gab es denn so wichtiges da draußen?"

„Was meinst du?" „Nun, der Fredi war ja sehr aufgeregt." „Ach, der wollte mir nur Bescheid geben, dass wir morgen Abend wieder zum Krebse fangen rausfahren." „Kann ich mitkommen?" „Wie, du willst mit auf See? Das kann aber sehr stürmisch werden." „Das kann ich mir vorstellen. Ein bisschen Wind stört mich nicht. Also, was ist?" Traudl fing an herumzudrucksen. „Da muss ich den ollen Friedrichsen fragen." „Wann kommt noch mal der Polizist aus dem Dorf?" „So gegen sechzehn Uhr." „Gut, dann gehe ich kurz auf mein Zimmer. Ich will mich etwas frisch machen. Mit welchem der zwei Kutter fahren wir denn morgen Nacht?" Traudl erschrak, doch war sie bemüht, sich nichts anmerken zu lassen. „Warum willst du das wissen?" „Ach nur so. Vielleicht gehe ich nachher noch zum Strand. Mich mal etwas umsehen."

„Mach das, aber gehe bitte nicht alleine an Bord. Da wird Friedrichsen fuchsteufelswild, wenn jemand ungefragt auf sein Schiff geht." „Kann ich gut verstehen. Aber du kannst ja mitkommen." Damit drehte sich Kathy herum und verschwand in die Richtung ihres Zimmers.

Jetzt war Traudl klar, dass diese Polizistin spätesten morgen Abend verschwinden musste. Und zwar so oder so. Sie wartete bis sie sicher sein konnte, dass Kathy in ihrem Zimmer verschwunden war, dann wählte sie Leons Nummer. Doch der war wohl noch auf dem Weg zum Leuchtturm. Plötzlich sah sie Friedrichsen auf dem Weg zum Kutter. Traudl rannte hinaus und erzählte ihm, was in den letzten Stunden geschehen war. „Was soll ich bloß tun?" „Jetzt heißt es, Ruhe bewahren. Ich werde Fredi auf den Kutter schicken. Heute Nacht passiert sowieso nichts. Es soll einen schlimmen Sturm geben. Mit schweren Gewittern, Regen und meterhohen Wellen. Ich bin deshalb gerade auf dem Weg zum Kutter. Sehen, ob er ordentlich vertäut ist. Für morgen lass ich mir was einfallen." „Ich danke dir. Im Übrigen, sie hat meinen Freund getötet." „Wer?" „Na wer wohl? Die Irre natürlich. Er liegt im schwarzen Kutter." „Bist du wahnsinnig? Was ist, wenn diese Polizistin ihn da findet?" „Was sollte ich den machen? Fredi hat ihn im Wasser treibend gefunden. Mir fiel nichts Besseres ein. Ich dachte mir, dass wir ihn morgen Nacht…"

„Dass wir ihn morgen Nacht verschwinden lassen? O.k., was soll es. Sicher die beste Lösung." „Ach so, die Kleine da drin will morgen Abend mitkommen. Auf See." „Das geht auf keinen Fall." „Das ist mir auch klar. Ich muss zurück. Ich lasse mir was einfallen. Bis morgen Abend, mein Lieber." Damit trennten sie sich und gingen ihrer Wege. Kaum war sie zurück, begegnete sie Kathy, die mit ihrem Fernglas den Strand beobachtete. „Na, du hast dich mit dem ollen Friedrichsen getroffen?" Traudl sah sie misstrauisch an. „Weist du, meine Liebe, seit du hier eingetroffen bist, habe ich keine Ruhe mehr. Alles wirbelst du durcheinander. Ich komme mir vor wie auf einer Polizeistation. Könntest du das bitte lassen?" Kathy steckte sich eine Zigarette an. „Entschuldige bitte, dass ich mich um den seltsamen Tod einer alten Dame kümmere. Und der ist doch seltsam, oder? Und wer weiß, was ich sonst noch finde…"

Polizeimeister Sven Bruckner

Polizeimeister Bruckner wurde tüchtig durchgeschüttelt. Der altersschwache Dienstwagen, ein Golf mit über zwanzig Dienstjahren auf dem Buckel, knarrte und ächzte bei jeder Bodenwelle, bei jeder Senke und jedem Stein, über den er gesteuert wurde.

Trotz seines Übergewichtes legte Bruckner seine täglichen Fahrten in

Tünning immer mit dem Fahrrad zurück. Doch die knapp dreißig Kilometer nach Berchtesgrund wären wohl eine unlösbare Aufgabe für ihn gewesen, zumal ja noch der Rückweg bewältigt werden musste. Es war kurz nach fünfzehn Uhr, als er in den alten Holzfäller Weg einbog, den nur Ortsansässige kannten. Hier begegnete man normalerweise nie jemandem. Umso erstaunter war Bruckner, als ihm ein LKW mit aufgeblendeten Scheinwerfern entgegen kam. Nur seiner Reaktionsschnelligkeit war es zu verdanken, dass es zu keinem Zusammenstoß kam.

Ohne Rücksicht donnerte der LKW den schmalen Weg entlang und zwang den Polizisten, nach rechts auszuweichen. Kaum war der LKW an dem kleinen Golf vorbei, kletterte Bruckner behände aus dem Wagen, um sich das Kennzeichen zu notieren. Trotz seiner Leibesfülle war er fit und schnell auf den Beinen. Doch das Kennzeichen war entweder zu stark verschmutzt oder das Fahrzeug hatte gar keins. An der hinteren Ladefläche prangte ein Logo, das ihm irgendwie bekannt vor kam. Nur wusste er im Augenblick nicht, wo er es schon gesehen hatte. Auf der Ladefläche befand sich irgendetwas Größeres, das aber von einer tiefblauen Plane verdeckt wurde. Wohin der LKW fuhr konnte er nicht erkennen, denn mehrere Abzweigungen waren möglich. „Verdammter Mist!", rief er ihm noch hinterher, was aber niemanden zu beeindrucken schien. Bevor er wieder in den Wagen stieg, umrundete er den Golf, um festzustellen, ob irgendwelche Schäden am Fahrzeug zu sehen war. Doch alles schien in Ordnung, bis auf die Tatsache, dass sein rechtes Vorderrad in einer Senke stand. Bruckner stieg ins Auto, warf den Motor an, legte den Rückwärtsgang ein und Dank seines Übergewichtes kippte der Golf nach links und fuhr ohne Probleme aus der Senke. „Na also!", rief er vergnügt. „Manchmal hilft es, etwas mollig zu sein."

Weiter ging die holprige Fahrt in Richtung Nordsee. In der Ferne konnte er schon den Leuchtturm von Översund erkennen. Jetzt war es nicht mehr weit. Bruckner war schon mächtig darauf gespannt, einer Elite-Polizistin aus Schottland zu begegnen. In dem Fax, das er aus dem Büro des Polizeipräsidenten erhalten hatte, stand nur, dass er sich unverzüglich mit Superintendent Kathy McGore in Berchtesgrund in Verbindung setzen sollte und ihr jede gewünschte Unterstützung zu gewähren hätte. In Gedanken stellte er sich die Kollegin als eine Mischung aus „Miss Marple" und der „Queen" vor. Was ihn aber besonders bewegte war der Umstand, was eine so hoch gestellte Beamtin, noch dazu aus dem Ausland, hierher in diese Einöde trieb? Und dann musste ja auch irgendetwas passiert sein. Bloß was? Knapp zehn Minuten später erreichte er die Dorfstraße und hielt vor der Pension „Zum Anker". Hier hatte sich seit seinem letzten Besuch anscheinend nichts verändert. Er stieg aus und sah sich kurz um. „Still, wie auf einem Friedhof", dachte er sich. „Niemand zu sehen oder zu hören. Hier wollte er nicht leben, geschweige denn arbeiten." Er griff sich seine Dienstmütze und die kleine Aktenmappe. Dann betrat er nach einem kurzen Klopfen den Schankraum der kleinen Kneipe. „Hallo!", rief er. „Hier ist die Polizei!" An anderen Orten erntete er mit diesen Worten immer Aufmerksamkeit oder einen großen Lacher.

Hier passierte gar nichts. Das nahm ihm den Wind aus den Segeln und machte ihn für einen Moment unsicher.

Traudl stand hinter dem kleinen Tresen, polierte die wenigen Gläser, und am Fenster saß Kathy und ließ sich den herrlich duftenden „Fischtopf" schmecken. Das war eine von Traudls Spezialitäten. „Na Herr Kommissar, darf's für Sie auch was sein?" Obwohl der Polizist ein leichtes Hungergefühl spürte, erinnerte er sich daran, dass er im Dienst war und lehnte das Angebot dankend ab. „Nein danke Frau Wirtin, aber ein Glas Wasser wäre sehr freundlich. Wären Sie so nett Frau Kathy McGore Bescheid zu sagen, dass ich hier bin?" „Na nu, brechen se sich mal keen Zacken aus de Krone, da sitzt se." Damit ging ihr Kopf in die Richtung des Fenstertisches, an dem Kathy saß. Bruckner ging auf sie zu und überlegte, ob er salutieren sollte oder nicht. Doch der Anblick der jungen, zierlichen, blonden Frau ließ ihn zunächst verstummen. Kathy konnte sich ein leichtes Grinsen nicht verkneifen. „Kommen Sie und setzen Sie sich. Ich bin Kathy McGore und das hier ist

die beste Fischsuppe, die ich je gegessen habe." Bruckner setzte sich ihr gegenüber und stotterte irgendwas von Polizeimeister Sven Bruckner und Befehl. In diesem Moment trat Traudl an den Tisch und entkrampfte etwas die Situation. „Na, nicht doch einen Teller von Traudls Fischsuppe?" Kathy beugte sich über den Tisch und flüsterte dem immer noch verdutzten Bruckner zu: „Sie sollten die Suppe probieren. Sie wissen nicht, was Ihnen entgeht." „Nein Danke, ich möchte wirklich nicht. Nur das Wasser." Damit goss er sich das Glas voll und kippte es in einem Zug hinunter. Kathy sah ihm direkt ins Gesicht. „Geht es Ihnen jetzt besser? Ich habe Sie mir ganz anders vorgestellt." Bruckner versuchte ein Lächeln. „Wenn ich ehrlich bin, ich Sie mir auch." „Und, sind Sie enttäuscht?" „Aber nein, um Gottes Willen. Sie haben ein Problem, bei dem ich Ihnen helfen kann?" Diese Frage kam etwas gestelzt aus ihm heraus. Doch plötzlich explodierte es fast in ihm. „Was, um alles in der Welt treibt Sie in diese Einöde? Und was kann hier schon passieren, dass mich der Polizeipräsident persönlich hierher schickt. „Ich glaube das besprechen wir lieber unter vier Augen und Ohren." Kathy hatte aufgegessen. „Traudl, ich gehe mit unserem Polizeimeister ein bisschen hinaus." Das passte der natürlich gar nicht. „Aber warum denn? Ich verschwinde in meine Küche und lasse euch beide in Ruhe reden." „Das könnte der so passen", dachte sich Kathy. „Das ist kein Date, meine Liebe. Lass mal, wir gehen ein bisschen." Damit erhob sich Kathy, was dazu führte, dass Bruckner von seinem Platz hochschnellte und dabei das neu gefüllte Wasserglas über seine Diensthose kippte. „Entschuldigen Sie, Miss, Mam, oder wie soll ich Sie überhaupt ansprechen? Ich kenne mich den ausländischen Dienstgraden nicht so aus." „Nun, da ich als Gast in ihrem Land bin, sagen Sie doch einfach Mam zu mir."

„Jawohl, Mam McGore." Jetzt musste Kathy doch lachen. „Sorry, aber das lassen wir mal. Kommen Sie, wir haben zu reden." Damit verließen beide die Pension. Kaum waren sie verschwunden, wählte Traudl die Nummer von Leon. „Sie ist jetzt mit dem Dorfbullen aus Tellernsee zusammen unterwegs. Ja, mit dem dicken Polizisten. Wie, ihr hättet ihn beinahe ausgeschaltet? Seid ihr wahnsinnig?" Leon berichtete ihr von der kleinen Begegnung mit dem LKW im Wald. „Und wo ist das Ding jetzt?" Anscheinend ging es um das Auto der Polizistin. „Schrottplatzt? Und wo?" Leon schien jetzt aber keine Lust zu haben, ihr mehr Details zu erklären. „Was du nicht weist, kann dich nicht belasten." „Gut, wenn du nicht mehr sagen willst. Ich frage mich nur, ob so auch mein kleines Auto damals verschwunden ist? Ich lege jetzt auf und melde mich, wenn ich mehr weiß. Im Übrigen, morgen muss sie eh verschwinden. Sie will unbedingt mit aufs Schiff, zum Krebse fangen." Damit legte Traudl auf und goss sich einen großen Klaren ein. Mit einem Zug trank sie das Glas aus. Nach einem zweiten Glas atmete sie tief durch. Jetzt ging es ihr besser. „Wenn ich bloß hören könnte, worüber die beiden reden…"

Kathy war mit Polizeimeister Bruckner hinunter zum Strand gegangen. Auf dem Weg dahin erzählte sie ihm von Klara Hinrichsen, ihrem Tod, ihrem Neffen in Edinburgh, dem Gespräch mit dem Italiener, den anderen Kreuzen auf dem Friedhof und dem angeblichen Verkauf des Grundstückes. Eben alles, was sie in den letzten vierundzwanzig Stunden hier erlebt hatte. Bis hin zu der Tatsache, dass ihr kleines Auto irgendwo in einer wassergefühlten Senke verschwunden war und es hier augenscheinlich niemanden gab, der ihr helfen konnte. Der Polizeimeister hörte sich alles an und machte sich eifrig Notizen. „Natürlich werde ich Ihnen helfen, Mam, wobei ich auf den ersten Blick noch keine Straftat erkennen kann." „Sie haben sicher Recht. Einzeln betrachtet mag dass eine bloße Ansammlung von Zufällen sein. Doch wenn man alles gemeinsam betrachtet, dann passiert hier irgendetwas Schreckliches. Hören Sie Bruckner, mein Bauchgefühl sagt mir, dass mit dem Tod der alten Hinrichsen irgendetwas nicht stimmt. Und mein Bauch hat sich noch nie geirrt. Ein italienischer Pensionär erklärt hier Tote als natürlich verstorben. Und das nur, weil er sie kennt?" Bruckner hatte Kathy aufmerksam zugehört. „Und was wollen Sie nun von mir? Wie kann ich Ihnen helfen?" Kathy sah ihn merkwürdig an. „Ich möchte die Leiche von Klara Hinrichsen obduzieren lassen. Und wenn wir etwas finden, und ich bin mir sicher, dass wir etwas finden werden, dann sollten wir auch die anderen Verscharrten, denn nicht anders nenne ich diese geheimnisvollen Beerdigungen, obduzieren lassen." Bruckner machte große Augen. „Oh, Stop junge Dame. Wer soll das tun?" „Na Sie, mit ihrem Team." Jetzt musste der Polizist lachen. „Entschuldigen Sie, aber ich bin das ganze Team. Um so etwas zu realisieren, muss ich jede Menge Verstärkung aus der Kreisstadt anfordern und dazu brauche ich Beweise. Und wie ich ihren Schilderungen entnehme, haben Sie bis jetzt keine. Ich weiß ja nicht, wie das bei Ihnen in Schottland so läuft, aber hier brauche ich Beweise. Und bis ich keine hieb- und stichfesten dem zuständigen Staatsanwalt auf den Tisch legen kann, ordnet der keine Obduktion an. Und schon keine, eines halben Friedhofes." Kathy stand vor Bruckner, starrte auf die See hinaus, rauchte eine ihrer „Gauloise" und ihr war klar, dass das zu Hause auch nicht anders laufen würde. „Selbst bei ihrem Dienstgrad, würde Sie Chief Simmons für verrückt erklären lassen." „O.k. Bruckner, Sie haben Recht. Können Sie mir wenigstens bei der Sache mit meinem Auto helfen? Ich muss hier mobil sein." Bruckner erzählte ihr von seiner merkwürdigen Begegnung mit dem LKW. „Ich würde mich nicht wundern, wenn da jemand ihr Auto hat verschwinden lassen." „Das bedeutet, dass mich hier irgendwer festhalten will. Aber damit können Sie doch sehen, das irgendetwas schief läuft." „Ich glaube, ich muss Ihnen nicht das Einmaleins der Polizeiarbeit erklären. Im Augenblick habe ich nur einen LKW gesehen, der irgendetwas Großes abtransportiert hat." „Ja, ja, ist schon gut. Sorry Bruckner. Ich bin nur etwas genervt, da ich das

Gefühl nicht los werde, einer großen Sache auf der Spur zu sein, aber immer einen Schritt hinterher hinke." Bruckner überlegte einen Moment. „Ich bin zwar nur Polizeimeister, aber mir kommen da auch ein paar Zweifel, ob hier in Berchtesgrund alles mit rechten Dingen zugeht. Wie gesagt, das mit den Obduktionen können wir vorerst vergessen. Aber ich könnte mich ja mal um die vierzehn Dorfbewohner kümmern, die da in den letzten Jahren mit italienischen Kreuzen versehen, ihre letzte Reise auf den Dorffriedhof gemacht haben. Und ich werde ein paar Informationen über unseren ehemaligen Doktor einholen." Kathy drehte sich herum und gab dem erstaunten Bruckner einen Kuss auf die Wange. „Sie sind ein Schatz, Polizeimeister Bruckner. Und ich werde mich noch mal mit unserem Italiener verabreden. Doch diesmal in seinem Leuchtturm. Morgen Abend habe ich vor, mit dem Kutter da, auf Krebsfang zu fahren." „Auf Krebsfang? Wie kommen Sie darauf? Ich bin an der Küste groß geworden, und wenn ich eines genau weiß, dann, dass es hier keine Krebse gibt. Zumindest nicht zu dieser Jahreszeit. Also Miss Kathy, ich kann Sie nur warnen, ich weiß nicht, was die da draußen fischen. Passen Sie auf sich auf." „Ich danke Ihnen. Ich hätte noch eine Bitte. Könnten Sie feststellen, was mit den Häusern und Grundstücken der vierzehn Verstorbenen geworden ist? Hier sind die Namen." „Ich werde mich bemühen. So, jetzt muss ich aber los. Ich glaube, ich habe heute noch jede Menge zu tun. Ich werde Sie auf jeden Fall morgen kontaktieren. Je nachdem, was ich erreicht habe." Damit gingen beide in die Richtung seines Polizeiautos. Auf dem Weg stellte er Kathy noch ein paar Fragen zu ihrer Arbeit in Schottland. Am Auto angekommen, kam dann die ultimative Frage aller Männer. „Was tragen die Schotten denn nun unter dem Rock?" Kathy musste laut lachen. „Na, was glauben Sie denn?" Bruckner war verblüfft. „Na, nach dem was man so hört, nichts." Kathy sah ihm fest ins Gesicht: „Das, mein lieber Freund, ist neben dem Ungeheuer von Loch Ness das zweite große schottische Geheimnis. Ich danke Ihnen bis hierher."

Bruckner verabschiedete sich mit einem festen Händedruck. „Ich glaube, wir werden uns bald wiedersehen." Damit stieg er in sein Auto und fuhr Richtung Dorfausgang. Kathy sah ihm hinterher und erwischte sich dabei, ihm nach zu winken.

Kaum war er verschwunden, stand Traudl in der Tür. „Na, alle Fragen geklärt, meine Liebe?" „Weist du Traudl, mach mir doch Mal einen deiner fantastischen Tees und dann lass uns doch ein bisschen miteinander reden." Damit drängte sie die erstaunte Wirtin ins Haus, und nach knapp fünfzehn Minuten saßen beide einträchtig am Tisch.

Während Kathy in aller Ruhe in ihrem Tee Pott rührte, saß Traudl nervös vor ihr und rauchte schon die dritte Zigarette. „Also, worüber wolltest du mit mir reden?" „Gleich meine Liebe, erst einmal möchte ich deinen Tee genießen. Ob du mir davon ein bisschen nach Schottland mitgeben könntest?" Traudl nickte nervös. „Aber was willst du denn nu von mir wissen?" Kathy ließ sie mit Absicht schmoren. Sie wusste, in wenigen Minuten war sie soweit. Plötzlich ging Traudl zur Theke und goss sich einen großen Klaren ein, den sie in einem Zug herunter kippte. „Entschuldige, aber willst du auch einen?", fragte sie, während sie ihr Glas erneut füllte. „Oh nein danke. Ich habe noch von gestern genug. Sag mal, könnte ich heute zum Abendessen noch etwas von einer fantastischen Fischsuppe haben? Natürlich, für fünf Euro?" „Was, wie bitte? Fünf Euro?" „Na, das scheint doch hier dein Einheitspreis zu sein." „Ach so", lachte Traudl. Doch das Lachen klang ziemlich gequält. „Nu frage endlich, wat du fragen willst." „Na gut, meine Liebe, ich hätte da nur ein paar klitzekleine Fragen. Ach so, und ich frage dich das jetzt als schottische Ermittlerin. Also denke bitte genau nach. Wie mir aufgefallen ist, bist du ungefähr zur selben Zeit hier ins Dorf gekommen, wie unser gutaussehender italienischer Doktor. Und ich nehme mal an, du weist hier auch über alles und jeden Bescheid." Traudl wollte etwas dazwischen werfen. „Aber ich …" Doch Kathy ließ sich nicht beirren. „Du sollst erst überlegen! Also weiter. Wer verwaltet die Häuser und Grundstücke der anderen vierzehn Toten? Ich meine die, deren Gräber wir heute Morgen gesehen haben. Nächste Frage, was fangt ihr eigentlich da in der Nacht? Wie mir der Polizist Bruckner versicherte, gibt es hier um diese Zeit keine Krebse in dieser Gegend. Im Übrigen, ich komme aus einer Familie mit vier Brüdern. Davon sind zwei Fischer. Ein Anruf von mir und ich habe Gewissheit. Nächste Frage. Wer hat mein Auto verschwinden lassen? Und glaube mir, das mit dem Auto nehme ich persönlich. So, und jetzt bist du dran."

Damit grinste Kathy ihr Gegenüber freundlich an und schlürfte genüsslich ihren Tee. Jetzt würde sich ja herausstellen was Traudl wusste, oder ob sie völlig ahnungslos wie ein Häufchen Elend vor ihr saß. Laut ihrer Körpeersprache hatte Kathy mehrfach den wunden Punkt getroffen. Man konnte es ihr ansehen, wie es in ihr arbeitete. „Also", fing Traudl stotternd an. „Mit dem Verschwinden eines Autos habe ich nichts zu tun. Wirklich. Wie kommst du überhaupt darauf, dass es verschwunden ist?" „Ich hatte doch erwähnt, dass ich das Verschwinden meines Wagens persönlich nehme?" „Ja, das hast du." „Und?" „Ich verstehe immer noch nicht, wie du der Meinung sein kannst, dass ich damit etwas zu tun haben könnte." Kathy änderte jetzt etwas den Ton und begann härter zu fragen. „Ich bin jetzt über zwanzig Jahre bei der Polizei, meine Liebe. Also solltest du nicht versuchen, mich für doof zu verkaufen. So vielen Leuten in diesem gottverlassenen Dorf habe ich nicht von meinem Malheure auf der Schlammpiste erzählt." Langsam wurde Kathy wütend. „Also noch mal die Frage, wo ist mein Auto?"

Traudl war jetzt klar, dass sich die Schlinge fester um ihren Hals zog. „Nun, du hattest doch erzählt, dass dein Auto fast ersoffen in einer Wassersenke feststeckt. Und da hier niemand im Dorf ist, der dir da wieder raushelfen könnte, habe ich eine befreundete Firma in Tünning angerufen." „Was für eine Firma?" Jetzt war Kathys Jagdtrieb geweckt. „Was für eine Firma?" „Ich kenne die eigentlich gar nicht." Traudl wirkte verlegen, und kleinlaut kam ihr das Wort „Schrottplatz-Müller" über die Lippen. Kathy ging zum Tresen, holte das Telefon und knallte es auf den Tisch. „Anrufen! Sofort!" Dabei sah sie Traudl wütend an. „Wen?" „Wen natürlich! Den Schrottplatz! Los, ruf an! Und Gnade dir Gott, wenn dem Wagen irgendwas passiert ist. Los, ruf an! Ich will, dass der Wagen spätestens morgen Vormittag hier vor der Tür steht!" Traudl nickte und begann eine Nummer zu wählen. Kaum meldete sich am anderen Ende jemand, stand sie auf und verschwand mit dem Telefon hinter dem Tresen.

Nach einem etwas „stürmischen" Gespräch, bei dem mehrfach die Worte Polizei, Leon und Geld zurück fielen, legte sie erleichtert auf. „Also, du hast Glück, dein Wagen ist morgen früh hier." „Ich habe Glück? Ich glaube, du verkennst deine Lage, und dafür, dass du die Firma nicht kennst, wusstest du sogar deren Nummer auswendig. Also quatsch mich nicht voll. Jetzt zu meinen anderen Fragen." Doch Traudl wollte schnell das Thema. wechseln. „Du wolltest noch etwas von der Fischsuppe haben? Ich verschwinde schnell in der Küche und mache dir etwas fertig."

Kathy lächelte und steckte sich in Ruhe eine Zigarette an. Sie folgte ihr langsam. Am Türrahmen lehnend beobachtete sie Traudl, die nervös in der Küche hantierte. „Also? Das fing doch schon mal ganz gut an, oder?" „Ich weiß nicht, was du willst? Ich habe keine Ahnung von Grundstücken und Häusern. Und was meine Ankunft hier in Berchtesgrund betrifft, ja, es kann schon sein, dass wir zur selben Zeit hier eingetroffen sind. Aber das ist ein Zufall. Und natürlich fangen wir in der Nacht da draußen Krebse, was denn sonst? Das musst du mir glauben." „Ach weist du, ich glaube nicht so sehr an Zufälle, und nach zwanzig Dienstjahren halte ich es eh nicht so sehr mit dem Glauben. Doch kommen wir zurück zu den Krebsen." Traudl hantierte weiter mit den Töpfen in ihrer Küche. Und langsam stieg die Wut in ihr hoch. „Weist du, du kannst glauben was du willst, das ist mir scheißegal. Wir fangen Krebse! Punkt! Basta! Und noch eins, du steckst da deine Nase in ein gefährliches Wespennest. Ich will dir keine

Angst machen, aber du solltest aufpassen, mit wem du dich da anlegst." Jetzt war es an Kathy, ernst zu werden. „Oh, lassen wir jetzt die Maske fallen? Ich weiß nicht was hier läuft, zumindest noch nicht. Aber sei dir Gewiss, ich bekomme es heraus. Ich bin mir nicht sicher, wie tief du da drin steckst, aber auch das werde ich feststellen. Ich kann dir nur raten, mir die Wahrheit zu erzählen." Jetzt wurde Traudl wütend. „Die Wahrheit? Du willst wirklich die Wahrheit wissen? Hier sterben Menschen, meine Liebe. Und das nach einem Plan. Und wer sich ihnen in den Weg stellt, stirbt auch." Plötzlich warf Traudl Deckel und Töpfe voller Wut auf den Boden. Kathy konnte sehen, wie ihr Tränen die Wangen herunterliefen. „Was ist? Was ist passiert?" „Nichts. Bitte höre auf zu fragen. Du weist nicht, auf was du dich da einlässt." „Das werde ich ganz bestimmt nicht. Geht es um die Toten auf dem Friedhof? Oder geht es um den Italiener? Ich kann dir helfen. Aber du musst mit mir reden." Traudl füllte ihr einen großen Teller Suppe ein. „Hier, für dich. Ich kann dir nicht mehr sagen." „Wie du meinst." Kathy nahm den Teller und setzte sich wieder in die Gaststube. Nach einem Moment kam Traudl zu ihr an den Tisch. Kathy sah, dass sie sich bemühte nicht mehr zu weinen. „Dich bedrückt doch was?" Traudl schnäuzte sich die Nase, steckte sich eine Zigarette an und sah aus dem Fenster. „Ich weiß inzwischen selbst nicht mehr, was hier abläuft. Irgendwer hat den Plan geändert", flüsterte sie. „Pass auf, Traudl, ich gebe dir Zeit bis morgen, dann will ich Antworten. Wenn Bruckner morgen Mittag mit den ersten Ergebnissen kommt, muss ich dich unter Umständen festnehmen. Und glaube mir, ich werde es, ohne mit der Wimper zu zucken, auch tun.

„Wie du meinst." Damit verschwand Traudl wieder in ihrer Küche.

Draußen begannen die Fensterläden zu klappern. Regen hatte inzwischen eingesetzt, und von Ferne hörte man ersten Donner grollen. „Wir bekommen eine stürmische Nacht. Du musst heute deine Fenster fest schließen", rief sie Kathy zu. Die nickte, während sie sich den Eintopf schmecken ließ. „Wo ist eigentlich dein Freund?" Sofort kehrte Ruhe in der Küche ein. Mit einer Zigarette in der Hand kam Traudl zurück in die Gaststube. Plötzlich fing sie an zu schluchzen. „Weg!" Kathy war erstaunt. „Wie, weg?" „Na, halt weg." Traudl ging zum Tresen und goss sich einen Schnaps ein. Sie stellte auch Kathy ein gefülltes Glas hin. Dann ging sie wieder zum Fenster, trank aus und starrte nach draußen. „Prost, auf dich." „Wann ist er denn verschwunden?" Traudl ging in Richtung der Küche. „Irgendwann gestern Abend oder in der Nacht." „Du meinst, nachdem er dir gefolgt war? Entschuldige bitte, aber ich habe ihn zufällig gesehen." Kathy schob den Teller von sich weg. „Mistwetter, eigentlich wollte ich heute noch zum Leuchtturm." Traudl sah sie erstaunt an. „Wie, jetzt noch? " „Na klar, er hat mich doch eingeladen." In einer knappen Stunde tobt hier ein Unwetter, und wenn man den Meteorologen trauen darf, dann wird es heute Nacht besonders schlimm. Das sind die Frühjahrsstürme, da sollte man lieber geschützt im Haus bleiben." „Und nicht rausfahren zum Krebse fangen, oder?" Traudl war wieder in der Küche verschwunden. Lautes Geklapper von Tellern und Töpfen war zu hören. Plötzlich fasste Kathy einen Entschluss. Sie verschwand kurz auf ihrem Zimmer, um fünf Minuten später mit Gummistiefeln, ihrem Parker und einem Friesenhut bekleidet, den „Anker" zu verlassen. Es wurde Zeit, etwas Bewegung in die Sache zu bringen.

Kaum stand sie auf der Dorfstraße, schlug ihr der Wind ins Gesicht und nahm ihr fast die Luft zum Atmen. Auch der Regen peitschte auf sie ein. Kathy stemmte sich dagegen und stolperte mehr als sie lief in Richtung Strand und den Kuttern. Während sie so die Dorfstraße entlang ging, bemerkte sie, dass sie aus mehreren Fenstern heraus beobachtet wurde. Also steckte doch noch Leben in den alten Häusern. Sie musste spätestens morgen mit ein paar Dörflern reden.

Nach knapp fünfzig Metern kam sie zu der Abzweigung, die hinunter zum Strand führte. Sie lief jetzt in direkter Richtung der Kutter, da glaubte sie plötzlich ihren Augen nicht zu trauen. Da war es wieder, dieses merkwürdige Wesen, und es schien im Sturm zu tanzen. Kathy ging weiter und näherte sich dieser Person. Plötzlich blieb sie stehen, denn die „Tänzerin" musste sie bemerkt haben. Leichtfüßig und mit großen Sprüngen eilte die auf sie zu und umtanzte sie in einem weiten Kreis. Und da war es wieder, dieses hohe, ja leicht schrille Lachen. Während Kathy versuchte ihr Gesicht vor dem Regen zu schützen, schien es der jungen Frau nichts auszumachen. Denn, dass es eine war, konnte Kathy inzwischen feststellen. „He Sie, was machen Sie bei diesem Wetter hier draußen!", rief sie ihr zu. Doch die Dame antwortete ihr nicht. Sie war in einen grauen Seidenanzug mit übergroßen weiten Ärmeln und Hosen gehüllt, die wie Flügel im Wind herumflatterten. Auf dem Kopf trug sie einen Hut, an dessen Krempe ein riesiger Schleier befestigt war, der das Gesicht vollständig verhüllte und ebenfalls im Wind flatterte. Ihre Füße steckten in flachen Ballerinas. „Die muss sich doch den Tod holen, bei diesem Wetter", dachte sich Kathy. „He Sie, junge Frau, ist Ihnen nicht kalt?" Während die Dame weiter mit grazilen Sprüngen Kathy umkreiste, stand die mit in den Taschen vergrabenen Händen und hochgezogenem Kragen im nassen Ufer-Sand und versuchte sich vor dem Wetter zu schützen. „Hallo, ich bin Alina! Und wie ist dein Name?" Kathy war erschrocken. Sie hatte einen Moment nicht aufgepasst und dabei nicht bemerkt, dass die junge Dame plötzlich hinter ihr stand. „Angenehm Alina, mein Name ist Kathy, Kathy McGore. Sagen Sie, ist Ihnen nicht kalt?" Mit vorsichtigen, fast raubtierhaften weiten und weichen Bewegungen begann Alina sie zu umkreisen. „Was machen Sie hier, Kathy? Kathy McGore? Wollen Sie hier sterben?" Kathy glaubte sich verhört zu haben. „Ich bin von der Polizei. Und ich habe keinesfalls die Absicht, hier zu sterben." Inzwischen wurde die Umkreisung von Kathy durch Alina wieder etwas größer, und man konnte erneut dieses helle Lachen hören. „Hören Sie, junge Dame!" Kathy musste inzwischen gegen den Sturm anschreien. „Wollen wir uns nicht in Ruhe unterhalten? Ich wohne da in der Pension, da ist es trocken und warm." Doch Alina hörte sie gar nicht. „Du wirst sterben!", schien sie Kathy zuzurufen. Dabei tanzte und lachte sie wie in einer Art Trance. Plötzlich winkte sie ihr zu und begann mit großen Sprüngen in Richtung Leuchtturm zu verschwinden.

Kathy war nicht klar, was sie von dieser Begegnung halten sollte. Doch wusste sie jetzt wenigstens, wer sie da im Wald beobachtet hatte und von wem dieses blöde Lachen kam. Nur über eines war sie sich noch nicht im Klaren. Hat diese Frau einfach nur ne Macke oder steckt da mehr dahinter? Und was sollte diese Warnung, sie würde sterben? Heute, morgen, jetzt oder wie?" Kathy wusste nicht, ob sie das als Warnung verstehen sollte. Oder war es ein Versprechen? Nach mehreren vergeblichen Versuchen, sich bei dem Sauwetter eine Zigarette anzustecken, musste Kathy anfangen zu lachen. Was für komische Typen lernte sie hier kennen? Erst Traudl, dann Fredi, den Italiener und nun diese durch geknallte Person. Und das alles umgeben von verschreckten Rentnern, die sich in ihren Häusern verkriechen. Der einzig Normale war bis jetzt Sven Bruckner. „Oh Mann Tom, wo hast du mich da nur hingeschickt?"

Inzwischen hatte der Sturm weiter zugenommen und Kathy konnte sich kaum noch auf den Beinen halten. Wollte sie ursprünglich noch zu den Kuttern, so hielt sie das jetzt für keine gute Idee mehr. Sie zog ihr Nachtsichtgerät aus der Tasche und versuchte irgendetwas bei den Kuttern zu entdecken. Und richtig, irgendwer bewegte sich da an Bord. Ein schwaches Licht war deutlich aus einem der Steuerhäuser zu erkennen. Sicher der olle Friedrichsen, der sich um sein Schiff kümmerte. Kathy ließ ihren Blick über die tosende See schweifen. Und plötzlich war ihr, als wenn sie weit draußen ein Schiff sehen konnte. Doch so schnell es erschien, so schnell war es auch wieder verschwunden. Kathy wischte die Objektive trocken und versuchte erneut, das Schiff zu entdecken. „Doch wer sollte bei diesem Wetter schon hinausfahren? Vielleicht noch ein Krebsfänger? Gut, hier war alles möglich."

Jetzt reichte es auch Kathy. Sie war inzwischen völlig durchnässt und durchgefroren. Und das nun schon das zweite Mal in zwei Tagen. Urlaub hatte sie sich irgendwie anders vorgestellt. Sie drehte sich herum und stapfte durch den nassen Sand in die Richtung der Pension. Zuvor sicherte sie ihre Waffe, denn die hatte sie vorsichtshalber eingesteckt. Sie hatte schon geahnt, auf irgendjemanden zu treffen. Gerade erreichte sie erste Hütte, da hörte sie plötzlich leises Rufen. „He Sie, kommen Sie her. Bitte." Kathy sah sich um. Und da war es wieder. „He Sie, junge Frau, bitte kommen Sie her." Kathy suchte weiter angestrengt nach der Stimme und plötzlich sah sie eine alte Frau, die auf einen Stock gestützt, in ihrer Haustür stand. „Meinen Sie mich?" „Ja kommen Sie, bitte. Schnell." Kaum hatte Kathy das Haus erreicht, wurde sie auch schon hereingezogen. Hinter ihr verriegelte die Alte rasch die Tür und zog die Vorhänge vor die Fenster. Erst dann schaltete sie das schwache Licht einer alten Stehlampe an. „Sie sind doch von der Polizei, oder? Könnte ich Ihren Ausweis sehen, bitte?" Kathy sah eine ältere, aber freundlich dreinblickende Dame vor sich. „Würden Sie mir zunächst Mal ihren Namen sagen?" „Ich bin Elli Petersen. Also eigentlich heiße ich Elisabeth, aber alle nennen mich Elli. Und jetzt bitte Ihren Ausweis." Kathy zog ihren schottischen Dienstausweis aus der Tasche, den die Alte gründlich studierte. „Das kann ich nicht lesen. Wo kommen Sie her?" „Mein Name ist Kathy McGore und ich bin Polizistin in Edinburgh, Schottland. Doch Sie dürfen beruhigt sein, ich besitze eine Sondervollmacht und darf hier ermitteln, falls das für Sie von Belang ist. Aber woher wissen Sie denn, das ich von der Polizei bin?" „Nun, Sie sind doch gestern Abend hier von Haus zu Haus gezogen. Und da haben Sie gerufen, dass sie von der Polizei wären. Und dann habe ich Sie heute mit dem dicken Bruckner gesehen. Und da er Sie nicht verhaftet hat …" „Gut, damit wäre das jetzt wohl ausreichend geklärt. Was kann ich für Sie tun?" Elli konnte sehen, dass Kathy am ganzen Körper zitterte und völlig durchnässt war. „Wollen Sie einen heißen Tee? Sie sehen durchgefroren aus."

„Da sage ich nicht nein." „Mit einem Schuss?" „Wie bitte?" „Na, ob ich etwas Rum hinein geben soll? „Ja, ja, machen Sie ruhig. Soviel Schnaps wie hier, trinke ich in Schottland nie." „Wie bitte?"

„Nein, nein, ist schon gut. Sagen Sie mal, kannten Sie Klara Hinrichsen?" „Die Klara, aber natürlich. Wir waren gut befreundet, ich und die Klara." Am Ende des Satzes wurde sie leise. Sie stellte Kathy einen dampfenden Tee-Pott auf den Tisch, in den sie einen ordentlichen Schluck Rum schüttete. Kathy versuchte zunächst ihre eiskalten Hände aufzuwärmen.

„So und jetzt sagen Sie mir bitte, wie ich Ihnen helfen kann." „Ja wissen Sie, es fällt mir nicht leicht, aber sie sind meine letzte Hilfe. Ich soll ermordet werden. In der nächsten Woche." „Das ist ein schlechter Scherz Frau Petersen, oder?" „Darüber mache ich keine Scherze." „Gut, dann erzählen Sie mal, wer Sie ermorden möchte." „Nun, wer es ist, kann ich nicht sagen. Ich weiß nur, dass ich die Nächste bin. Ich weiß auch nicht genau, wann es passiert. Ich weiß nur, dass es in der nächsten Woche sein wird, denn da habe ich Geburtstag meinen zweiundachtzigsten." Jetzt wurde Kathy hellhörig. „Wie kommen Sie darauf?" „Vor zwei Tagen war der Notar dieser Mörderbande bei mir. Er legte mir die Unterlagen zum Verkauf meines Häuschens vor. Zweitausendfünfhundert Euro wollte er mir geben. Besser gesagt sollte ich einen Großbildfernseher bekommen. Damit ich im Alter alles besser sehen könnte. Es war bereits alles ausgefüllt. Ich sollte nur noch unterschreiben. Doch ich habe es mir anders überlegt. Ich habe ihm gesagt, dass ich nicht unterschreiben werde und er gefälligst verschwinden soll. Er hat dann noch eine Weile auf mich eingeredet, doch dieses Mal bin ich stark geblieben. Dann ist er verschwunden. Gott sei Dank. Doch gestern fand ich das an meiner Tür." Damit legte sie Kathy eine braune Papiertüte auf den Tisch. „Da, sehen Sie." Kathy öffnete vorsichtig die Tüte und zog zwei Fotos heraus. Auf beiden war eine junge Frau zu sehen, die mit Kindern auf einer Wiese spielte. „Das ist meine Enkelin Rosi mit ihren Kindern Sophie und Pascal. Hören Sie Frau Kommissarin, ich bin einundachtzig Jahre alt. Ich habe mein Leben gelebt. Aber doch nicht meine Rosi und ihre Kinder. Die haben ihr Leben noch vor sich!" Kathy sah auf die Bilder und dann auf die zitternden Hände der alten Dame. Tränen kullerten ihr über die Wangen. „Entschuldigen Sie bitte, aber ich verstehe immer noch nicht so richtig." Elli Petersen schluchzte. „Wenn ich mein Häuschen nicht diesem Notar überschreibe, wird meiner Enkelin oder einem der Kinder etwas Schreckliches passieren. Und ich habe nicht unterschrieben. Also bin ich Schuld, wenn denen etwas passiert. Bitte, Sie müssen mir helfen. Die werden meine Enkelin umbringen. Und mich natürlich auch. Als Warnung für die anderen." Kathy glaubte nicht, was sie da hörte. Das Ganze schien ungeheuerlich. „Sind Sie sicher?", fragte sie ungläubig. „Ja natürlich, das war bei den anderen doch genauso." So langsam schwante Kathy etwas. „Welchen anderen?" „Na die, die jetzt auf dem Friedhof liegen." „Und Klara Hinrichsen? Was ist mit der?" Jetzt seufzte Elli tief und lang. „Klara hatte einen Neffen. Und der eine Familie. Sie hat mir mal Bilder von ihm gezeigt. Er lebt schon längst nicht mehr hier. Ist wohl weggezogen. Ich glaube nach England." „Nein, nach Schottland." Jetzt sah Elli erstaunt auf. „Ihr Neffe heißt Tom Morgen. Er lebt mit seiner Familie in Edinburgh und ist mein Kollege und Freund. Wegen ihm bin ich überhaupt hier." „Hoffentlich ist ihm nichts passiert?" Kathy schüttelte den Kopf. „Nein, ihm und seiner Familie geht es gut. Doch jetzt zurück zu Ihnen. Wenn ich das richtig verstehe, dann werden Sie gezwungen ihr Grundstück zu verschenken oder für einen geringen Betrag jenem obskuren Notar zu überschreiben. Und wenn Sie sich weigern, dann wird ein Familienmitglied ermordet?" „Genau. Und deshalb müssen Sie mir helfen." „Also geht es doch um die Grundstücke", dachte sich Kathy. „Wann haben Sie Geburtstag?" „Heute in drei Tagen. Werden Sie mir nun helfen? Ich weiß nicht, an wen ich mich sonst wenden kann. Außer natürlich an ..." „Außer an wen?" „An Signore Guardia. Der ist immer so freundlich zu mir. Er kommt zwei, drei Mal die Woche bei mir vorbei. Wir schwatzen dann immer über Gott und die Welt." Nun war es für Kathy klar, dass der freundliche Italiener in dieser Geschichte irgendwie mit drin hing. Vielleicht sogar der Mörder war? „Haben Sie Signore Guardia von dem Besuch und der Drohung des Notars erzählt?" „Aber nein. Wir haben uns ja in den letzten zwei Tagen nicht gesehen."

„Sagen Sie Elli, worüber unterhalten Sie sich denn so mit Signore Guardia?" „Nun, über dies und das. Er erzählt mir viel von Italien. Von seinem Leben in San Cervenzo. Er war da wohl lange Zeit als Arzt tätig und wie schön es doch im Alter sei, ein bisschen durch die Welt zu reisen. Für mich kommt sowas ja nicht in Frage. Erstens bin ich dafür längst zu alt und zum Zweiten kann ich mir das gar nicht leisten. Ich habe ja nur meine kleine Rente, das Häuschen. Und das soll mal meine Enkelin bekommen." „Verzeihen Sie bitte, aber Sie reden immer von ihrer Enkelin und ihren Urenkeln. Was ist denn mit ihrer Tochter oder ihrem Sohn?" „Meine Tochter ist vor sechs Jahren bei einem Autounfall ums Leben gekommen. Sie war auf einer Serpentine in den Abruzzen unterwegs. Dabei ist sie von einem LKW abgedrängt worden und in den Tod gestürzt. Man hat den Unfallverursacher nie gefunden. Meine Tochter hatte keine Chance. Sie war sofort tot."

Kathy war längst dabei, sich Notizen zu machen. „Entschuldigen Sie bitte, aber wie hieß Ihre Tochter?" „Warum wollen Sie das wissen?" „Nun, nachdem, was hier gerade passiert, würde es mich nicht wundern, wenn der Unfall Ihrer Tochter gar kein Unfall war."

Dieser Satz löste einen Weinkrampf bei Elli aus. Kathy musste unbedingt an ihrer Sensibilität arbeiten. Elli war aufgestanden und holte ein gerahmtes Bild von der Kommode. Zärtlich strich sie über das Glas, das eine junge und fröhliche Frau zeigte. „Hier, das ist sie. Das ist, besser das war, meine Sandra. Und Sie meinen, dass ihr Tod..." „Das ist nur so ein Gedanke, Frau Petersen. Um Genaueres sagen zu können, müsste ich die Unterlagen sehen." „Ein hübsches Mädchen. Damit kommen wir jetzt wieder zu diesem merkwürdigen Notar zurück. Hat er gesagt, dass er sich noch mal melden will? Oder haben Sie seine Telefonnummer?" Elli überlegte. Dann fing sie an, in einer der Schubladen ihrer Kommode zu wühlen. „Hier, das hat er mir mal gegeben. Eine Karte, mit der ich ihn immer erreichen könnte. Doch ich kann damit nichts anfangen." Kathy sah sich die Karte an. „Das ist eine E-Mail Adresse Frau Petersen. Dazu brauchen Sie einen Computer und das Internet. Kann ich die Karte eventuell behalten?" „Aber sicher. Ich halte nichts von so een modernen Kram. Was ist denn nun, können Sie mir helfen?" Kathy überlegte einen Moment, dann nickte sie.

„Wissen Sie was, zunächst werde ich mal diesem Notar auf den Zahn fühlen. Dann werde ich mit Herrn Guardia ein, zwei Worte wechseln und versuchen, für ihre Enkelin und deren Kinder Polizeischutz zu organisieren." „Danke, danke meine Liebe." Mit Tränen in den Augen fiel sie Kathy um den Hals." „Ist schon gut, Frau Petersen. Ich wohne in der Pension ‚Zum Anker'. Lassen Sie uns morgen Mittag weiter reden. Ich muss jetzt los, sonst fegt mich der Sturm noch weg. Schließen Sie gut ab, wenn ich draußen bin. Und Kopf hoch, es wird alles gut." „Warten Sie, hier habe ich Ihnen die Adresse meiner Enkelin aufgeschrieben." „Danke Frau Petersen." Damit verließ sie Elli ohne zu wissen, dass sie sich nie wiedersehen werden. Vor der Tür wurde sie fast von einer Windböe umgerissen. „Verfluchtes Mistwetter." Damit lief sie in die Richtung von Traudls gemütlichem Heim. Kaum war sie in der Pension verschwunden, löste sich eine dunkle Gestalt vom Haus der Elli Petersen und lief davon. Man konnte nicht erkennen wer es war, aber man hörte wieder dieses alberne hohe Lachen.

Kaum war Kathy im „Anker" angekommen, stolperte sie fast in Traudls Arme. „Du hast auf mich gewartet?" Traudl nickte, jedoch sicher nicht aus Sorge um ihr Wohlergehen, sondern mehr, um in Erfahrung zu bringen, wo sich ihr ungebetener Gast zu dieser Stunde und bei diesem Wetter herumtrieb.

„Wo warst du? Ich habe mir Sorgen gemacht." „Ach wirklich? Ich verschwinde kurz auf mein Zimmer und dann werden wir uns noch mal unterhalten." „Wie du meinst." Traudl griff zum Hörer und wählte Leons Nummer. Was sie dann von ihm erfuhr, ließ sie den Atem anhalten. „Wie, die beiden sind sich begegnet? Am Strand? Und die Kleine hat nicht kurzen Prozess mit ihr gemacht?" Nach einer Weile hörte sie plötzlich Kathy die Treppe zum Schankraum herunter poltern. „Leon, ich muss Schluss machen, sie kommt." Damit legte sie den Hörer auf. „Du kannst mir bitte einen ‚Klaren' eingießen. Aber bitte, ach ist egal. Gieß mir einfach einen ein." „Was hast du denn? Ist etwas passiert? Bist du irgendjemandem begegnet?" Mit den Gläsern, einer Flasche Korn und ihren Zigaretten „bewaffnet", setzte sie sich zu Kathy an den Tisch. „Gieß ein, meine Liebe." Traudl tat wie ihr geheißen. Noch während sie einschenkte, wurde sie von Kathy aufmerksam gemustert. „Hast du Leon angerufen? Ich meine gerade eben?" Traudl stellte die Flasche abrupt auf den Tisch. „Wie kommst du darauf?" Kathy griff sich die Flasche und schenkte weiter ein. „Wie du ja weist, bin ich ein Bulle. Und dazu noch ein verdammt guter. Ich war am Strand und wollte eigentlich zu den Kuttern. Und weißt du, wen ich getroffen habe? Eine völlig durch geknallte junge Dame, die da tanzend und lachend im nassen Sand herumsprang. Ihr Name ist Alina und sie hat mir prophezeit, dass ich hier sterben werde. Kennst du die Dame?" Traudl kippte den Schnaps mit einem Ruck hinunter. Leise, fast flüsternd sprach sie: „Vor der solltest du dich in Acht nehmen. Die Kleine ist gefährlich wie eine Viper." „Nun, ich hatte eher den Eindruck, die bräuchte einen guten Nervenarzt." „Täusche dich nicht. Nicht jeder hat ein Zusammentreffen mit ihr überlebt, so wie du." „Tja, ich bin halt ein Glückspilz. Auf dem Rückweg konnte ich Licht auf einem der Kutter sehen. Und jetzt erzähle mir bitte nicht eine dieser Geistergeschichten. Ach so, ich bin dann noch einer Frau begegnet, die mir erzählte, dass sie in der nächsten Woche ermordet werden soll. Und zuvor noch ihre Enkelin. Kannst du mir dazu etwas sagen?" „Wer war das?" „Eine gewisse Elli Petersen." Plötzlich begann Traudl laut an zu lachen. „Die Elli, ausgerechnet die Petersen erzählt solche Schauergeschichten. Hör zu, die ist über achtzig und spinnt sich da einiges zusammen. Und was das Licht auf dem Kutter angeht, war das bestimmt der Fredi oder der olle Friedrichsen, die nach dem Rechten sehen. Du siehst, bis auf deine Begegnung mit Alina, ist alles in bester Ordnung." „Nun, ich hatte nicht den Eindruck, dass Elli Petersen sich da was zusammenreimt. Aber mal was anderes. Gibt es hier im Dorf einen Computer mit Internetanschluss?" „Na, ich nehme doch an, dass Leon in seinem Turm einen hat." „Und du hast keinen? Jetzt tat Traudl total entrüstet. „Aber nein, wo denkst du hin? Ich brauche so ein Ding nicht, wie kommst du darauf, dass ich …" Kathy fiel ihr ins Wort. „Nun beruhige dich wieder. Ich habe ja nur gefragt. Gib mir mal das Telefon, und während ich mit meinem Kollegen rede, überlege, was du mir zu dieser Alina sagen kannst." Kathy war die Visitenkarte eingefallen, die ihr die alte Petersen gegeben hatte. Sie nahm sich das Telefon und verzog sich in die Küche. Von dort informierte sie Tom, der sehr beunruhigt über die Entwicklungen war. Kathy gab ihm die E-Mail Adresse dieses merkwürdigen Notars und bat ihn, dem eine geharnischte Mail zu schreiben. Darin sollte er ihm klar zu machen, dass Frau Petersen wie auch deren Enkel ab sofort unter Polizeischutz stünden.

Darüber hinaus würde in den nächsten Stunden ein internationaler Haftbefehl gegen ihn ausgestellt werden. Ein bisschen Bluff musste einfach sein.

Dann erzählte Kathy ihm von ihrem Gespräch mit Bruckner, der ihr seine volle Unterstützung angeboten hat. Tom versprach ihr, sich des Notars anzunehmen. Seine Ermittlungen zu Leon Guardia haben nichts Negatives ergeben. Alles, was er Kathy über sich erzählt hatte, schien zu stimmen. Auch die ersten Überprüfungen von Edeltraud Berger ergaben nichts Verdächtiges. Bis auf die Tatsache, dass sie wohl ein echter Italienfan war.

So machte Sie des Öfteren in Italien Urlaub. „Holla!", rief Kathy dazwischen. „Na, wenn das kein Zufall ist. Ich danke dir, Tom. Bis morgen und eine gute Nacht. Hier bricht gerade ein Unwetter los. See you."

Damit legte sie auf und ging zurück in den Schankraum. Das gerade von ihr erwähnte Unwetter schien jetzt langsam seinen Höhepunkt zu erreichen. Der Sturm hatte inzwischen Orkanstärke und rüttelte nun mit aller Macht an Fenstern und Türen. Dabei war ein unheimliches Heulen und Dröhnen zu hören, dessen Lautstärke nur durch das Prasseln des Regens übertönt wurde. Blitze zuckten, gefolgt von ohrenbetäubenden Donnerschlägen. Traudl stand am Tresen und polierte ein paar Gläser. „Geht das die ganze Nacht so?" „Warum, willst du noch spazieren gehen? Entschuldige bitte, aber das sollte ein Witz sein." „Kannst du mir was zu dieser psychopatisch veranlagten Alina erzählen?" „Nun, ich weiß nur so viel, dass Alina in San Cervenzo auf einer Insel im Mittelmeer lebt. Ihre Eltern sind sehr vermögend und besitzen dort ein großes Anwesen. Sie selbst experimentiert in irgendwelchen unterirdischen Grotten gemeinsam mit so einer Art Dr. Frankenstein, mit allerlei giftigen Tieren herum." „In San Cervenzo? Kommt von dort nicht unser lieber Herr Doktor her?" „Genau. Die beiden kennen sich von da. Ab und an besucht sie ihn hier in Berchtesgrund, und dann wohnt sie natürlich in seinem Turm." „Und was macht diese Dame denn so gefährlich?" „Nun, die Ärzte haben bei ihr eine frühe und sehr ausgeprägte Form der Schizophrenie festgestellt. Das heißt, sie lebt in verschiedenen Welten als verschiedene Personen, die aber alle darauf bedacht sind, ihr etwas Böses zu tun." „Gut, aber dafür gibt es Ärzte und notfalls die Klapse." „Eine Bertani sperrt niemand in die Irrenanstalt." „Alina Bertani heißt die Gute also." „In der Provinz San Cervenzo ist der Name Bertani seit mehreren hundert Jahren tief mit dem Ort verwurzelt. Die Bertanis regierten dort lange Zeit völlig allein. Jetzt gibt es natürlich eine Stadtverwaltung, doch sollte man die Rolle der Bertanis trotzdem nicht unterschätzen." „Kommen wir noch Mal zu den

Experimenten zurück. Um was für Tiere geht es denn da so?" „Genaues weiß ich auch nicht. Man munkelt, dass es sich um gentechnisch veränderte Insekten und Amphibien handelt. Die sollen mit dem Gift der australischen Würfelqualle gefüttert und dadurch extrem aggressiv werden. Desweiteren testet sie Gifte südamerikanischer Pfeilgiftfrösche und deren Wirkung auf den Menschen." „Danke, das reicht mir fürs Erste. Das bedeutet also, dass einige der tödlichsten Gifte der Welt sich in der Hand einer psychisch Kranken befinden? Und diese Person besucht mehrfach im Jahr Berchtesgrund. Na, wenn das kein Zufall ist." „Was meinst du damit?" „Na, zähl doch mal eins und eins zusammen. Als da wären, Berchtesgrund, Alina, Leon und tote alte Menschen. Na, klingelt es bei dir? Mir ist nur noch nicht das Motiv klar. Und wenn die Kleine wirklich schizophren ist, wer lenkt da im Hintergrund die Fäden? Ich werde jetzt ins Bett gehen. Zuvor muss ich das, was heute alles geschehen ist, ordnen. Heute passiert eh nichts mehr. Und bei diesem Unwetter sowieso nicht. Ich wünsche dir eine gute Nacht und wir sehen uns Morgen. Das wird ein spannender Tag werden." Damit verschwand Kathy in die Richtung ihres Zimmers. Kaum war sie verschwunden, hörte man vor der Tür lautes Motorengeräusch und das Klappern von irgendwelchen Ketten. Traudl erschrak. Sie öffnete vorsichtig die Tür, und was sie sah erfüllte sie mit Freude. Vor ihr stand Kathys Auto. Gerade noch konnte sie sehen, wie ein LKW im Dunkeln verschwand. „Wenigstens etwas Erfreuliches heute." Damit ging auch sie in ihrem Zimmer."

Derweil auf hoher See, die „Marie Lou"

Die Nacht war inzwischen pechschwarz. Nur für kurze Momente durchbrach das trübe Mondlicht die schweren Gewitterwolken, die dann die tosende See erhellten. Die Wellen türmten sich höher und höher, bereit alles in die Tiefe zu reißen, was sich ihnen in den Weg stellt. Niemand, der bei Verstand war, wagte sich bei diesem Sturm und diesem Seegang auf das offene Meer. Und es sollte noch schlimmer kommen. Bis Windstärke zwölf hatten die Wetterfrösche angekündigt sowie schwere Sturmböen und langanhaltende Regenschauer. Bei diesem Wetter blieben selbst die hartgesottensten Fischer mit ihren Schiffen in den Häfen, außer, sie fischten schwarz in dieser mondlosen Nacht. So, wie die „Marie Lou."

Schwer stampfen die gewaltigen Diesel im Bauch des alten Kutters, um das Schiff halbwegs in gerader Fahrt zu halten. Gewaltige Wellenberge brachen donnernd über dem Deck zusammen. Gerade tauchte der Bug der „Marie Lou" wieder fast senkrecht in eines der Wellentäler ein, um gleich danach wieder empor gerissen zu werden und mit äußersten Anstrengungen den nächsten Wellenkamm zu durchbrechen. Der Regen hatte weiter zugenommen und peitschte seit einer knappen Stunde gnadenlos auf das Schiff.

Die Matrosen hatten sich zum Schutz in die Messe verzogen. Auf Deck konnten sie im Moment eh nichts ausrichten. Hier unten saßen sie in ihrem nassen Ölzeug und warteten gespannt darauf, das schwere Schleppnetz einzuholen. Keiner sprach ein Wort. Nur ab und an bekreuzigter sich der eine oder andere.

In ihren wettergegerbten Gesichtern spiegelt sich neben jahrelanger Erfahrung auf See auch ein wenig Furcht wieder. Denn immerhin waren sie illegal hier draußen, und kein Seenotkreuzer würde ihnen im Ernstfall zur Hilfe kommen.

Kapitän Wolkow und sein Steuermann zogen seit vier Stunden das Schleppnetz durch die sechzig Meter tiefen Furchen der Boddenbänke. Das Schiffsradar hatten sie abgeschaltet. Es wäre ansonsten für andere zu leicht gewesen, sie zu orten. Nur das Sonar für die Fischschwärme erhellte mit seinem grünen Licht ein wenig die Brücke. Die klapprigen Wischer hatten Mühe sich gegen die Wassermassen zu behaupten und die Scheiben wenigstens ein wenig blickfrei zu halten. Das Steuer fest in der Hand, versuchte Steuermann Jörnsen die „Marie Lou" auf Kurs zu halten. Beinahe wäre er bei Översund der Küste zu nahe gekommen. Er konnte gerade noch abbiegen, sonst wären sie mit Mann und Maus an der Küste zerschellt.

Schon die vierte Nacht waren sie auf See und natürlich hoffte jeder der Besatzung, heute endlich den großen Fang zu machen, um mit gefüllten Kammern im Dunkel der Nacht verschwinden zu können. Natürlich war die Heringsfischerei zu dieser Jahreszeit streng verboten. Deshalb zahlten die Händler auch Spitzenpreise, was viele Glückritter dazu brachte, ihr Leben zu riskieren. Doch noch war ihnen der Gott des Meeres nicht hold. Und so hieß es abwarten und z hoffen, dass sie von der Küstenwache nicht erwischt wurden. Die Fang-Lizenz der „Marie Lou" war bereits seit Wochen abgelaufen, und für eine neue fehlte Kapitän Wolkow das Geld. Plötzlich blinkte das rote Licht über der Tür der Messe und die Sirene begann zu heulen. Das bedeute für alle sofort raus, denn das Schleppnetz wurde eingeholt. Kaum hatten sie die Tür zum Fang-Deck geöffnet, da schlug ihnen auch schon ein Windstoß diese aus der Hand. Das Quietschen der schweren Netzwinde versprach endlich reiche Beute. Jeder der Matrosen klinkte sich in die Back- und Steuerbord verlaufenden Sicherheitstrossen. Von dort hatte jeder knapp drei Meter Spielraum, um sich auf dem überspülten Deck bewegen zu können und nicht mit der nächsten Welle über Bord zu verschwinden. Bei diesem Seegang würde das den sicheren Tod bedeuten. Die Zugseile des riesigen Schleppnetzes waren zum Bersten gespannt und endlich tauchte das gefüllte Netz aus den schwarzen Tiefen der aufgewühlten See. Jetzt hieß es für jeden an Bord zupacken, um das riesige Netz in die richtige Position zu bringen. Ein kräftiger Zug am Grundseil und ein gewaltig zappelnder und um sich schlagender Berg von silbrig glänzenden Fischen lagen auf dem Deck und kämpften ums Überleben. Der Vormann zog mit einem kräftigen Ruck an der Sicherungsleine, das Netz öffnete sich komplett und alle Männer standen im Nu bis zu den Knien in Fischen. Das Netz schnellte nach oben und baumelte leer an der Winde.

Doch so ganz leer schien es nicht zu sein. Irgendetwas Großes, Schwarzes hatte sich in den Metallkrallen verfangen, mit denen es über den Grund gezogen wurde. Nun baumelte es im Sturm hoch oben an der Winde. Zunächst konnte keiner erkennen, was für ein merkwürdiger Fang ihnen da ins Netz gegangen war.

Doch plötzlich begannen die Männer entsetzt durcheinander zu schreien. Der Vorarbeiter rannte wie vom Teufel gehetzt zur Brücke, kletterte die kurze Stiege hoch und begann wie irre gegen die Tür zu hämmern. Der Kapitän beugte sich aus dem kleinen Brückenfenster und sah in das verzerrte Gesicht des Matrosen, der wild gestikulierend in die Richtung der Winde zeigte. Dann sah er zu den Männern, die sich entsetzt an die Reling drückten. „He, ihr sollt arbeiten, ihr faules Pack! Los macht hin, damit wir verschwinden können!" Doch keiner der Männer bewegte sich. Sie bekreuzigten sich heftig und zeigten mit dem Finger in die Richtung des Netzes. Fluchend schob der Alte den Vormann zur Seite und stieg die Stiege von der Brücke herab, um seinen Männern tüchtig einzuheizen. „He du, was soll das? Arbeiten los, rabottern, rabottern!", raunzte er den Ersten an. „Wat is los mit dir, ist dir der Klabautermann begegnet?" Doch der Mann zeigte nur mit spitzem Finger in die Richtung des Netzes. Der Alte war jetzt richtig fuchsteufelswild. „Verdammt noch Mal, ich will jetzt sofort wissen, wat los is. Er drehte sich ruckartig zum Netz, und was er da sah, ließ ihn das Blut in den Adern gefrieren. „Ach du Scheiße, wat is dat denn?" Da hing ein knapp zwei Meter langer glänzender Plastiksack in einem der Haken. Am unteren Ende war er aufgerissen, und aus dem Loch baumelte ein zum Teil verwester Kopf hervor. Langes weiß-graues Haar flatterte im Wind.

„Scheiße, wieder so ein verdammter Leichensack. Also war es doch war."

Vor einigen Wochen war das schon mal in dieser Gegend passiert. Er hatte das damals für das sinnlose Geschwätz eines besoffenen Kollegen gehalten. Doch jetzt baumelte über seinem Deck eine Leiche. „Los, werft den Sack über Bord." Doch keiner der Männer machte irgendwelche Anstalten, sich dem Sack auch nur zu nähern. Der Alte wusste, dass seine streng katholische Crew nicht arbeiten würde, solange die Leiche da oben hing. „Das bringt Unglück über die Marie Lou", dachte er sich. Irgendwer entsorgt hier draußen Leichen. Das ist ein Fall für die Polizei. Doch schnell verwarf er den Gedanken, denn eine riesige Welle rollte über das Deck, Blitze zuckten und ein gewaltiger Donnerschlag riss ihn aus den Gedanken. Schnell kämpfte er sich zu der Fangleine der Winde durch.

Mit einem Ruck sackte das Netz mit dem unheimlichen Fang herunter und der Leichensack klatschte aufs Deck. Für seine Männer glich das der Begegnung mit dem Leibhaftigen. Mit einem Schrei sprangen sie zurück, wobei sie in die zappelnden Fische stürzten. Das war Gottes Strafe für ihr illegales Fischen.

Der Kapitän riss an dem Reißverschluss, bis der Kopf wieder im Innern verschwunden war. Einige der langen weißen Harre hingen noch heraus. Plötzlich öffnete er nochmal den Sack, um zwei eiserne Schäkel hineinzustecken. Dann hievte er ihn über Bord. Sofort verschwand der in den schwarzen Tiefen der Nordsee. „So, und jetzt verstaut die Fische in die Kammern und dann geht es ab nach Hause." Mühsam bahnte er sich den Weg zur Brücke. Auch ihm war der Schrecken in die Glieder gefahren. Kaum hatte er die Tür der Brücke hinter sich geschlossen, bekreuzigten sich die Männer und begannen hastig den Fang in den Bauch des Kutters zu schippen. Niemand sprach ein Wort. Wieder auf der Brücke, versah Kapitän Wolkow die Stelle mit einem Kreuz auf der See-Karte. Dann sah er zu seinem Steuermann. „Mit voller Kraft nach Hause!" „Wat is passiert?", fragte der seelenruhig. „Wir hatten ne Leiche an Bord. Wir sollten den Männern ne Runde Schnaps ausgeben." „Ach so.", murmelte der nur. „Wenn du meinst." „Frag nicht, fahr." Der Steuermann wusste, dass es an dieser Stelle sinnlos war, weiter nachzufragen. Dazu kannten sie sich zu lange. Und so nahm die „Marie Lou" Fahrt auf und verschwand im Dunkel der Nacht. Der Kapitän hatte sich fest vorgenommen, die Seeüberwachung in Bremerhaven über den unheimlichen Fund zu informieren.

Begegnung im Turm

Während Leon die achtzig Stufen zur Turmspitze erklomm, verflog sein Ärger über Alinas Eskapaden. Nach seinem Telefonat mit Traudl war ihm klar, dass er mit ihr reden musste, und das sofort. So ging es nicht weiter. Kaum hatte er den Lichtraum betreten sah er Alina, die in ihrem weiten Seidenanzug um das „große Licht" herumtanzte, gleich einer Motte ums Licht. „Hallo Leon!", rief sie lachend. „Geht es dir gut?" „Ja, mir geht es gut, Alina. Aber könntest du dich bitte einen Moment setzen, wir müssen reden." Sofort blieb Alina stehen, lächelte ihn an und setzte sich. „Was willst du, Leon?" Der räusperte sich verlegen, denn er wusste genau, das er aufpassen musste, mit dem, was er sagte. Alinas Verhalten konnte sich blitzschnell ändern und dann könnte sie auch ihm gefährlich werden. Jetzt war sie friedlich und das musste er nutzen. „Meine Liebe, du weist, ich will nur dein Bestes." Alina lächelte ihn an. „Das ist schön, Leon." „Du bist vorhin am Strand einer Frau begegnet. Weißt du, wer das war?" „Kathy McGore. Hat sie gesagt." „Das war eine Polizistin. Sie kommt aus Schottland. Vor der musst du dich in Acht nehmen." Langsam wich das Lächeln aus ihrem Gesicht. „Was soll das heißen, Leon? Du passt doch auf mich auf, oder? Mama hat gesagt, dass du mich immer beschützen wirst." Leon wusste, dass er sie jetzt beruhigen musste. „Aber natürlich passe ich auf dich auf. Niemand wird dir je etwas tun. Aber ich muss wissen, wo du bist.

Verstehst du? Gestern warst du im Wald verschwunden. Und heute warst du allein am Strand. Wie kann ich dich beschützen, wenn ich nicht weiß, wo du bist?" Das ernste Gesicht Alinas wurde plötzlich wieder freundlich, und sie fing leise an zu kichern. „Jetzt ist es zu spät, Leon. Zu spät …"

„Was, was hast du getan, Alina?" Leon wusste, da muss etwas passiert sein. Doch sie dachte gar nicht daran, zu antworten. Ehe er sich versah, stellte sie ein leeres Glas auf den Tisch, sprang auf und begann wieder im Kreis zu tanzen. Leon starrte auf das Glas. Nur zu gut wusste er, was sich mal darin befunden hatte. „Wo sind sie? Bitte Alina, du musst mir sagen, wo sie sind? Wo hast du sie frei gelassen?" Doch die dachte gar nicht daran. Ihr Lachen wurde lauter und schriller. Fast ging es in ein hysterisches Kreischen über. Auch ihr Tanz wurde wilder und wilder. Leon kannte diese Phase. Jetzt durfte er sie nicht stören oder gar berühren. Langsam holte er eine der Spritzen aus seiner Tasche. Er wusste, gleich würde sie einen Zusammenbruch erleiden und dann musste er ihr eine Injektion setzen. Und da war er auch schon. Mit einem lauten Schrei starrte ihn Alina an. Ihre Hände griffen nach ihm, doch bevor sie ihn erreichen konnte, stürzte sie zu Boden. Leon sprang hinzu und setzte ihr eine Spritze. Kaum hatte das Mittel den Blutkreislauf erreicht, entspannte sich der verkrampfte Körper und ein Lächeln erschien auf ihrem Gesicht. Leise flüsterte sie: „Die Petersen wollte uns verraten. Die Petersen sagt nichts mehr. Ich musste es doch tun, ich musste …" Leon bettete Alina auf die Liege, die sich hier oben befand. Er wusste, dass sie jetzt mindestens drei Stunden fest schlafen würde. Er hatte also genug Zeit, um sich der Petersen widmen zu können. Das Heulen des Sturmes wurde lauter und lauter. Die Blitze und das Krachen der Donnerschläge, dazu noch dieser unaufhörliche Regen versprach eine Nacht ohne Zeugen. Er griff sich die festen Lederhandschuhe. Dann schlüpfte er in seine dunkelgraue Regenkleidung. So war er bei diesem Wetter draußen nichts zu erkennen. Zur Sicherheit steckte er noch seine 9 mm Pistole ein. Mann konnte nie wissen. So ausgerüstet, machte er sich auf den Weg ins Dorf.

Kaum war er vor seinen Turm getreten, schlug ihm eine Böe die schwere Eisentür aus der Hand. Leon verschloss sie wieder sorgfältig und stolperte in die Richtung des Dorfes. Der kräftige Sturmwind wechselte ständig die Richtung und mit ihm natürlich auch der Regen. Als er den Bereich des ehemaligen Hafens passierte konnte er sehen, dass sich irgendwer an dem Kuttern zu schaffen machte. Bedacht darauf, nicht gesehen zu werden, machte er einen weiten Bogen und war froh, als er endlich die ersten Häuser erreichte. Bald darauf stand er vor dem Haus der Elli Petersen. Während es überall in den Häusern dunkel war, schien hier noch ein schwaches Licht durch die zugezogenen Fenster. Vorsichtig begann er an der Tür zu klopfen. Er wusste nicht, was er sagen würde, wenn Elli jetzt tatsächlich die Tür öffnen sollte. Andererseits wäre er froh, wenn sie es doch täte. Er müsste dann nur den blöden Frosch finden. Doch seine Sorgen waren unbegründet. Nichts tat sich. Er klopfte erneut. Schließlich klinkte er an der Tür, die sich wider Erwarten öffnen ließ. Es war ein bizarres Bild, das sich ihm darbot. Elli Petersen lag auf dem Boden mit weit aufgerissenen Augen. Im Schein mehrerer Blitze konnte er sehen, dass sie unzweifelhaft tot war. Ihr Mund stand weit offen, so als schnappe sie nach Luft. Eine Hand war an ihren Hals gepresst. Und auf dieser Hand saß ein kleiner schwarzgelb gemusterter Frosch. Ein sogenannter schrecklicher Blattsteiger. Niedlich und tödlich!

Vorsichtig griff Leon zu und setzte das kleine und doch so tödliche Tier in das mitgebrachte Glas. Das Ganze war problemlos, da die Tiere nach einer Giftabgabe in eine Art Schock-Starre fielen. Danach trug er Elli in ihr Bett. Er entkleidete sie und zog ihr ein Nachthemd an. Dann schloss er ihr die Augen und den Mund. Jetzt sah sie aus, als wenn sie friedlich schlafen würde.

So wie es jetzt aussah, würde er Herzinfarkt infolge eines Schocks diagnostizieren. Eine Ursache wäre das Unwetter. Nach einer sorgfältigen Kontrolle des Raumes verließ er kurze Zeit später das kleine Haus, immer darauf bedacht, von niemandem gesehen zu werden und verschwand in die Richtung des Leuchtturmes. Kurz davor warf er das Glas mit dem tödlichen Inhalt in hohem Bogen ins Unterholz.

Nun musste er sich nur noch überlegen, wer die tote Elli Petersen finden würde. Denn solange die Polizistin hier herumschnüffelte, konnte er das auf keinen Fall sein. „Vielleicht Fredi?", dachte er sich. Nun musste ihm nur noch einfallen, was Fredi bei der Petersen wollte. Es war zwei Uhr in der Nacht.

Der Tag danach, Mittwoch

Ein leises sich steigerndes Summen weckte Kathy. Es war kurz nach sechs Uhr und sie hatte sich entschlossen, ab sofort auch hier wieder zu trainieren. Schnell schlüpfte sie in ihren Jogginganzug, zog die Laufschuhe an und befestigte ihr Beinholster samt Waffe. Seit gestern war ihr klar, die Luft wurde für sie „enger". Kaum trat sie vor die Tür der Pension, stolperte sie fast über ihr kleines Auto, das lehmverkrustet vor ihr in der aufgehenden Sonne glänzte. Fast hätte sie vor Freude laut aufgeschrien, doch fand sie das dann doch irgendwie „unprofessionell". Was das Wasser mit ihrem Wagen angerichtet hatte, konnte sie natürlich nicht sagen. Jedenfalls begann sie ihr morgendliches Training mit einem Lächeln im Gesicht. Als Laufstrecke wählte sie die Straße in Richtung des Leuchtturmes. Von dort wollte sie dann spontan entscheiden, in welche Richtung es weitergehen sollte. Nach kurzen Dehn- und Streckübungen ging es los. Das Wetter war herrlich. Nach der stürmischen Nacht zeigte sich die See heute Morgen von ihrer „friedlichen" Seite. Leichter Wind wehte landeinwärts und erfrischte Kathy beim Laufen. Glatt lag sie da. So als könne sie kein Wässerchen trüben. Keine tosenden, sich aufbäumenden Wellen, die bereit waren, jeden oder alles zu zerschmettern und in die gierigen Tiefen zu reißen.

Langsam ging die Sonne auf und die ersten kreischenden Möwen zogen ihre Bahnen auf der immerwährenden Suche nach Futter.

Es war schon ein wenig unheimlich, aber noch vor wenigen Stunden stellten sich die See und das raue Wetter wie der Eingang in einen fürchterlichen Höllenschlund dar, und jetzt war davon nichts mehr zu spüren. Aber so ist es halt an der See, und dafür wird sie auch von allen so geliebt. Eben ein Landstrich voller Extreme.

Kathy verließ die alte Dorfstraße, lief vorbei an den Kuttern in Richtung des Leuchtturmes. Nach knapp zwei Kilometern machte der Weg eine leichte Biegung nach links und es ging eine kleine Anhöhe hinauf zum Turm. Weiter rechts führte ein Weg vorbei und dann durch die Felder in Richtung Tellernsee. Kathy überlegte kurz. Es war kurz vor sieben, zu früh für einen Besuch. Doch die Antwort wurde ihr abgenommen, denn noch während sie überlegte Signore Leon einen Besuch abzustatten, hörte sie plötzlich das Aufheulen einen Automotors, und sie sah, wie sich ein schwarzer Wagen mit hoher Geschwindigkeit entfernte. Kathy sprintete los, um wenigstens das Nummernschild oder andere Merkmale des Fahrzeugs zu erkennen, doch dafür war es längst zu spät. Doch schien es ihr, als wenn aus dem Beifahrerfenster ein Stück Stoff flatterte.

„Alina!", schoss es ihr durch den Kopf. Sie drehte sich in Richtung des Leuchtturmes und konnte gerade noch sehen, wie sich die Eisentür schloss.

Der Turm

Kathy griff zu ihrer Waffe und lief die wenigen Meter zum Turm. Der stand auf einer kleinen Anhöhe und war knapp zwanzig Meter hoch. Man konnte sehen, dass er seine besten Zeiten längst hinter sich hatte. Trotz frischer Farbe, nagte an vielen Stellen der Rost.

Neben der Tür, an der sich tatsächlich eine Klingel befand, konnte man eingegossene Zahlen entdecken. So war u.a. „Erbaut Juli 1902" deutlich zu erkennen. Bis vor zehn Jahren stand er noch im Dienst des Amtes für Seeschifffahrt Bremerhaven. Jetzt war er nur noch ein seemännisches Relikt der „guten alten Zeit", das immer noch den Stürmen trotzte und sein Licht jeden Abend weit in Richtung der tosenden Nordsee schickte. Kathy überlegte einen Moment, ob sie klingeln sollte. Doch das war hier schließlich kein Höflichkeitsbesuch, und so öffnete sie vorsichtig die Tür. Im Inneren der Eisenröhre war es dunkel und ein seltsamer, feuchter, ja fast modriger Geruch schlug ihr entgegen. Dazu roch es nach zerfallenem Eisen, nach Rost. Falls Rost überhaupt einen eigenen Geruch besaß.

Der Raum maß gut zehn Meter im Durchmesser. In der Mitte führte eine Wendeltreppe ungefähr drei Meter in die Höhe. An den Wänden waren schwach glimmende Lampen befestigt, die nur wenig Licht spendeten. Auf dem Boden lag allerlei Gerümpel. Im hinteren Teil war irgendwas mit einer dunkelblauen Plane abgedeckt.

„Signore Guardia!" Kathy schaute vorsichtig die Treppe hinauf, dabei hielt sie ihre Waffe fest im Anschlag. Doch trotz mehrmaligem Rufen erhielt sie keine Antwort. „Signore Leon? Hier ist Kathy McGore! Die Polizistin aus Schottland! Ich will nur wissen, ob es Ihnen gut geht?" Nichts war zu hören. Kathy beschloss, sich zunächst weiter hier unten umzusehen. Sie schlich in den hinteren Teil des Turmes und zog vorsichtig die Plane zurück. Doch was sie da fand, verblüffte sie doch ein wenig. Sechs nagelneue Großbildfernseher standen da, in Kartons verpackt. Da fiel ihr ein, was die alte Petersen erzählt hatte. Sie sollte für den Verkauf ihres Hauses einen großen Fernseher bekommen. Und hier standen sie also, die großen Fernseher. Neben den Kartons stapelten sich kleine unscheinbare Holzkästchen. Natürlich wollte Kathy wissen, welches Geheimnis die in sich bargen. Sie steckte ihre Waffe in das Holster und öffnete vorsichtig eines der Kästchen. Zum Glück in die vom Körper abgewandte Richtung, was ihr wohl das Leben rettete. Denn kaum hatte sie eines der Kästchen einen Spalt geöffnet, entsprang ihm ein kleiner gelb-schwarzer Frosch. Sofort verschwand der im Halbdunkel des Turmes. Kathy konnte sehen, dass ein zweiter Frosch versuchte, aus dem Kästchen zu klettern, was sie aber gerade noch verhindern konnte. Sie mochte keine Frösche. Die waren grün oder grau, glitschig, rochen eklig und machten Krach. Allerdings waren diese hübsch anzusehen. Ihre Oberfläche schien porzellanartig und die Farben irgendwie zu leuchten. Im Übrigen waren sie nur drei bis vier Zentimeter groß, was ihren Ekel explizit verringerte. Sie stellte das Kästchen zu den andern und begann den Aufstieg, die Waffe fest in der Hand. Nach knapp zwölf Stufen steckte sie ihren Kopf durch die geöffnete Deckenluke der ersten Etage. „Signore Leon!", rief sie, doch niemand antwortete. Kathy kletterte höher und gelangte damit in den Wohnbereich des Turmes. Hier stand eine Art Schlafsofa, ein Regal mit diversen Büchern und an einem der runden Fenster ein Schreibtisch. Neben dem Fenster klebten diverse Grundstückskarten von Berchtesgrund und eine Geburtstagliste aller Einwohner des Dorfes. Einige der Einwohner waren rot markiert. Auch der Name von Klara Hinrichsen war markiert. Interessanter Weise auch der Name von Elli Petersen. Desweiteren stand hier ein Laptop mit einem aktiven W-LAN–Zugang. Kathy pfiff leise durch die Zähne, denn es handelte sich um ein sehr aktuelles Modell, und es befand sich im online Modus, was bedeutete, dass hier bis vor kurzem jemand gechattet hatte. Doch bevor sie sich weiter mit dem Gerät beschäftigen wollte, stieg sie weiter die Treppe nach oben. In der nächsten Etage befanden sich eine Dusche, das WC und eine kleine abgetrennte Pentry-Küche. Auch dieser Bereich war leer. Weiter ging es nach oben. Vorsichtig stieg Kathy die nächsten fünfzehn Stufen empor. Hier musste sie sich gegen die Deckenluke stemmen, denn die schien verschlossen. Nach einem kurzen und kräftigen Ruck öffnete die sich plötzlich ganz leicht, und sie befand sich in einem zweiten Wohn- und Schlafbereich. Auch hier standen ein Sofa, ein Tisch, mehrere Stühle, ein Kleiderschrank und diverse Regale an den Wänden. Doch hier musste irgendetwas passiert sein. Entweder hatte Signore Leon ein privates Problem mit Ordnung oder hier hatte ein Kampf stattgefunden.

Mehrere Hemden, Hosen, Jacken, Reisetaschen und Koffer, einige Kissen und Decken lagen wahllos verstreut am Boden. Plötzlich hörte sie ein dumpfes Poltern, das von oben kam. „Hallo? Hallo, Signore Leon? Hier ist Kathy McGore. Hören Sie, Sir, ich komme jetzt hoch. Ich habe eine Waffe dabei!" Kathy lauschte, doch bis auf ein weiteres Poltern war nichts zu hören. Vorsichtig stieg sie die letzten zehn Stufen nach oben. Sie stemmte sich gegen die Luke. Auch diese schien zu klemmen, denn so oft sie auch dagegen drückte, sie ließ sich nicht öffnen. Plötzlich kam ihr ein Gedanke. „Hören Sie, Signore, kann es eventuell sein, dass Sie auf der Luke liegen?" Nichts passierte. Da entdeckte sie an der Seite eine Art Schließmechanismus. „Ich werde jetzt auf das Schloss schießen, das sich an der Luke befindet!" Nach einem kurzen Moment der Stille hörte sie wieder das Poltern. Sollte das nun ja oder nein heißen? Kathy entschied sich für ja. Sie kletterte die Leiter hinunter, zielte und drückte ab. Ein gewaltiger Knall, der von den metallischen Wänden widerhallte, erfüllte den Schlafraum des Turmes. Teile des Schlosses flogen durch den Raum, und Kathy konnte jetzt durch eine etwa handtellergroße Öffnung in die oberste Etage sehen. Kaum hatte sich der Qualm verzogen, kletterte sie wieder die Treppe hoch, und siehe da, die Klappe ließ sich jetzt problemlos öffnen. Vorsichtig schob sie ihren Kopf durch die Öffnung. Das Erste; was sie sehen konnte war Signore Leon, der bewegungslos knapp einen Meter entfernt mit dem Rücken zu ihr am Boden lag. Er schien gefesselt zu sein. „Oh Gott", schoss es ihr durch den Kopf. „Hatte sie ihn etwa erschossen? Signore Guardia? Hallo Leon? So sagen Sie doch was?" Plötzlich drehte der sich zu ihr herum und Kathy konnte sehen, dass sein Mund und seine Hände mit Klebeband gefesselt waren. Kathy war erleichtert. Schnell löste sie das Klebeband von seinem Mund. Beide Gesichter waren jetzt knapp einen halben Meter voneinander entfernt, und jeder konnte den Atem des anderen spüren. Fast ein erotischer Moment, dachte sich Kathy. „Ich werde jetzt zu Ihnen hochsteigen." „Aber seien Sie vorsichtig. Alina hat einige ihrer Frösche ausgesetzt. Ich glaube, sie ist jetzt völlig wahnsinnig." „Frösche? Das muss doch nicht sein." Vorsichtig stieg sie nach oben. In der Mitte des Raumes, der vollständig verglast war, stand eine knapp einen Meter hohe Metallsäule, auf der sich eine große Lampe, die vor einem Spiegel montiert war, unablässig drehte und dabei ein schleifendes

Geräusch verursachte. Das war also das Leuchtfeuer von Översund. Weitere nautische und meteorologische Messgeräte, waren ringsumher auf metallischen Stelen montiert.

„Und, können Sie was sehen?", rief Leon, der immer noch gefesselt am Boden lag. Kathy bemerkte, dass aus seinem linken Bein Blut tropfte. „Habe ich Sie da getroffen?" „Ich glaube schon. Aber was ist mit den Fröschen?" Kathy sah sich um, konnte aber keine entdecken. „Kommen Sie Leon, ich werde sie erst mal befreien und mir dann ihre Wunde ansehen." Damit griff sie nach ihrem Messer und durchschnitt vorsichtig die Klebebänder. „Danke, das mit der Schusswunde ist halb so schlimm. Ist nur ein Streifschuss. Wie ich hörte, dass Sie eine Waffe dabei haben, war mir klar, dass Sie schießen werden. Ich versuchte noch mich von der Klappe zu rollen, aber sie waren schneller. Inzwischen hatte sich Leon mit Kathys Hilfe auf einen der Stühle gesetzt. Sein Blick ging in alle Richtungen des Raumes. „Gott sei Dank, die Viecher müssen sich verkrochen haben. Kathy war inzwischen dabei, ihm das Hosenbein aufzuschneiden. Leon hatte Recht, es war nur ein Streifschuss. „Da, in der Ecke steht ein Sanitätsschrank. Bringen Sie mir ein paar Mullbinden und etwas Pflaster. Das werde ich schnell selbst versorgen." „Oh nein, Sie bleiben schön hier sitzen. Ich werde Sie verbinden. Das ist ja wohl das mindeste. Denn schließlich habe ich Sie ja auch angeschossen. Sie werden staunen, was eine schottische Polizistin kann. Vielleicht nicht so perfekt wie Sie, Doktor." Damit holte sie sich die Verbände. Gerade als sie die Tür des kleinen Schränkchen wieder schließen wollte, sah sie einen dieser gelb-schwarzen Frösche in Augenhöhe vor ihr auf dem Kasten sitzen. „Sagen Sie, Doktor, was hat es mit diesen Fröschen auf sich?" „Sie sind hochgiftig. Ein Biss von ihnen oder etwas Kontakt mit ihrem Hautsekret, und Sie haben im ungünstigsten Fall noch knapp dreißig Minuten zu leben. Warum fragen Sie?" „Bitte halten Sie sich die Ohren zu, es wird jetzt etwas laut." „Aber warum?" In diesem Augenblick erfüllte ein lauter Knall, wie der einer Explosion, den kleinen Raum. Glas splitterte und man hörte das metallische Geräusch eines Querschlägers, der mehrfach von den Wänden abzuprallen schien. Leon war vor Schreck vom Stuhl gefallen. Kathy saß auf dem Boden und hielt sich mit beiden Händen die Ohren zu. „Sind sie wahnsinnig geworden?", brüllte Leon.

Stille erfüllte den Raum. Keiner sagte ein Wort. Endlich stand Kathy langsam auf, immer noch die Hände an den Ohren. Leon hatte sich auch wieder aufgerappelt. „Was ist passiert?" In der rechten Hand hielt Kathy immer noch ihre qualmende Waffe, mit der sie gerade einen Frosch zerschossen hatte. Langsam steckte sie die Pistole ins Halfter. Dann nahm sie die Verbände und das Pflaster und begann Leons Schusswunde zu verbinden. „Er oder ich", murmelte sie dabei. „Sie haben eines dieser Mistviecher erschossen? Danke." Leon lächelte sie an. Nach einem kurzen Moment war Kathy mit dem Anlegen des Verbandes fertig. „Kommen Sie, ich werde Ihnen helfen. Wir sollten von hier schleunigst verschwinden." Vorsichtig und auf ihre Schulter gestützt erhob er sich. Mit zusammengebissenen Zähnen humpelte er bis zur Treppe und begann dann langsam hinunter zu steigen. Kaum war er unten, folgte Kathy. Schnell schloss sie die Luke. Leon hatte sich auf einen der Stühle gesetzt. „Oh Gott, wie sieht es denn hier aus?" Verwundert sah er sich in dem Chaos um. „Was hat sie bloß gesucht?" „Sie meinen, das war Alina? Gott sei Dank, ich hatte schon gedacht, das wäre ihre Form von Ordnung. Aber Spaß beiseite, ich glaube, sie hat hier ihre momentane Wut ausgelassen. Und da Alina Sie nicht in ihre Finger bekommen konnte, nun, den Rest sehen Sie. Sagen Sie mir, was letzte Nacht passiert ist."

Das muss so gegen vier Uhr heute Morgen gewesen sein. Ich hatte mich gegen zwei Uhr hingelegt. Bei diesem Unwetter dauert es immer eine Weile, bis ich schlafen kann. Meistens sitze ich dann hier oben und genieße mit einem kleinen Grappa den Ausblick. Von hier hat man einen fantastischen Blick auf die See, auf hunderte von bizarren Blitzen, auf krachende

Donnerschläge und gewaltige Stürme mit Windstärken um die zwölf. Außerdem machte ich mir Sorgen um Alina. Sie war nach ihrem Treffen am Strand verwirrt hierher gekommen. Sie plapperte irgendwas von Polizei, Verrat und Tod. Ich verstand nicht was Sie wollte und so nahm ich an, dass sie wieder einen ihrer Anfälle hatte und in eine ihrer zahllosen „Phantasie-Persönlichkeiten" geschlüpft war.

Nachdem sie sich beruhigt hatte, gab ich ihr eine Spritze und sie legte sich hin." „Wann war das?" „Nun, ich denke so gegen zehn Uhr. Sie schläft unten, im ersten Stock." „Und Sie, wo waren Sie?" „Wie ich schon gesagt habe, ich saß hier oben. So gegen halb zwölf wollte ich nach ihr sehen, und da war sie verschwunden. Ich weiß nicht, wann sie den Turm verlassen hatte. Und es machte auch keinen Sinn, sie bei diesem Unwetter zu suchen. Es wäre auch gefährlich gewesen, ihr in diesem Zustand zu begegnen, selbst für mich." „Wie soll ich das verstehen." „Nun, Sie haben gerade einen ihrer kleinen Freunde erschossen. Und sie hat davon noch jede Menge."

Kathy hatte sich eine Zigarette angesteckt. „Wollen Sie auch?" „Nein, danke, dieses Laster habe ich mir erfolgreich abgewöhnt." „Bin auch dabei. Ich habe gehört, dass sie in San Cervenzo mit giftigen Tieren herumexperimentieren soll. Und dabei mit einem sogenannten ‚Dr. Frankenstein' zusammenarbeitet?" „Er ist Gentechniker und hat in vielen Ländern Arbeitsverbot. Aber von wem haben Sie das?" „Egal, Sir." „Nun, ich kann mir schon denken, wer Ihnen das erzählt hat. Die Berger konnte wieder mal ihr Maul nicht halten." „Aber, aber, Signore, warum plötzlich so giftig? Also, was ist nun an diesen Giftforschungen dran?" Leon überlegte einen Moment, dann erhob er sich mühsam. „Lassen Sie uns weiter hinabsteigen. Ich möchte ein bisschen nach draußen. Ich brauche frische Luft. Kommen Sie und helfen Sie mir, denn schließlich haben Sie mich ja fast erschossen." Sein Lachen klang freundlich und fast „ehrlich". Kathy stand auf und half ihm langsam die engen Eisentreppen hinab zu steigen. Endlich, nach fast zwanzig Minuten waren sie unten angekommen und frische Seeluft empfing sie, als sie den Turm verließen. „Ich werde Ihnen einen Arzt rufen, der soll sich die Wunde mal ansehen. Gegen Mittag treffe ich Polizeimeister Bruckner. Der bekommt einen Bericht von mir. Das muss gemeldet werden." Leon begann zu lachen. „Eine schottische Polizistin erschießt einen italienischen Arzt im Norden Deutschlands. Das ist der Stoff, aus dem Bücher geschrieben werden." „Nun, soweit ist es ja Gott sei Dank nicht gekommen. Ich müsste aber noch mal mit Bruckner in den Turm." „Warum?" „Nun, so wie es aussieht, wollte ihre italienische Besucherin Sie ermorden." Das gefiel Leon gar nicht. „Signora, ich werde keine Anzeige erstatten." „Nun Signore, das spielt durch meinen Schuss auf den Killer-Frosch keine Rolle mehr. Also, was ist passiert?" „Es muss so gegen vier Uhr gewesen sein. Ich habe einen leichten Schlaf, noch aus meiner Zeit als Bereitschaftsarzt, und so hörte ich Alina im Turm singen und lachen. Ich stieg also zu ihr hinunter und machte ihr Vorwürfe, weil sie einfach verschwunden war, noch dazu bei diesem Unwetter. Doch irgendwie kam ich nicht an sie heran. Und dann ist es passiert. Ich wollte nur, dass sie mir zuhört. Ich packte sie an den Schultern und schüttelte sie heftig durch. Für einen Moment wurde sie völlig still, danach begann sie hysterisch zu lachen und auf mich einzuschlagen. Ihr Gesichtsausdruck war völlig verzerrt. In dieser Phase sollte man sich vor ihr in Acht nehmen. Um die Situation nicht weiter eskalieren zu lassen, flüchtete ich mich nach oben in den Lichtraum. Von dort war ihr Schreien und Kreischen deutlich zu hören. Nach einer halben Stunde war plötzlich Ruhe und ich nahm an, dass sie sich beruhigt hatte und eventuell schlief. Vorsichtig öffnete ich die Luke und wollte gerade zu ihr hinabsteigen, da spürte ich einen brennenden Schmerz im linken Bein. Alina stand am Fußende der Treppe und hielt triumphierend eine Spritze in der Hand. Mir war klar, dass sie mir irgendetwas gespritzt hatte. Es dauerte nicht lange und ich konnte meine Arme und Beine nicht mehr bewegen. Alina lachte vor Begeisterung und klatschte unablässig in die Hände. Irgendwann begann sie, mich mit Klebeband zu fesseln. Ich versuchte mich mit aller Kraft dagegen zu wehren, doch am Ende lag ich da auf dem Boden. Alina verschwand für einen Moment und kam mit drei ihrer Kästchen zurück. Sie drohte mir, dass ich sie nie wieder anfassen würde, dass die alte Frau sterben musste und ich jetzt Bekanntschaft mit ihren Freunden machen werde. Sie muss dann die Frösche irgendwo da oben ausgesetzt haben und ist danach verschwunden. Den Rest kennen Sie." „Sagen Sie, Leon, kennen Sie den Fahrer eines schwarzen Buiks? Und meine zweite Frage, was machen die Großbildfernseher da unter der Plane?" „Verzeihen Sie, Signora, aber ich glaube, ich muss mich etwas hinlegen." „Ach Leon, lassen Sie doch diese Spielchen. Sagen Sie mir einfach, wer der Fahrer des Autos war und ich bin glücklich." „Es ist Signore Roman Sacco. Er ist Notar in Palermo." Kathy lachte auf. „Das wird mir jetzt aber ein bisschen viel italienische Amore. Verzeihen Sie, aber was macht ein Notar aus Palermo in diesem gottverlassenen Dorf? Im Übrigen ist Alina gerade mit ihm verschwunden." „Signora McGore, Sie müssen mich jetzt leider entschuldigen, ich werde mich jetzt hinlegen. Wenn Sie es wünschen, stehe ich Ihnen am Nachmittag gern wieder zur Verfügung. Ach so, Sie sollten nach Elli Petersen schauen. Ich denke, sie ist tot. Und ich nehme an, Sie legen auf meine medizinischen Erfahrungen im Augenblick wenig Wert. Ich empfehle mich." Damit drehte er sich um und humpelte zurück in den Turm. Kathy sah auf die Uhr, es war kurz vor halb neun. Sie musste jetzt schnellstens telefonieren. Bei dem Lauftempo, das sie jetzt vorlegte, konnte sie sich das Training für die nächsten Tage sparen. Kurz vor neun erreichte sie völlig außer Atem die Pension. Kaum angekommen, begegnete sie auch schon Traudl, die gerade dabei war, ihr ein reichhaltiges Frühstück zu servieren. Noch atemlos winkte sie ihr kurz zu und rannte dann nach oben auf ihr Zimmer. Hier warf sie ihre Sachen auf das Bett und sprang unter die Dusche. Sogar heißes Wasser stand ihr heute zur Verfügung. Zehn Minuten später saß sie am Tisch und ließ es sich schmecken. „Schnell Traudl, ich brauche das Telefon." Plötzlich fiel ihr etwas ein. „Moment, ich muss noch mal kurz weg." Damit sprang sie auf, ließ die verdutzt dreinschauende Traudl wortlos stehen und stürmte aus der Tür. Nach wenigen Minuten erreichte sie das Haus von Elli Petersen. Zunächst versuchte sie durch die Fenster in das winzige Innere zu schauen, doch waren alle Gardinen zugezogen. Also näherte sie sich der windschiefen Tür und klopfte. Erst ein, dann zwei Mal, schließlich schlug sie mit der Faust gegen die Tür. Doch nichts passierte, bis auf die Tatsache, dass aus mehreren anderen Häusern die Bewohner neugierig auf die Straße traten. „Hören Sie!", rief Kathy ihnen zu, „haben Sie Frau Petersen heute schon gesehen?" Doch anstatt einer Antwort starrten die Alten misstrauisch herüber. „Ich bin Polizistin, und ich habe gestern noch mit Frau Petersen gesprochen." Jetzt nickten ihr einige freundlich zu. Doch statt einer Antwort verschwanden sie kopfschüttelnd in ihren Häusern.

„Wetten, dass wir jetzt von ihnen beobachtet werden? Im Übrigen, da liegt ein Schlüssel auf dem ersten Balken über der Tür."

Kathy sah sich um und da stand Traudl, mit vor der Brust verschränkten Armen und einer Zigarette im Mundwinkel. So wie in jener Nacht, als sie sich das erste Mal trafen. „Woher weißt du das?" „Das machen hier alle." Kathy nickte ihr wortlos zu und tastete den Balken über der Tür ab. Und siehe da, Traudl hatte Recht. Da lag ein Schlüssel. Sie steckte ihn vorsichtig ins Schloss und die Tür zu Elli Petersens Reich öffnete sich. Drinnen war es stockdunkel. „Hallo? Hallo, Frau Petersen? Ich bin es, Kathy McGore, die Polizistin aus Schottland!" Drinnen rührte sich nichts. Vorsichtig zog sie ihre Waffe und begann die Vorhänge aufzuziehen. Licht fiel ins Zimmer, doch Elli war nirgendwo zu sehen. Sie war verschwunden. Da Kathy auch keine Gefahr wie bunte Frösche entdecken konnte, steckte sie ihre Waffe in's Holster. Langsam trat sie zurück in die von der Morgensonne durchflutete Straße. Traudl stand immer noch da und wartete. Außer einem ironischen: „Na und?" kam nichts von ihr. Kathy war sauer. Sie verschloss die Tür und steckte den Schlüssel in die Tasche. „Ich weiß nicht, wer hier Spielchen mit mir spielen will? Doch er oder sie sollte gewarnt sein. Das ist ab jetzt ein Tatort. Und ich gehe jetzt weiter frühstücken." Damit ging sie mit forschen Schritten zurück in die Pension. Kaum war sie an Traudl vorbei, fing diese an zu lächeln. „Das hier sind schon lange keine Spielchen mehr. Da musst du schon eher aufstehen, meine Liebe." Wenige Augenblicke, nach dem auch sie im Haus verschwunden war, verdrückte sich Fredi, der mit einer beladenen Schubkarre hinter dem nächsten Haus versteckt gewartet hatte, in die Richtung des schwarzen Kutters.

Kathy saß am Tisch, trank ihren Kaffee und telefonierte mit Tom. „Der Name des Notars ist Sacco. Ja, ich habe ihn gerade verpasst. Er ist vor zwei Stunden mit dieser Irren, dieser Alina Bertani, geflüchtet. Ja, und ich habe beinahe diesen Italiener, Leon Guardia, in seinem Leuchtturm erschossen. Nein, es war keine Absicht. Da war eine Luke zwischen uns. Später musste noch ein Frosch dran glauben." Kathy fing an zu lachen. „Seit heute wird hier scharf geschossen, mein Lieber. Nein, das erkläre ich dir alles später. Ich muss jetzt Schluss machen. Ja, bis bald." Damit legte sie auf und machte sich über das Rührei her. Traudl, die das Telefonat mit angehört hatte, setzte sich zu ihr an den Tisch. „Entschuldige bitte, aber du hast auf Signore Guardia geschossen?" „Ja, meine Liebe, aber ich habe ihm damit, so glaube ich, das Leben gerettet. Alina hatte ihn gefesselt und ihre Spielkameraden auf ihn gehetzt. Einen von denen habe ich erschossen." Kathy konnte sehen, wie Traudls Augen immer größer wurden. „Ich meine ihre Frösche. Kleine giftige Biester." „Und wie geht's ihm?" „Er ist tot, der Frosch. Leon geht es gut. Es war nur ein Streifschuss. So und jetzt muss ich mit Bruckner telefonieren." Traudl wollte gerade aufstehen, doch Kathys Hand legte sich fest auf die ihre. „Bleib noch. Du kannst ruhig mithören, was hier bald passieren wird."

Damit wählte sie Bruckners Nummer, doch der war nicht in seinem Büro.

Nur sein Anrufbeantworter meldete sich und Kathy bat um dringenden Rückruf." Nun, dann werde ich eben weiter frühstücken. Sag mal, meine Liebe, wusstest du eigentlich von diesen Giftfröschen? Und könntest du dir vorstellen, dass damit einige der netten Menschen hier vergiftet wurden?" Traudl, die in der Küche verschwunden war, tat, als hätte sie nicht verstanden. „Was meinst du? Wer ist vergiftet worden?" Kathy war ihr inzwischen leise gefolgt und stand nun mit einer Zigarette im Mund im Türrahmen der Küche. „Was schreist du so, meine Liebe?" Traudl erschrak so sehr, dass sie einen Stapel Teller fallen lies, den sie gerade in die Spülmaschine stellen wollte. „Hoppla, das tut mir aber Leid." In diesem Moment klingelte das Telefon. Kathy schlenderte zum Tisch zurück und nahm ab. „Ah Sie, Herr Bruckner. Ich danke Ihnen, dass Sie so schnell zurückrufen. Und, haben Sie was erreicht?" Das, was er ihr dann erzählte, zwang sie zum Mitschreiben und wurde von ihr nur mit einem „Ja, mmh, ach so, ist ja sehr interessant", beantwortet. „Auch hier ist einiges inzwischen passiert. Zum Einen denke ich, dass wir die nächste Tote haben. Eine gewisse Elli Petersen. Das Problem ist nur, dass die betreffende Person verschwunden ist. Ach so, ich brauche für ihre Enkelin, eine gewisse Rosi Petersen und die Kinder Pascal und Sophie, ab sofort Polizeischutz. Die wohnen beide in Hamburg Altona. Dann habe ich heute Morgen auf Signore Guardia geschossen. Ja, geschossen! Nun, er lag gefesselt in seinem Turm und ich musste eine Tür zu ihm öffnen. Nein, er lebt noch. Es war lediglich ein Streifschuss ins Bein. Ja, ich werde Ihnen einen kurzen Bericht schreiben. Doch jetzt zu etwas anderem. Ich verlange eine sofortige Autopsie des Leichnams von Klara Hinrichsen. Bleiben Sie ruhig, Bruckner, ich habe inzwischen Hinweise darauf, dass sie mit einem sehr starken Nervengift getötet wurde. Wo das herkommt? Das sondern kleine bunte Frösche ab, die ursprünglich aus Südamerika stammen. Oh, was glauben Sie, Bruckner. Davon gibt es hier jede Menge. Ich habe eines dieser Biester vor gut einer Stunde erschossen. Genau, erschossen. Ich hatte keine andere Wahl. Also, was ist nun mit der Autopsie? Ich kann auch mit dem Polizeipräsidenten sprechen. Gut, ich erwarte in Kürze ihre Antwort. Und bringen Sie Leute zum Ausgraben mit. Na, für die Leiche. Ich denke, wir werden hier keine große Hilfe erwarten können. Ach so, veranlassen Sie eine Fahndung nach Alina Bertani. Ja, wegen mehrfachen Mordes. Sie ist in einem schwarzen Buik unterwegs. Der Fahrer ist ein italienischer Notar mit dem Namen Sacco. Den bitte gleich mit verhaften. Vorerst wegen Nötigung und Betrug. Aber ich glaube, da kommt bald mehr dazu. Ich erwarte Sie in drei Stunden mit dem entsprechenden Team. Bis dann." Damit legte sie auf.

„So", und damit wendete sie sich wieder Traudl zu. „Ich hoffe, du hast alles gehört? Wer ist Signore Sacco? Und bevor du mir wieder irgendwelchen Mist erzählst, ich meine den Notar, der hier regelmäßig das Dorf besucht und die Alten einschüchtert, oder sollte ich besser ‚erpresst' sagen? Also, was steckt hinter den Besuchen? Warum kauft er den Dörflern ihre Häuser und Grundstücke ab? Von wem kommt das Geld? Wer steckt hinter dem Ganzen? Wer zieht hier die Fäden?" Zögerlich und etwas stotternd begann Traudl zu erzählen. „Signore Enzo Sacco stammt ursprünglich aus San Cervenzo." „Was du nicht sagst? Das ist nun schon der Dritte von dort. Erst Leon, dann Alina und nun noch der feine Herr Notar. Na super." In diesem Moment klingelte erneut das Telefon. Traudl, die diesmal schneller am Hörer war, schnellte hoch und verließ mit dem Apparat das Haus. Draußen hörte Kathy sie flüstern. Leider konnte sie nicht verstehen, mit wem sie da telefonierte. Endlich kam sie zurück. „Entschuldige bitte, aber ich muss zu Leon. Sein Bein schmerzt und ich soll ihm was zu essen bringen. Ich nehme mal an, du hast hier genug zu tun." Damit verschwand sie in der Küche und kam kurz darauf mit einem Korb voller Esswaren zurück. „Wie kommst du zum Turm?" „Na, mit meinem Fahrrad." „Du hast ein Fahrrad?" „Na und, ist das verboten, Frau Polizistin? Entschuldige bitte, das war blöd von mir. Ich muss los, wir sehen uns nachher." Damit verschwand Traudl nach draußen, und bald konnte man das gleichmäßige Schleifen eines Fahrrades hören, das sich zügig entfernte. „Wo hatte sie das Ding plötzlich her? Sie hatte bis jetzt nirgendwo eines gesehen. Merkwürdig, doch ihr Verschwinden passt mir gut", dachte sich Kathy. Sie ging rasch auf ihr Zimmer, zog sich etwas Wetterfestes an. Dann lud sie ihre Waffe durch und stiefelte so wieder herunter. Bevor sie sich in die Richtung der Kutter aufmachte, rief sie nochmal Tom im Präsidium an. Sie berichtete ihm kurz von dem, was sie veranlasst hatte. Dann bat sie ihn, diese merkwürdige Alina Bertani mal gründlich unter die Lupe zu nehmen. „Ich brauche alles, was du finden kannst. Ich danke dir. Ach so, und Grüße an den Chief. Den Urlaub will ich ersetzt haben. Bis dann, mein Lieber. Ja, ich passe auf mich auf. Du kennst mich doch. Bis dann."

„Eben." Tom wusste genau, wovon er sprach. Und der Besuch auf diesem verlassenen Kutter gehörte bestimmt nicht dazu.

Und so verließ Kathy die Pension. Draußen hatte das Wetter inzwischen gedreht. Viele Wolken waren von der See her aufgezogen. Die herrliche Sonne von heute Morgen war vereinzelten Regenschauern gewichen. Der Rest des Tages versprach nicht viel Gutes. Sie stellte den Kragen ihres Parkers hoch, steckte sich eine Zigarette an und spazierte in Richtung des Strandes. Als sie am Haus von Elli Petersen vorbeikam, sah sie noch mal durch die Fenster, doch nichts war von der Alten zu entdecken. „Merkwürdig", dachte sie sich. Sie war sicher, dass Elli tot war. Doch, wo war ihre Leiche?" Wenn es nach der Zeitabfolge ging, dann musste sie heute Nacht zwischen null und sechs Uhr verschwunden sein. Denn kurz vor Mitternacht hatte Leon nach Alina gesehen, und da war sie weg, und um sechs Uhr war Kathy heute Morgen zum Lauftraining gestartet. Irgendwann dazwischen muss es passiert sein. Der Wind hatte inzwischen weiter aufgefrischt. Der Sand am Strand war hart wie ein Brett, feucht und klebte an den Stiefeln. Bis zu den Kuttern waren es so zweihundert Meter. Durch ihr Fernglas sah alles ruhig und friedlich aus. Endlich erreichte sie

Für B.K.

die beiden Kutter. Bevor sie sich dem Wrack widmen wollte, schlenderte sie den gut hundert Meter langen Steg entlang, an dessen Ende die „Bercht-1" fest vertäut lag.

Das Schiff war knapp zwanzig Meter lang und man konnte erkennen, dass mit diesem Boot regelmäßig hinausgefahren wurde. Alles wirkte alt und hatte deutliche Gebrauchsspuren von der Arbeit auf See, doch andererseits konnte man auch erkennen, dass hier Hände am Werk waren, die wussten was sie taten. Selbst der Außenanstrich des Kutters schien neu und ließ den Pott in einem sanften stahlgrau erstrahlen. „Hallo? Hallo, ist hier jemand?" Kathy stand vor dem Schiff und überlegte, sich in Ruhe an Bord umzusehen. Doch da erinnerte sie sich an Traudls Worte, dass der olle Friedrichsen es nicht schätzte, wenn jemand unbefugt sein Schiff betrat. Doch so oft sie auch rief, es schien niemand an Bord zu sein. Auch war weit und breit keiner zu sehen. Und so sprang sie am Heck auf das Schiff. Hier lagen zwei große Netze, deren Enden mit Stahlseilen an den beiden Winden befestigt waren. Am Ende der Netze waren Stahlkrallen angebracht, mit denen sie wohl über den Meeresboden gezogen wurden. Sollten sie damit doch Krebse fangen? Gleich dahinter folgten die abnehmbaren Deckel der drei Fangkammern. Jede gut vier Meter lang und auch breit. Eine Treppe dahinter führte in den Bauch des Schiffes. Daneben ging eine zweite Stiege hoch zum Steuerraum. Hier lagen verschiedene Seekarten, die aber alle mehr oder weniger dasselbe Gebiet der Nordsee darstellten. Die Wassertiefen dort waren mit zwanzig bis achtzig Meter angegeben. Schnell zückte sie ihre kleine Kamera und fotografierte die Angaben zum Fanggebiet. Das Steuer war mit einer Zwinge am Boden befestigt. Das Radar sowie eine Art Navigationsgerät schimmerten matt grün im Halbdunkel der Brücke.

Auf einem Bordcomputer konnte sie Strömungs- und Wetterdaten der kommenden Nacht sowie die Heizöl-und Dieselmengen in den Tanks des Schiffes abrufen. Aus all dem konnte Kathy schließen, dass die „Bercht-I" bereit zum Auslaufen war.

Plötzlich hörte sie ein leises Klirren und Poltern, vom Heck des Schiffes. Sie griff nach ihrer Waffe und verließ das Ruderhaus vorsichtig auf der Steuerbordseite. Langsam schlich sie zum Heck des Kutters. Hier lagen allerlei Stangen, Haken, Schäkel und Stricke herum. Der Heckabstieg stand offen und Kathy schaute vorsichtig hinein. Unten war es völlig dunkel. Der Schlag traf sie mit voller Wucht auf der rechten Schulter. Instinktiv rollte sie sich nach rechts ab. Hinter ihr stand Fredi, der gerade wieder die Stange erhob, um erneut auf Kathy einzuschlagen. Obwohl ihr rechter

Arm furchtbar schmerzte, sprang sie mit einer Hechtrolle unter die Stange hindurch und traf ihren Gegner mit der vollen Wucht ihres Stiefels im Bauchbereich. Der klappte nach vorn, wo ihn das Knie von Kathy am Kinn traf. Zwei weitere harte Handkantenschläge in Richtung Hals und Fredi verlor das Gleichgewicht, was dazu führte, dass er der Länge nach zu Boden ging. Während er sich das Kinn und den Bauch rieb, stand Kathy mit gezogener Waffe vor ihm. „Los Fredi, kommen Sie hoch!" Mit schmerzverzerrter Stimme brüllte Kathy ihn an. „Was sollte das? Sind sie wahnsinnig geworden? Sie wissen doch, dass ich von der Polizei bin." Fredi rappelte sich auf, doch anstatt aufzugeben, griff er erneut nach der Stange und ging ungeachtet der auf ihn gerichteten Waffe wieder auf sie los. „Du verschwinden von hier! Los, du sollen verschwinden!" Ihr war klar, dass Fredi überhaupt nicht wusste, was er da tat. Und natürlich wollte sie nicht auf ihn schießen. „Hören Sie Fredi, lassen Sie die Stange fallen. Hier, sehen Sie, ich habe meine Waffe wieder eingesteckt. Bitte nehmen Sie die Stange runter." Doch Fredi kam drohend weiter auf sie zu. „Du sollen verschwinden. Chef sagen, Fredi soll aufpassen, dass niemand auf Schiff geht. Und Fredi passen auf." Kathy war klar, dass sie hier weder mit Logik noch ihrer Dienstmarke weiterkam. Also bemühte sie sich zur Backbordseite des Schiffes zu gelangen, da sich hier der Steg befand. Endlich hatte sie es geschafft, und mit einem Sprung gelang es ihr, vom Schiff auf die Holzbohlen des Steges zu springen. Im selben Augenblick ließ Fredi die Stange fallen. Er drehte sich wortlos um und ging in Richtung des Bugs. So, als währe nichts geschehen, begann er damit aufzuräumen. Kathy beobachtete ihn eine Weile, dann entschloss sie sich das daneben liegende Wrack zu inspizieren. Sie hatte gerade den Steg verlassen, da stand plötzlich Friedrichsen vor ihr. „Sie müssen dass Fredi nachsehen. Er wollte Ihnen nicht wirklich weh tun. Er kann nur oft seine beachtlichen Kräfte nicht kontrollieren. Tief im Innern ist er ein herzensguter Kerl." „Das ist jetzt ein Scherz, oder? Aber egal, ich werde heute Abend beim Duschen daran denken, wenn ich mir meine grün und blau geschlagene Schulter betrachte." „Sagen Sie, wie heißen Sie eigentlich mit vollem Namen?" „Warum wollen Sie das wissen? Hier nennen mich alle nur den ollen Friedrichsen." „Aber ich würde Sie gerne mit ihrem richtigen Namen ansprechen. Also?" „Also gut. Ich heiße Klaus. Klaus Martin Friedrichsen, wenn Sie es genau wissen wollen. Aber bitte, sagen Sie weiter Friedrichsen zu mir." „Und Fredi? Wie ist sein voller Name? Keine Angst, ich werde ihn nicht anzeigen." „Fredi Madke. Aber ich glaube, das hat er selber schon vergessen. Wie kann ich Ihnen helfen? Ich habe gehört, Sie wollen heute Nacht mit hinaus auf See?" „Nun, die Wirtin unseres ‚Ankers' wollte mir diesen Wunsch schon ausreden. Wie steht es mit Ihnen? Mir wurde gesagt, dass Sie letztendlich entscheiden, wer an Bord darf und wer nicht. „Das ist richtig. Und ich weiß nicht, was Sie sich davon versprechen mit hinaus zu fahren." „Das lassen Sie mal mein Problem sein. Sagen Sie, hätten Sie was dagegen, wenn ich mir den anderen Kutter mal ansehe?" „Das Wrack da? Machen Sie was sie wollen. Doch seien Sie vorsichtig. Viele Planken des Kutters sind vermodert und können leicht zusammenbrechen. Und, ich will ja nicht, das Ihnen was passiert." Damit drehte er sich um und ging auf die „Bercht-1", wo er schon von Fredi erwartet wurde. Während Kathy in Richtung des Wracks lief, tuschelten Friedrichsen und Fredi aufgeregt miteinander. Fredi machte mehrfach Anstalten, Kathy am Betreten des schwarzen Kutters zu hindern, doch Friedrichsen hielt ihn jedesmal zurück.

Kathy stand jetzt vor dem geheimnisumwobenen Schiff, auf dem in der Nacht die Seelen der ertrunkenen Matrosen erscheinen, um Becher auf Becher Rum zu kippen und dann nach neuen Opfern Ausschau zu halten. Jetzt war es totenstill. Nur der Wind heulte durch die zerborstenen Bodenplanken und im Dunkel der gewaltigen Fangkammern konnte Kathy jede Menge zerschlagene Kisten, Seile und zerbrochene Balken erkennen. An zwei Stellen hingen Jakobsleitern herunter, die irgendwo oben an der

Reling befestigt waren. Eine der Strickleitern machte einen sehr verrotteten Eindruck, und Kathy entschied sich für die Leiter am Bug des Schiffes. Sie sah sich um und konnte Friedrichsen sehen, der sie von seinem Ruderhaus aus beobachtete. „Kann ich hier hochklettern?", rief sie ihm zu. „Das kann ich nicht sagen. Ich jedenfalls würde es nicht probieren."Das konnte ich mir denken," murmelte Kathy. Sie ging auf die Backbordseite des Wracks, deren Aufbauten auf Grund der Schieflage deutlich leichter zu erreichen waren. Kathy sprang zur Reling hoch und zog sich an ihr langsam auf das Deck des Kutters. Vorsicht schlich sie in die Richtung des Ruderhauses, das merkwürdigerweise sehr aufgeräumt wirkte. Trotz seiner Schräglage konnte sie sich gut bewegen. Gleich hinter dem Ruderhaus führte eine zum Teil zerstörte Leiter tief in den Bauch des Schiffes. Gott sei Dank hatte Kathy ihre Taschenlampe dabei, denn hier unten war es fast stockdunkel. Nur durch die Löcher des Lecks kam etwas Licht von außen hinein. Irgendetwas raschelte in dem riesigen Berg von Müll, Treibgut und alten Fischkisten. „Ratten", dachte sich Kathy. „Auch das noch." Neben Fröschen und Schlangen waren das Tiere, mit denen Kathy auf keinen Fall Kontakt haben wollte. Im Schein ihrer Lampe konnte sie bis auf zwei große Kisten nichts entdecken, was ihr Interesse weckte. Und die Kisten standen in dem Bereich, in dem sie die pelzigen Nager vermutete. Einen Augenblick wägte sie ihre polizeiliche Neugier gegen ihre Angst vor Ratten ab und entschied sich dann dafür, zu verschwinden. Wenn Bruckner mit einem Team kam, würde sie jemanden hier hinunter schicken. Der konnte ja dann prüfen, was sich in den Kisten befand. Vorsichtig kletterte sie die Treppe wieder hoch. Oben angekommen atmete sie tief durch und konnte Friedrichsen auf seinem Kutter sehen. Irgendwie schien es ihr, dass er zu ihr rüber grinste. „Und, irgendetwas gefunden?", rief er herüber. „Nein, aber das wussten Sie doch vorher." Denn wenn hier etwas war, dann ist es jetzt weg, dachte sie sich. Plötzlich hörte sie ein Knacken und Knirschen, das langsam lauter wurde. Das Geräusch kam vom Bereich des Ruderhauses. Mit Entsetzen konnte Kathy erkennen, dass ein Teil des morschen Aufbaues langsam in Richtung Steuerbord abkippte. Einen kurzen Moment später hörte das Kippen auf. Irgendwie hatte sich ein Teil des Ruderhauses verkanntet. Das war der Moment, in dem Kathy zur Backbordseite rannte und über die morsche Reling sprang. Um den Aufprall besser abzufedern, rollte sie auf dem nassen Sand nach rechts ab. Genau über die Seite, die vor kurzer Zeit mit dem Knüppel von Fredi Kontakt hatte. Obwohl nichts weiter passiert war, schrie sie vor Schmerz und Wut laut auf. „Mist verdammter! Mist!" In diesem Moment erschien Friedrichsen hinter dem Wrack. Er war gerannt. Als er sah, dass Kathy bereits wieder auf ihren Füßen stand, stoppte er und sah sie lächelnd an. „Wie eine Katze", murmelte er vor sich hin. „Haben Sie sich verletzt?" „Oh nein, mir geht es gut. Ich bin nur gerade dabei, meiner Schulter einen endgültig miesen Tag zu bereiten." In diesem Moment krachte das Ruderhaus mit lautem Getöse in sich zusammen. „Na, ob das den Geistern wohl gefällt?", rief er laut lachend, während er in Richtung der „Bercht-1" verschwand.

Kathy war sauer. Nichts hatte sie erreicht. Und dabei hatte sie sich hier ein paar echte Hinweise versprochen. Doch bis auf eine geprellte Schulter, diverse blaue Flecken und einem umgeknickten Fuß, der beim Auftreten furchtbar schmerzte, hatte sie nichts finden können. „Mir reicht es fürs Erste." Damit humpelte sie in Richtung der Pension.

Friedrichsen hatte Fredi erreicht, und beide sahen der Polizistin nach. „Die kommt heute bestimmt nicht mit auf See. Du, bereitest unsere drei Passagiere für heute Abend vor. Ich muss noch mal weg. Und immer daran denken, außer mir hat hier keiner was zu suchen." Damit tätschelte er Fredis Wange, lächelte ihm zu und verschwand in Richtung des Leuchtturmes.

Kathy humpelte inzwischen in Richtung der Pension. Gerade als sie das Haus von Elli Petersen erreichte, hielt ein langer Bus, auf dem mit großen

Buchstaben prangte: „Alles frisch auf den Tisch! Kauf bei Jonas – Der rollende Lebensmitteldiscount." Kaum kam das bunte Fahrzeug zum Stehen, öffneten sich viele Türen im Dorf, und von überall kamen alte Menschen mit Beuteln und Tüten geströmt. Auf dieses Ereignis hatten wohl alle gewartet.

An der Seite des Busses öffnete sich eine breite Tür und eine Treppe senkte sich ab, so dass die betagten Kunden bequem einsteigen konnten. Am Ende öffnete sich eine weitere Tür. Das war dann wohl der Ausgang. Es dauerte nicht lange, und die Ersten verließen den Bus mit prall gefüllten Taschen und Beuteln. Auch Kathy machte einen Rundgang durch den kleinen Supermarkt. „Sie habe ich aber noch nie hier gesehen." Der das sagte, saß an der Kasse, lächelte sie an und war wohl besagter Jonas. Vom Typ her, ewiger Junggeselle, mit Mamas Strickpullover über dem zu dicken Bauch. Die Haare fettig und über die deutlich sichtbare Halbglatze gezogen. Sein breites, schmieriges Grinsen gab ihm den Rest. „Und, sind Sie hier auf Urlaub? Wollen wir vielleicht mal einen Kaffee trinken? Ich kenne mich hier in der Gegend gut aus. Ich könnte Ihnen so einiges zeigen. In drei Stunden habe ich Feierabend."

Kathy war über das Angebot angenehm überrascht, zumindest was den Markt betraf. Alles war wie in einem Discount sortiert. Da waren das Obst und das Gemüse, das Brot, die Milchprodukte und die haltbaren Sachen, wie Nudeln und Reis. Sogar Zeitungen steckten in einem der Ständer. Nach knapp einer halben Stunde hatten alle Dorfbewohner eingekauft und Jonas zählte seine Einnahmen. Ein kleines Paket mit Rätselzeitungen lag noch an der Kasse. „Für wen sind die da?" „Das hat die Frau Petersen bestellt. Nach dem die alte Hinrichsen so plötzlich verstorben war, hat die Frau Petersen ihre Bestellung übernommen." Nun, da werden Sie sich wohl nach einem neuen Abnehmer umsehen müssen. Ich fürchte, Frau Petersen ist auch tot." „Oh, nicht schon wieder. Meine Kunden sterben ja hier wie die Fliegen. Entschuldigen Sie, das sollte nicht pietätlos sein, aber diese plötzlichen Todesfälle sind ja direkt geschäftsschädigend. Also, was ist nun mit dem Kaffee? Wir können auch etwas essen gehen. Wie gesagt, ich lade Sie ein." Kathy sah ihn abschätzend an, dann schüttelte sie den Kopf. „Schade. kann ich sonst noch was für Sie tun? Ich müsste dann auch weiter." „Danke, das war es für heute." Damit stieg Kathy aus dem Bus. Irgendwie hatte sie den Eindruck, dass der liebe Jonas es plötzlich sehr eilig hatte. Kaum hatte sie das Fahrzeug verlassen, schlossen sich alle Türen, und der rollende Markt verschwand aus Berchtesgrund so schnell wie er gekommen war.

Gerade als Kathy in die Pension trat, klingelte das Telefon. Am anderen Ende war ihr deutscher Kollege Sven Bruckner. „Sie werden es nicht glauben, aber ich habe die Genehmigung für die Obduktion bekommen. Ich habe auch zwei kräftige Kerle gefunden, und wir machen uns jetzt auf den Weg." „Das ist toll Bruckner. Ich erwarte Sie." „Noch eine Frage, ist denn inzwischen die verschwundene Elli Petersen wieder aufgetaucht?" „Nein, bis jetzt noch nicht, warum wollen sie das wissen?" „Nun, ihre Enkelin Rosi ist tot. Es geschah am letzten Sonntag. Da war wohl jemand schneller als wir. Ich bringe Ihnen den Bericht mit. Bis dann. Wir machen uns jetzt auf den Weg." Als Kathy auflegte, war ihre Laune dahin. „Wieder eine Tote. Irgendwer ist uns immer einen Schritt voraus. Doch wer?" Sie beschloss die Zeit zu nutzen und ihrer Schulter etwas Pflege zu gönnen. Eine schöne heiße Dusche wäre jetzt angebracht. Doch laut Traudls Aussagen gab es hier nur am frühen Morgen für zwei Stunden heißes Wasser. Dem Phänomen wollte sie jetzt nachgehen.

Da die Dame des Hauses ja bei Leon im Turm weilte, machte sich Kathy auf die Suche nach dem Warmwasserkessel. Als handwerklich begabte Frau konnte es ja wohl nicht so schwer sein, heißes Wasser zu erzeugen. Doch weder in der Küche noch im Lager war ein Heizkessel oder eine Heizungsanlage zu sehen. Das fand Kathy mehr als merkwürdig. Gerade wollte sie auf ihr Zimmer verschwinden, da entdeckte sie in der Küche eine Bodenluke. Sie öffnete die Klappe und eine Treppe wurde sichtbar, die steil nach unten führte. Unten war es stockdunkel. Kathy griff nach ihrer Taschenlampe und stieg langsam hinunter. Nach knapp der Hälfte sah sie plötzlich einen Lichtschalter. Sie betätigte ihn und eine Lampe flammte auf, die den Raum in ein diffuses Licht tauchte. Knapp fünf Stufen weiter erreichte sie den Boden des Kellers, einer Art Lager. In mehreren Regalen an der Wand befanden sich diverse Flaschen des selbstgebrannten Korns. Gleich daneben stand auch die dazu gehörige Destillationsanlage. „Hier also kommt dieses Mörderzeug her." Kathy pfiff lächelnd durch die Zähne. In einem weiteren Regal lagerten ein paar Brote, diverse Mengen an Nudeln und etwas Reis. In einer anderen Ecke fand Kathy endlich das, was sie suchte. Hier stand der Heizkessel für die Warmwasseranlage. Sie verschaffte sich einen schnellen Überblick, dann betätigte sie lediglich den On-Schalter und eine grüne Lampe verriet ihr, dass die Anlage jetzt heizte. „Na also", dachte sich Kathy. War doch ganz einfach. Gerade wollte sie den Keller verlassen, da entdeckte sie an der Seite, halb verdeckt von einem Regal, eine kleine eiserne Tür. Sie drückte gegen das Regal und es ließ sich leicht verschieben, denn es war auf Rollen montiert. Die Tür hatte mehrere große Stahlbügel, mit denen sie verschlossen war. Kathy drehte die Griffe der Bügel waagerecht und die Tür ließ sich leicht öffnen. Dahinter wurde ein Gang sichtbar, der nach knapp fünfzehn Metern in einem weiteren Kellerraum endete. Kathy war verwirrt, denn soweit es ihre Orientierung zuließ, konnte sie sich unmöglich mehr unter der Pension befinden. Am Rande des Raumes lehnte eine Leiter an der Wand. Kathy leuchtete an die Decke und konnte eine offene Deckenluke sehen. Sie positionierte die Leiter direkt darunter, kontrollierte, ob ihre Waffe griffbereit im Holster steckte und stieg dann vorsichtig empor. Oben angekommen, befand sie sich im Wohnzimmer des Nachbarhauses. Sie zog die Vorhänge zur Seite und Licht strömte in den Raum. Hier war also ein zweiter Ein- und Ausgang zur Pension. „Nur wozu?" Kathy drückte die

Klinke zur Tür nach draußen herunter, doch die war verschlossen. Neben einem großen Kleiderschrank, einem breiten Bett, einem Tisch mit drei Stühlen war der Raum leer. Alles schien seit langer Zeit unbewohnt. An einer Wand war ein Liegenschaftsplan der Ortschaft Berchtesgrund mit Klebestreifen befestigt. Kathy zählte zweiunddreißig Häuser, wovon sechzehn mit einem schwarzen Kreuz versehen waren. Unter anderem auch die Häuser von Klara Hinrichsen und Elli Petersen. Schnell wurde Kathy klar, dass es sich hier um eine Art Todesliste handelte. Hinter den Häusern standen verschiedene Daten. Neben dem von Toms Tante stand der zwölfte März, neben dem von Elli der zweiundzwanzigste April, also gestern. Diese Liste war topaktuell, was bedeutete, dass heute jemand hier war. Beim Studium fielen Kathy zwei Daten besonders auf. Zum einen stand neben dem Haus, in dem sie sich gerade befand, das Datum vom 16. Mai 2005 und drei Häuser weiter das Datum vom zweiten Mai diesen Jahres. Das musste das nächste Opfer sein. Neben der Tür war etwas Dreck am Boden zu sehen. Hier muss Traudls Fahrrad bis vor kurzem gestanden haben. Für den Augenblick hatte Kathy genug gesehen. Wie gern würde sie jetzt mit Traudl ein klärendes Gespräch führen. Doch die war ja bei Leon im Turm. Beim Abstieg in den Kellerraum bemerkte sie in einer dunklen Ecke des Raumes einen abgedeckten Tisch, der ihr vorhin gar nicht aufgefallen war. Sie zog die Plane herunter und ein Laptop kam zum Vorschein. „Du hast also keinen Computer, na warte, meine Liebe." Gerade wollte sie verschwinden, da bemerkte sie, dass der Laptop sich im On-Line-Modus befand. Sie betätigte das Maus-Pad, und das Gerät flammte auf. Zwei E-Mails erregten ihr Interesse. Zum einen die Anweisung, dass Bodo Sörensen am zweiten Mai sterben sollte.

Die zweite Mail betraf sie selbst. „Der störende Aufenthalt der schottischen Polizistin ist umgehend zu beenden." Was sie dann las, beunruhigte sie zutiefst. „Der zum Glück verhinderte Aufenthalt auf der „Bercht-1" hat gezeigt, dass die Dame sehr nahe an unserem Projekt herumschnüffelt.

Das muss umgehend unterbunden werden. Sie ist noch heute zu eliminieren. Ich werde die Aktion wie üblich überwachen." Es war nicht die Tatsache, dass sie von irgendwelchen Ganoven bedroht wurde, das passierte ihr regelmäßig. Was sie aber hieran störte, dass irgendjemand sie anscheinend ständig beobachtete. Vielleicht sogar in diesem Augenblick? Also gab es hier im Dorf außer Traudl, Leon, Friedrichsen und Fredi noch jemanden, der mit dem Tod der Alten zu tun hatte, vielleicht sogar der Chef der Bande war?

Vorsichtig schaltete sie den Monitor des Rechners wieder aus, zog ihre Waffe und verließ den Raum. Erleichtert schloss sie die Türen und verließ den Keller der Pension. Jetzt hieß es, auf Sven und seine Helfer zu warten. Doch vorher wollte sie noch ein ausgiebiges Bad nehmen. Das Wasser musste inzwischen heiß genug sein. Rasch warf sie ihre Sachen aufs Bett, nahm sich eines der Badetücher und ließ sich ein entspannendes Bad ein. Bevor sie in die Wanne stieg, betrachtete sie im Spiegel ihre Schulter. Das sah nicht gut aus. Fast der gesamte Teil war mit Hämatomen übersäht, die in allen nur möglichen Farben brillierten. Das meiste davon in grün oder blau. „Na Prost Mahlzeit", dachte sie sich. „Dafür bin ich zu alt." Doch plötzlich musste sie grinsen. „Armer Fredi, der Tritt in den Bauch und an sein Kinn war auch nicht von schlechten Eltern gewesen." Sie hatte es halt immer noch drauf. Langsam stieg sie in die Wanne und genoss das warme Wasser, das ihren geschundenen Körper umspülte. Das war genau das, was sie jetzt brauchte.

Wäre sie noch am Rechner gewesen, hätte sie lesen können, dass Kathy den Zugang zum Nachbarhaus entdeckt hatte und gerade im Begriff war, ein Bad zu nehmen …

Kurz vor ein Uhr traf Polizeimeister Sven Bruckner mit zwei kräftig aussehenden Männern, gefolgt von einem Krankenwagen, in Berchtesgrund ein. Kathy saß vor der Pension und rauchte in Ruhe eine Zigarette. „Hallo Mam. Ich freue mich, dass wir uns so schnell wiedersehen. Das hier sind

Nils und Ronny. Bevor ich Ihnen meine ersten Ermittlungsergebnisse übergebe, zeigen Sie doch den beiden Herren hier, das in Frage kommende Grab. Die Jungs mit dem Krankenwagen sollen den Leichnam in das Kreiskrankenhaus von Tünning zur Obduktion überführen. Hier sind die Papiere." Damit übergab er Kathy die Untersuchungsanordnung. „Das ist super, dann lassen Sie uns fahren. Alle verteilten sich auf die beiden Wagen und rumpelten die Straße zum alten Dorffriedhof entlang. Dabei wurden sie aus den Fenstern der alten Häuser misstrauisch beobachtet. Endlich angekommen, zeigte Kathy den Männern das besagte Grab, die daraufhin sofort mit dem Ausheben loslegten. „Einen Moment noch, Bruckner. Kathy ging zu den Rettungssanitätern. „Sagt mal Jungs, habt ihr Salben für großflächige Prellungen dabei?" Die beiden mussten grinsen bei der Frage. „Wohl in ne Schlägerei verwickelt gewesen?" „Nun, ihr solltet mal den anderen sehen. Also?" Einer der beiden kramte etwas in einem der Medizinschränke herum und warf ihr dann eine große Packung Salbe zu. „Geschenkt." Kathy fing sie gekonnt auf, lächelte beide an und ging hinüber zu Bruckner. „Das wird hier noch ne Weile dauern. Lassen Sie uns in der Pension warten." „Alles klar!" Bruckner informierte die beiden die mühevoll mit dem Aushub begonnen hatten, sowie die Herren vom Krankenwagen, die inzwischen einen Zink-Sarg neben den Friedhofseingang gestellt hatten. Danach fuhren sie zurück in die Pension, wohl wissend, dass die Aktion auf dem Friedhof sicher vom Leuchtturm aufmerksam beobachtet wurde. Kaum saßen beide bequem in der Pension, fing Bruckner bereits an, in seinen Papieren herum zu wühlen. Wie Sie mir den Namen Elli Petersen gemeldet hatten und um Polizeischutz baten, viel mir ein, dass es da vor kurzem einen Vorgang in Hamburg gegeben hatte. Ah, hier ist es ja." Damit überreichte er Kathy eine interne Polizeimeldung. „Am Sonntag, dem 20.04.2012, wurde gegen 15.30 Uhr auf dem Frühlingsfest an der Alster eine weibliche Person durch Gift getötet und in einem Parkhaus aufgefunden.

Bei ihrer Rückkehr in das Parkhaus fanden die Kinder ein kleines Kästchen, das auf der Motorhaube ihres Autos stand. Da sie sich wohl sofort um das Kästchen stritten, nahm die Mutter es ihnen weg und öffnete es. Dabei sprang ihr ein Frosch an den Hals. Wenige Minuten später klagte die Mutter über Unwohlsein und Atemnot. Noch bevor sie den Wagen starten konnte fiel sie ins Koma und verstarb auf dem Weg ins Krankenhaus. Am Ende der Meldung tauchte der Name der Geschädigten auf. Rosi Petersen. „Was ist mit den Kindern?" „Die Kinder sind in der Obhut des Jugendamtes." „Mein Gott, drei Tote, und das wegen dem bisschen Land." „Was sagen Sie da?" „Nun, erst starb ihre Tochter bei einem fingierten Autounfall, dann die Enkelin durch Gift und jetzt Elli. Wer dahinter steckt, ist ein echter Sadist. Sie können den Kollegen in Hamburg mitteilen, dass die Spur des Mörders hierher nach Berchtesgrund führt. Was haben Sie noch erreicht?" Ich habe die Akte eines Vorfalles, der sich hier vor gut sieben Jahren ereignet hat. Damals war ich noch ein junger Dorfpolizist. Man hatte mir gesagt, dass ich hier in Ruhe meiner Arbeit nachgehen kann, die hauptsächlich aus der Aufklärung von Fahrraddiebstählen, kleinen Einbrüchen und der Schlichtung von Wirtshausschlägereien bestehen würde. Doch dann kam alles anders. Die Akte ist sehr umfangreich, deshalb werde ich Ihnen das wichtigste erzählen." „Entschuldigen Sie, Bruckner, aber hat das irgendetwas mit unserem Fall zu tun?" „Auf jeden Fall. Also, es passierte im Frühjahr, vor gut sieben Jahren. Wie gesagt, es war mein erstes Jahr bei der Polizei, und ich war noch nicht mal in jedem Dorf gewesen, für das ich verantwortlich war. So auch nicht hier in diesem gottvergessenen Berchtesgrund. Hier liegt das durchschnittliche Alter bei gut siebzig Jahren." Kathy stutzte über diese Formulierung. „ Das habe ich schon mal so gehört. Von unserem italienischen Doktor. Doch weiter." „Äh, wo war ich stehen geblieben?"
„Sie sprachen über die Abgeschiedenheit." „In jenem Frühjahr erschienen eines Tages drei nobel gekleidete Herren in einer großen grauen Limousine mit Fahrer im Dorf. Niemand hatte sie zuvor gesehen, und so waren

alle neugierig, wer da den Weg zu ihnen gefunden hatte. Nach der Sprache zu urteilen, in der sie sich lautstark unterhielten, musste es sich um Italiener handeln. Sie begannen einzelne Häuser, die Reste des Hafens sowie Teile des Strandes und der alten Kirche zu fotografieren. Sie machten sich eifrig Notizen, lachten viel und bewegten sich, als würde ihnen Berchtesgrund gehören. Nach knapp drei Stunden verschwanden sie zufrieden lächelnd, und es zog wieder Ruhe im Dorf ein. Fast hatten alle den merkwürdigen Besuch vergessen, da erschien drei Wochen später ein Trupp von Ingenieuren, und begannen das kleine Dörfchen in alle Richtungen hin zu vermessen. Auf Nachfragen verwiesen die Männer auf den Vermessungs-Auftrag einer Grundstücksverwaltung mit Sitz in Palermo. Jetzt erinnerten sich einige wieder an die merkwürdigen Besucher. Die Ingenieure beschränkten sich bei ihrer Arbeit nicht nur auf die Wege und den Strand. Rücksichtslos durchschritten sie die Grundstücke, ohne jemanden um Erlaubnis zu fragen. Erst nachdem sie der olle Friedrichsen von seinem Grundstück verwies und mit der Polizei drohte, packten die Männer ihre Geräte zusammen und verschwanden unter dem Beifall der Dorfbewohner. Doch damit sollte die ganze Sache nicht vorbei sein. Zwei Tage nach dem Verschwinden der Ingenieure tauchten erneut die Herren aus Italien auf. Doch dieses Mal hatten sie mehrere finster dreinblickende Typen im Schlepptau. Sie teilten sich am Ende der Dorfstraße auf und besuchten jeden Bewohner in seinem Haus. Und das lief wie folgt ab. Wenn nach einem kurzen Klopfen niemand öffnete, sprengte ein kräftiger Fußtritt die Tür. Dem eingeschüchterten Bewohner wurde kurz und knapp erklärt, dass man ihm oder ihr großzügiger Weise knapp dreitausend Euro für das marode Haus und den Acker zahlen würde. Nur musste man sich sofort entscheiden. Wenn man mit dem Angebot nicht einverstanden war, würde in naher Zukunft, ein kleiner Unfall oder etwas Ähnliches passieren. Die meisten der betagten Bewohner unterschrieben aus lauter Angst irgendwelche Papiere, die man ihnen vorlegte, ohne sie zu lesen. Manche stürzten auch in den kleinen Räumen unglücklich und brachen sich dabei einen Arm oder die Nase. Am Ende der Aktion zählte ich über vierzig Anzeigen wegen Nötigung, Einschüchterung, unbefugtem Eindringen, sechzehn Anzeigen wegen Bedrohung und neun Anzeigen wegen Körperverletzung. Das entsprach für mich einer Steigerung der Kriminalstatistik um etliche hundert Prozent. Wir haben sie dann in Bremerhaven gefasst und in Hamburg gemeinsam mit ihren Schlägern zu jeweils zehn Jahren Gefängnis verurteilt. Und das auch nur, weil der Prozess bei uns in Deutschland stattfand. Deren extra aus Italien angereisten Verteidiger versuchten alle Tricks, um die Auslieferung ihrer Mandanten zu erreichen. Doch nachdem sie die fachliche Kompetenz der deutschen Gerichte in Frage gestellt hatten, war das Maß voll und die Herren bekamen die volle Härte der Richter zu spüren." „Gut, das war ja ganz informativ, aber was hat das mit unseren Toten hier zu tun?" Bruckner sah sie verdutzt an. „Na, wegen den Ehefrauen der drei Ganoven. Ganz in schwarz gehüllt hatten sie den Prozess begleitet, ohne sich auch nur einmal zu äußern. Erst nach der Urteilsverkündung, als ihre Männer aus dem Gerichtssaal geführt wurden, verloren sie ihre Fassung. Sie schrien und tobten im Gerichtssaal und schließlich schwuren sie blutige Rache." Kathy zündete sich in Ruhe eine Zigarette an. „Sitzen die drei noch im Gefängnis?" „Ich nehme es an." „Also noch mal die Frage, was hat das mit unseren Fällen hier zu tun?" „Nun, vielleicht geht Ihnen ein Licht auf, wenn Sie die Namen der drei Herren hören? Da wären: Raffaelo Borgogno, Ernesto Sacco und Graciano Bertani. Na, klingelt es jetzt bei Ihnen?" „Oh ja, Bruckner. Jetzt klingelt es bei mir."

In diesem Moment hörte man ein Rauschen und Knacken aus der Tasche von Bruckner. „Entschuldigen Sie bitte, aber das ist das Funkgerät, mit dem ich und die Männer vom Krankenwagen in Verbindung stehen. Ja, Hallo, hier ist „Bercht-1", ich rufe „Bercht-2", was gibt es?" Wieder, war nur Rauschen zu hören. Bruckner schaltete am Gerät hin und her. Schließlich begann er damit, auf dem Tisch herum zu klopfen. „Hallo! ‚Bercht-2‘, so sagen Sie doch was." Plötzlich war es ruhig. Völlig ruhig. So, als wenn jemand das Gerät abgeschaltet hätte. „Hallo? Hallo, was ist denn nun?" Kathy sah Bruckner fast mitleidsvoll an. „Kommen Sie, wir sollten hinfahren." Bruckner schien immer noch nicht das Vertrauen in die Technik verloren zu haben und drehte weiter an irgendwelchen Knöpfen. „Hallo?" „Lassen Sie dass Bruckner, wir fahren. Kathy raffte die Unterlagen zusammen und schob den verdutzten Bruckner aus der Tür. Beide stiegen in den Wagen, Bruckner wendete und raste in Richtung Friedhof. Keiner hatte auf das Nebenhaus der Pension geachtet, denn kaum waren sie verschwunden, zog jemand wieder die Gardine vor eines der Fenster.

Nach knapp drei Minuten hielt der kleine Wagen vor dem Friedhof. Doch außer dem Blechsarg war zunächst nichts zu entdecken. Bruckner sprang behände aus dem Wagen, während Kathy sich noch immer alle Knochen sowie ihren Kopf rieb. Sie war noch nie in einem Auto so herumgeschleudert worden, wie auf der kurzen Strecke. „Hier, sehen Sie. Weg, alle sind weg!" Und tatsächlich war niemand zu sehen. Neben dem Grab von Klara Hinrichsen war ein großer Erdhügel, in dem zwei Schaufeln steckten. Kathy, die am Rand des offenen Grabes stand, sprang plötzlich hinein und begann wie wild zu graben. „Kommen Sie Bruckner, schnell, Sie müssen mir helfen." Sofort rannte der Polizist zum Grab und konnte sehen, wie Kathy dabei war, die halb mit Erde bedeckten Männer wieder frei zu legen. Noch während sie grub hörte sie, wie die beiden nacheinander mit kräftigem Husten wieder zu Besinnung kamen. Bruckner lag am Rand auf dem Bauch und versuchte den ersten am Hosenbein aus der Grube zu ziehen. Nach knapp fünf Minuten saßen die beiden erschöpft, aber gesund auf dem Erdhügel. „Danke, Mam. Ja danke, Sie haben uns das Leben gerettet. Sie auch Chef, danke." „Was ist passiert? Und wo verdammt sind die anderen?" „Keine Ahnung. Echt. Wir waren beide da unten beim Buddeln und plötzlich bekamen wir einen kräftigen Schlag auf den Kopf, und dann wurde es auch schon dunkel. Irgendwer war dabei, uns einzugraben. Ich habe noch gehört, wie der Wagen laut aufheulte und davonraste. Dann gingen auch bei mir die Lichter aus." „Wartet Jungs, ich habe Wasser im Auto." Damit holte Bruckner zwei Flaschen Mineralwasser, die er im Kofferraum liegen hatte. Der Druck hatte sich durch die Wärme und dem Herum rollen stark erhöht und so spritzte den beiden das Wasser ins Gesicht. In diesem Fall eine zusätzliche Erfrischung. „Kommen Sie her." Bruckner sah sich um und entdeckte Kathy gebückt, etwas außerhalb des Friedhofes. „Sehen Sie, hier hatte der Krankenwagen gestanden. Und hier." Dann hob sie das herausgerissene Funkgerät mit einem kleinen Ast in die Höhe. „Jetzt wissen Sie auch, warum das Gerät plötzlich seinen Geist aufgegeben hatte. Nach den Spuren hier, ist der Wagen mit hoher Geschwindigkeit in diese Richtung davon gerast." Kathy zeigte in die Richtung des Leuchtturmes. „Vor dem Leuchtturm biegt rechts ein Weg durch die Felder in Richtung Tellernsee ab. Doch jetzt interessiert mich etwas ganz anderes." Und damit ging sie zurück zum ausgehobenen Grab. „Was ist, Männer? Habt ihr was gefunden?" Die beiden sahen sich befremdlich an. „Nichts, Mam. Nichts. Und ich schwöre Ihnen, hier hat noch nie jemand gegraben." „Das habe ich mir gedacht. Hören Sie Bruckner, ich habe eine große Bitte an Sie. Ich weiß, das dürfen Sie nicht, aber ich denke, das wird uns weiterhelfen. Also, es wäre gut…" In diesem Augenblick wendete sich Bruckner an die beiden, „wenn es euch etwas besser geht, dann grabt ihr bitte eine andere Tote aus." „Welche?" „Irgendeine, auf deren Grab so ein Kreuz steht." Damit drehte er sich zu Kathy. „Darum wollten Sie mich doch bitten, oder?" „Danke, jetzt denken Sie wie ein schottischer Detektiv. „Wieso ein schottischer?" „Nun, bis vor kurzem hätten Sie mir diese Bitte hundertprozentig abgeschlagen. Hoffen wir nur, wir werden nichts finden." „Da können Sie sicher sein. Haben Sie ein Funkgerät im Auto?" „Warum?" „Wegen der Fahndung nach dem gestohlenen Krankenwagen?" „Sie haben Recht." Damit eilte

Bruckner zu seinem Wagen und gab die Fahndung nach einem Kranken-
wagen und zwei Rettungsassistenten durch. „Mögliche Fluchtroute
Tellernsee, weiter nach Tünning." Die Mitarbeiterin in der Funkzentrale
glaubte zunächst an einen Scherz ihres Kollegen. „Nu lass mal, Swat-
Svenni. Wer klaut schon einen Krankenwagen, noch dazu mit Besatzung?
Haste wieder zu viel Action-Serien im Fernsehen gesehen?" In diesem
Moment platzte Bruckner fast vor Wut. „Lösen Sie sofort die Fahndung
aus, sonst komme ich persönlich vorbei und reiße Ihnen ihren Arsch auf.
Haben Sie mich verstanden?" Seine Kollegin auf der anderen Seite der
Leitung war so erschrocken, dass sie sofort eine Ringfahndung für Schleswig auslöste. Ein Vorgang, zu dem sie gar nicht befugt war. Kaum war er
zurück, lächelte ihn Kathy an. „Bravo, Herr Kollege. Wenn Sie mal einen
neuen Job brauchen, dann rufen Sie mich an. So, Männer, wie sieht es aus?"
Beide waren noch etwas wackelig auf den Beinen, aber ihren Humor hatten sie schon wieder. „Wie sollen wir es machen, Sven?" „Was meint
ihr?" „Na, welches Grab soll es denn diesmal sein? Oder sollen wir abzäh-
len?" „Bruckner sah zu Kathy, doch die zuckte nur mit den Schultern.
„Kommen Sie, ich will mit Ihnen in die Sakristei der alten Dorfkirche."
„Macht es, wie ihr wollt. Aber lasst euch nicht wieder eingraben." „Das
geht aber extra." „Allet klar, also vier Kästen Bier." Bevor Bruckner Kathy
folgte, ging er noch mal zum Funkgerät und entschuldigte sich bei seiner
immer noch erschrockenen Kollegin.
Während Kathy und ihr Kollege in Richtung alter Dorfkirche gingen,
brannte ihr eine Frage auf den Nägeln. „Sagen Sie, Sie bezahlen die Männer
mit Bier?" Der musste grinsen. „Mit Bierkästen! Wissen Sie, ich kann
keine Grabungsarbeiten auf einem Friedhof abrechnen. Aber ich kann
Spesen berechnen. Und dazu gehört bei uns auch Bier. Lieber sollen die
sich in der Zentrale das Maul über meinen Bierkonsum zerreißen. Aber
was anderes, was hoffen Sie hier zu finden?" „Das weiß ich noch nicht.
Das mit dem Bier ist clever. Das werde ich mir merken." Die große Ein-

gangstür zur Kirche war nur angelehnt. Kathy zog ihre Waffe und ihre Taschenlampe. „Nur zum Selbstschutz." Noch während sie vorsichtig durch die Kirchentür schritt, hörte sie ein metallisches Geräusch hinter ihr. „Ich hoffe, das sind Sie, Bruckner?" „Ja, gehen Sie weiter." In der Kirche war es dunkel. Nur oben auf der halbverfallenen Balustrade fiel etwas buntes Licht. „Ich liebe Kirchen", flüsterte sie. „Ob das dem lieben Gott gefällt", raunte Bruckner zurück. „Ich meine unsere Pistolen." „Da geht es zur Sakristei." Damit deutete sie auf die kleine Tür rechts vom Altar. Beide schlichen mit ihren gezogenen Waffen durch den Kirchenraum. Plötzlich hörte Kathy wieder dieses typische metallische Geräusch einer gesicherten Pistole. Bruckner hatte die Waffe wieder in seinen Holster gesteckt. Fast hilflos sah er Kathy an. „Sorry, aber ich kann das nicht." Er deutete mit dem Lichtstrahl zum Kreuz über dem Altar. „Kommen Sie." Vorsichtig klinkte sie an der Tür der Sakristei. Doch die schien verschlossen. Da drängelte sich Bruckner an ihr vorbei. „Lassen Sie mich mal." Er nahm kurz Anlauf, dann rammten zweieinhalb Zentner Lebendgewicht gegen dreihundert Jahre altes Holz. Der Mensch gewann … „Danke, Bruckner." Hier in der Sakristei fand sie dann, was sie vermutet hatte. Außer verschiedenen liturgischen Geräten, wie Hostiengefäßen, Messbechern, einer alten Bibel, diversen bestickten Decken für den Altar und jeder Menge an Kerzen, war der Raum leer. „Alles so wie es sein soll. Was hatten Sie erwartet, hier zu finden?" „Särge, Bruckner. Särge. Leon Guardia hat mir erzählt, dass sie Klara Hinrichsen in einen Sarg gepackt hatten, den sie hier aus der Sakristei holten. Noch so eine verdammte Lüge. Kommen Sie, wir müssen zum Friedhof zurück."
Kaum hatten sie die Kirche verlassen, da hörte sie einen der Männer vom Grab her rufen. „Runter! Schnell! Gehen Sie in Deckung, da schießt jemand auf uns!" Rasch wich Kathy zurück in die Kirche. Keine Sekunde zu spät, denn schon splitterte Holz von einem Treffer an der Tür. Da kaum etwas zu hören war, musste es sich um einen Schuss aus großer Entfer-

nung und mit Schalldämpfer handeln. Schnell hatte Bruckner seine Waffe im Anschlag. „Lassen Sie mich mal an die Tür." Vorsichtig öffnete er den Türflügel zum Dorf hin und ging auf die Knie. „Was soll das?" „Ich will wissen, wie es meinen Männern geht. He, bei euch alles in Ordnung." „Ja, allet klar, Chef. Der erste Treffer ging in den Stiehl der Schaufel. Wir sind dann gleich runter. Ich glaube aber, dass der Typ einen ihrer Reifen zerschossen hat." „Klappe, und bleibt mit den Köpfen unten. Haben Sie eine Ahnung, wen wir da aufgeschreckt haben?" „Nun, anscheinend will da unbedingt jemand verhindern, dass wir hinter das Geheimnis der Gräber kommen." „Aber Sie müssen doch irgendeine Ahnung oder einen Verdacht haben. Ich denke, Sie sind eine Super-Polizistin? Entschuldigen Sie. Wenn ich jetzt bloß an den Kofferraum meines Wagens kommen könnte." „Warum das? Wollen Sie jetzt den Reifen wechseln?" „Oh nein, aber ich habe ein G3 mit Zielfernrohr im Wagen." „Kathy pfiff leise durch die Zähne. „Bruckner, Sie überraschen mich schon wieder. Sind sie Scharfschütze?" „Ausgebildet und trainiert, Mam. Spaß beiseite, ich war beim Bund in so einem Spezialkurs. Mehr darf ich auch Ihnen nicht sagen. Als ich hier in den Norden versetzt wurde, gaben meine Vorgesetzten meiner Bitte nach, und ich durfte mir ein Spezial-Gewehr zulegen. Leider haben das inzwischen ein paar Kollegen spitz gekriegt und deshalb nennen die mich Swat-Svenni. Aber das stört mich nicht. Was glauben Sie, wie lange müssen wir hier ausharren?" „Wie lange haben Sie beim Bund auf der Lauer gelegen?" „Oh Gott, nur das nicht." „Aber warten Sie, ich habe da eine Idee. Zunächst duzen wir uns ab sofort, o.k.?" Bruckner nickte nur. „Ich werde mich hinten bei der Seitenpforte raus schleichen und die Aufmerksamkeit des Snipers auf mich ziehen. Du versuchst zu deinem Auto zu kommen und dein Zaubergewehr zu erreichen. Pass auf dich auf." „Du auch." Kathy schlich rasch durch die Kirche und erreichte die Seitenpforte, die Gott sei Dank nicht abgeschlossen war. Sie drückte die kleine Tür auf und konnte gleich dahinter einen Berg von Grabsteinen sehen.

„Danke Herr." Sie nahm Anlauf, rannte hinaus und feuerte dabei eine Salve aus ihrer Pistole in die Richtung des Dorfes. Leider, um kurz danach auf der bereits mehrfach geschundenen Seite zu landen. Die Antwort kam prompt und direkt in ihre Richtung. Mehrere Einschläge in die Steine zeigten ihr, dass der Schütze zumindest im Augenblick auf sie fixiert war. Damit das erst mal so blieb, feuerte sie weiter in Richtung Dorf, ohne groß zu zielen. Wieder folgte die Antwort durch Treffer in den Stein, hinter dem sich ihr Kopf befand. Rasch lud sie nach und feuerte wieder fünf Schuss in Richtung Dorf. Ihre Sorge galt dabei den Dorfbewohnern. Bei diesem ziellosen Geballere konnte es schließlich passieren, dass jemand aus Versehen getroffen wurde. Plötzlich hörte Kathy einzelne Gewehrschüsse vom Eingang der Kirche. Das musste Bruckner sein. Schnell rannte sie zurück in die Kirche und schloss rasch die Tür hinter sich. Vom Eingang konnte sie Bruckner hinter seinem Golf knien sehen, wie er mit einem Gewehr, mit Zielfernrohr, irgendjemanden ins Visier nahm. Plötzlich gab er zwei Schüsse in Folge ab. „Ich glaube, ich habe ihn erwischt oder aber zumindest vertrieben." Vorsichtig wagte sich Kathy aus der Tür. Nichts passierte. Bruckner hatte Recht. Im Augenblick schien die Gefahr, erschossen zu werden, gebannt zu sein. „Du bist ja ein echter Meisterschütze." „Oh ja einer, der bei jeder Schießbude im Umkreis von hundert Kilometern Schießverbot hat. Nicht war, Svenni?" Lachend erhoben sich die beiden aus der Grube. „Ihr könnt jetzt unter Polizeischutz weiter graben." Bruckner lehnte mit seinem Spezialgewehr im Anschlag am Auto. Ein bisschen „SWAT-Team" steckte gerade in ihm ...
Nach knapp einer Stunde war klar, dass auch dieses Grab leer war und hier auch niemals jemand beerdigt wurde. Damit stand jetzt für
Kathy und Bruckner die Frage im Mittelpunkt, wohin die Toten verschwunden sind. Nach dem die offenen Gräber wieder zugeschüttet waren, fuhren die vier zurück in die Pension. Kaum angekommen, telefonierte Bruckner mit der zuständigen Staatsanwältin und schilderte ihr,

was sich hier zugetragen hat. Natürlich war die Dame, ob der zweiten ungenehmigten Graböffnung, nicht gerade erfreut und Bruckner durfte sich schon mal auf einen ausführlichen Bericht freuen. Zum Schluss wurde er aufgefordert, nichts weiter in diesem Fall zu unternehmen. Sie würde ein Spezialkommando nach Berchtesgrund schicken, da alles, was ab jetzt zu tun sei, von ihren Männern erledigt werden würde. Damit war das Gespräch beendet. Kaum hatte er aufgelegt, griff sich Kathy das Telefon und ließ sich mit dem Innenministerium von Schleswig Holstein verbinden. Anfänglich gelang es ihr nicht, die Sekretärin davon zu überzeugen, sie mit dem Innenminister zu verbinden. Und so landete sie bei irgendeinem Assistenten. Der war nur verwundert, dass Kathy über die Direktnummer des Innenministers verfügte. Im weiteren Gespräch war das auch der einzige Punkt, über den er mit ihr reden wollte. Irgendwann reichte es ihr, und sie verabschiedete sich freundlich, aber bestimmt. „O.k., dann muss es halt anders gehen." Sie suchte weiter in der Visitenkarten-Sammlung, und plötzlich hielt sie die Karte vom Polizeichef Schleswig Holstein, Horst Klauer, in den Händen. So weit sie sich erinnern konnte, ein sehr interessierter und charmanter Beamter, mit dem sie ein angeregtes Gespräch am letzten Abend in der Hotelbar geführt hatte. Er war fasziniert von der Einrichtung einer solchen Stelle in seiner Struktur, aber es durfte doch auch sicher ein Mann sein? Kathy erinnerte sich daran, ihm daraufhin erklärt zu haben, dass in Zeiten der Emanzipation eine solche Funktion nicht an das Geschlecht gebunden sei. Sie wählte seine Nummer und es meldete sich der Adjutant des Polizeichefs. Er hörte sich kurz an, wer da seinen Chef sprechen wollte. Dann notierte er sich ihre Nummer und versprach, dass der Polizeichef sofort zurückrufen würde, wenn er von der Besprechung beim Innenminister zurück sei. Er verabschiedete sich mit dem Satz: „Er würde sich freuen, Sie kennen lernen zu dürfen. Sein Chef hätte in den höchsten Tönen von ihr geschwärmt." Kathy musste lächeln und legte schließlich auf. „Ich erwarte dann seinen Rückruf." Bruckner war erstaunt, mit wem seine Kollegin aus Schottland so alles in Kontakt stand. Kathy sah ihn belustigt an. „Was? Was hast du?" „Nun, ich staune, erst der Innenminister und jetzt der Klauer. Mit denen im Rücken werden wir den Sumpf hier schon trocken legen." Kathy verschwand kurz in Richtung ihres Zimmers und kam mit einer Packung voller Munition zurück. „Was machen wir jetzt?" Während sie das fragte, füllte sie ihre Waffe und die leeren Magazine. „Hast du schon eine Idee, was die mit den Leichen gemacht haben?" Bruckner wollte gerade mit einem Kopfnicken die beiden Helfer nach draußen schicken, um in Ruhe mit Kathy reden zu können. „Das würde ich nicht tun, meine Herren." Und zu Bruckner gewandt: „Bist du sicher, dass du den Typen getroffen hast?" „Entschuldigt bitte, aber an den habe ich gar nicht mehr gedacht. Setzt euch und versucht zu vergessen, was hier besprochen wird." Kathy musste lachen. „Im wilden Westen müsstest du sie jetzt zu Hilfsscheriffs machen." Plötzlich begann Bruckner in seinen Unterlagen herum zu kramen und förderte schließlich einen Bericht des Seeschiffartsamtes Bremerhaven hervor. „Hier, das habe ich gestern per Fax bekommen. Das ist eine anonyme Meldung über einen ungewollten Leichenfund auf See. Ist vielleicht ganz interessant?"

Kathy vertiefte sich in den Bericht. Und kaum hatte sie ihn zu Ende gelesen, sprang sie auf und küsste Bruckner auf die Stirn. „Danke, du bist ein Genie. Genau das ist es." „Ist was?" „Na die Antwort auf unsere Frage: „Wohin bringen diese Ganoven die Leichen? Ganz einfach, die nächtlichen Ausfahrten mit dem Kutter sind Seebestattungen. Und heute Nacht geht es wieder hinaus." „Ja, aber warum Seebestattungen?" „Ganz einfach, damit niemand die wahre Todesursache feststellen kann. Und durch Zufall hat hier dieser Kutter eines der Opfer wieder hochgeholt. Mich würde jetzt nur noch interessieren, in welchem Gebiet der gefischt hat." Bruckner nahm ihr den Bericht aus der Hand. „Aber hier steht es doch. Diese Reihe von Zahlen und Buchstaben sind die GPS-Daten des Fundortes. Und hier ist die Übersetzung in Längen- und Breitengrade." In diesem Augenblick fiel Kathy etwas ein. „Warte einen Moment." Sie rannte in ihr Zimmer und holte ihre kleine Kamera. Damit hatte sie an Bord der „Bercht-I" die Karten fotografiert. Doch so sehr sie sich auch bemühte, irgendetwas stimmte mit dem Ding nicht. „Nun komm schon. Los, du hast mich doch noch nie im Stich gelassen." Einer der beiden Helfer konnte das ziellose Herum probieren nicht mehr mit ansehen. „Entschuldigen Sie, aber darf ich mal? Ich heiße im Übrigen Nils." Entnervt drückte ihm Kathy das Gerät in die Hand. Nach drei, vier Versuchen stellte er den Apparat wieder auf den Tisch. „Das Ding ist leer." „Was heißt hier leer? Das kann nicht sein. Ich habe damit vorhin ein paar Mal fotografiert." „Nun, das kann schon sein, doch jetzt ist der Speicher leer. Hier sehen Sie, das Gerät zeigt Ihnen an, wann er gelöscht wurde." Die dargestellte Zeit führte nicht gerade dazu, dass es ihr besser ging. Denn laut der Anzeige erfolgte die Löschung vor gut dreißig Minuten. „Na bravo. Jetzt wissen wir wenigstens, dass die Schüsse aus ihrem Zimmer kamen." „Danke Bruckner." Alle hielten den Atem an. So, als wenn der Fremde hier noch irgendwo auf sie lauern würde. In diese Stille hinein klingelte plötzlich das Telefon. „Das ist der Polizeichef." Damit griff Kathy zum Telefon. Doch als sie hörte, wer sich da am anderen Ende der Leitung meldete, war sie zunächst sprachlos. „Ach nee, mit deinem Anruf habe ich bestimmt nicht gerechnet, meine Liebe. Ich hatte angenommen, dass du und dein italienischer Komplize sich bereits aus dem Staub gemacht haben. Wen ich meine? Nun Leon natürlich. Aber warum kommst du nicht her, dann können wir uns direkt unterhalten, bevor ich dich festnehme. Ich werde jetzt auf laut stellen. Polizeimeister Sven Bruckner sitzt bei mir." „Hallo Sven, na, den Schützen verpasst? Ich wusste gar nicht, dass Sie so gut schießen können? Haben Sie ihn wenigstens erkannt? Aber egal, mit uns und unserem kleinen Geschäft hat der jedenfalls nichts zu tun. Ehrlich! Doch jetzt zu dir, Kathy. Du musst mir glauben, dass ich niemanden getötet habe. Ja sicher, ich habe geholfen ein paar der Alten auf hoher See zu verklappen, doch Seebestattungen gibt es schon seit hunderten von Jahren, besonders hier an der Küste. Was sollten wir auch machen, irgendwann waren die Särge alle und neue ..., wo sollten wir die her kriegen?" „Soll ich dich jetzt bedauern?" „Lass das, ich bin keine dumme Gans! Aber deshalb rufe ich nicht an. Falls du deine Sanitäter suchen solltest, die findest du knapp drei Kilometer hinter dem Dorf. Keine Angst, denen müsste es inzwischen wieder gut gehen. Und ich hoffe, den beiden aus der Grube geht es auch wieder besser?" „Na, det kannste wohl stecken lassen!", brüllte Nils vom Nebentisch herüber. „Ich habe inzwischen den Kellergang gefunden. Du weist, welchen ich meine. Ich war auch in dem Haus neben dem ‚Anker'. Ein hübsches Versteck. Ich nehme mal an, dass da auch dein Fahrrad stand. Und im Keller, der Computer? Mit den E-Mails? Besonders die Mail, die sich mit mir beschäftigte, hat mich sehr interessiert." „Damit habe ich nichts zu tun. Ich weiß auch nicht, wer die geschrieben hat." „Gut, aber wenn du so unschuldig bist, warum das alles? Es kann doch nicht nur um Geld gegangen sein. Warum kommst du nicht her und erzählst uns alles von Anfang an." „Weist du, Kathy, du solltest mich nicht über- aber auch nicht unterschätzen. Leon ist mit dem Krankenwagen abgehauen, und ich wollte mich nur noch verabschieden. Leider bist du uns in die Quere gekommen, doch damit werden sich andere beschäftigen. Ich kann dich nur davor warnen, im Keller oder im Nachbarhaus herum zu stöbern. Auch in den beiden anderen. Für mich lohnt es nicht mehr, hier zu bleiben. Wer weiß, vielleicht werden wir uns irgendwann, irgendwo, wiedersehen. Und bis dahin mach es gut. A Presto, meine Liebe."

Lautes Tuten verriet ihr, dass sie aufgelegt hatte. „Los, Bruckner greifen Sie sich ihre Jungs und fahren Sie zum Leuchtturm. Vielleicht erwischen Sie sie noch. Danach suchen Sie die beiden Rettungsassistenten. Ich kann hier jetzt nicht weg. Ich warte auf den Anruf aus dem Ministerium." „O.k., meine Herren, los geht's." Die drei stürmten aus der Pension, sprangen ins Auto und rasten mit Blaulicht und Sirene davon. Kathy wollte ihnen noch hinterherrufen, dass sie vorsichtig sein sollen, aber da waren sie schon verschwunden. „Svenni, warum denn das Blaulicht? Und dann noch die Sirene?" Als wenn sie sich im Leuchtturm anmelden wollten.

In diesem Moment klingelte das Telefon und eine freundliche Stimme erklärte ihr, dass der Polizeipräsident sie zu sprechen wünscht. „Hallo Miss Kathy, ich grüße Sie. Und, haben Sie sich schon ein bisschen erholt? Aber, was frage ich, bei uns im Norden ist jeder Flecken Erholung." „Nun Sir, dann habe ich den einzigen Flecken in Norddeutschland getroffen, wo das nicht so ist." „Wie darf ich das verstehen? Und bitte, sagen Sie nicht Sir zu mir." „O.k., Direktor. Ich bin hier in Berchtesgrund, direkt an der Nordsee. Das wird Ihnen wahrscheinlich nichts sagen. Eigentlich wollte ich hier die Tante eines meiner Kollegen besuchen. Doch die ist leider tot. Und wie ich inzwischen festgestellt habe, noch ein paar mehr Bewohner dieses Dorfes." Dann erzählte sie von den Schüssen auf sie, den Angriff mit dem Holzknüppel, den giftigen Fröschen, der toten Enkelin und der gefischten Leiche in der Nordsee. Als sie fertig war, herrschte zunächst Stille im Telefon. Nach einem kurzen Moment räusperte sich der Polizeidirektor: „Da ich weiß, dass Sie als Top-Polizistin nicht zu übermäßiger Phantasie neigen, bin ich, um es kurz zu sagen, entsetzt. Wie kann ich Ihnen helfen? Sagen Sie, was Sie brauchen und Sie bekommen es." „Danke Direktor. Doch zunächst wollte ich Sie bitten, die hier zuständige Staatsanwältin zurück zu pfeifen. Die will uns vom Fall abziehen. Das lasse ich nicht mit mir machen." „Nun, Miss Kathy, das ist hier in Deutschland nicht so einfach. Aber ich werde mich darum bemühen. Doch Sie sprachen von ‚uns'. Wen meinen Sie damit?" „Polizeimeister Sven Bruckner, ein wirklich hervorragender Kollege." „Mein Adjutant erzählt mir gerade, dass wir Ihnen den Polizeimeister zugeordnet, besser gesagt, zu Hilfe geschickt haben. Gut, wie soll es jetzt weiter gehen? Brauchen Sie ein paar Männer? Spezialisten? Können wir da irgendwo eine Art Zentrale errichten?" „Oh ja, Direktor. Ich befinde mich hier in einer leeren Pension." „Gut, Miss Kathy. Ab sofort wird sich mein Adjutant, Major Fromm, ausschließlich diesem Fall widmen. Mich müssen Sie jetzt leider entschuldigen. Ich hoffe, wir werden das Ganze schnellstens aufklären. Passen Sie auf sich auf und grüßen Sie den Bruckner von mir, bis dann." Damit war das Gespräch beendet und Kathy wusste nicht so genau, was sie davon halten sollte. Und woher kannte der den Bruckner? Doch der Polizeidirektor sollte Wort halten, das würde sie bald merken.

Da Kathy im Augenblick nichts weiter machen konnte, entschloss sie sich zum Autoschlüssel zu greifen und zu prüfen, wie es ihrem Auto ging. Der „Mini" stand schlammverkrustet, und über und über mit Dreck bezogen, vor der Pension. Ein fast mitleidiges Bild, so wie er sich darbot. Und doch spürte sie, dass unter diesem „metallischen Häufchen Elend" immer noch das „Herz" eines starken Schotten schlug. Und so öffnete sie die Fahrertür und ließ sich in den breiten Sitz fallen, der sie feucht und muffig umfing …

Der Geruch, der ihr entgegenschlug, erinnerte sie an den Leuchtturm. Eine Mischung aus Dreck, Wasser, Rost, Qualm und irgendwelchen „vergessenen" Lebensmittel. Sie steckte den Schlüssel in das Zündschloss und war sich nicht darüber klar, was gleich passieren würde. Im besten Falle sprang er sofort an. Doch daran glaubte sie, wenn sie ehrlich war, eh nicht. Im schlechtesten Fall war er nur noch ein nutzloser Haufen Blech. Und so saß sie einige Minuten nur so da und ließ die gegenwärtige Situation an sich vorüberziehen. Dazu trank sie einen Schluck Rotwein aus dem Tetra-Pack, den sie auf der Rückbank entdeckt hatte und rauchte eine ihrer starken Zigaretten. Der Wein schmeckte grauenhaft und damit der Situation angemessen.

Still, eng und friedlich war es hier im Wagen. So musste es sich in einem Sarg anfühlen. Sie wusste nicht, warum sich gerade dieser Vergleich aufdrängte. Sicher, da lief draußen gerade ein irrer Mörder mit einem Gewehr herum, der dabei war, auf sie Jagd zu machen. Und doch fühlte sie sich im Moment irgendwie geborgen und sicher, und so genoss sie den Augenblick.

Langsam glitt ihre Hand zum Zündschlüssel. Sie drehte ihn herum und … Das ruckartige Öffnen der Beifahrertür riss sie aus ihren momentanen Überlegungen und holte sie schlagartig in die Wirklichkeit zurück. „Na, will er nich?" Der das fragte war Nils, einer der Helfer von Bruckner, der hinter ihm stand. „Sie is wech. Der Turm war leer. Pech gehabt." „Soll ich mir den ‚Lütten' mal ansehen?" Kathy stieg aus. „Können Sie das denn?" „Ich denke schon." „Kommen Sie, Bruckner, wir gehen ins Haus. Die beiden können sich ja inzwischen um meinen ‚Kleinen' kümmern." „Haben Sie irgendwelches Werkzeug dabei?" Lachend warf sie Nils den Autoschlüssel zu. „Durchsuchen Sie ihn." Damit verschwand sie mit Bruckner im Haus, derweil die Männer froh waren, etwas Nützliches tun zu können.

Dass sie dabei aufmerksam durch ein Zielfernrohr beobachtet wurden, bemerkten sie nicht.

„Na Bruckner, was haben Sie im Turm entdeckt?" „Nichts, rein gar nichts. Wir sind da rein, Nils und sein Kumpel Ronny blieben unten an der Treppe und ich arbeitete mich die einzelnen Etagen hoch. Weder Signore Guardia noch die Berger, keiner war im Turm. Wir haben auch niemandem in einem Fluchtfahrzeug verschwinden sehen. Ich meine, wir sind ja fast noch während des Telefonates aufgebrochen, und mehr als knapp acht Minuten haben wir nicht gebraucht. Also; wo ist sie? Ach so, die beiden Rettungsassistenten waren bereits zu Fuß auf dem Weg nach Tellernsee. Ich wollte sie hinbringen, doch das haben sie abgelehnt. Sie hätten jetzt frische Luft nötig. Aber mal was anderes. Hast du inzwischen mit Kauler gesprochen?" „Oh ja, und bevor ich es vergesse, ich soll dich grüßen. Ihr kennt euch? Ich meine, ich finde es ungewöhnlich, dass der Chef der Polizei eines Bundeslandes einen, wie soll ich es sagen?" „Nun, sag es doch.

Einen Dorfbullen kennt?" „So habe ich es nicht gemeint." „Doch, genau so hast du es gemeint. Aber zu deiner Beruhigung. Ich habe ihn auf einem Lehrgang für Scharfschützen kennengelernt. Und vor drei Jahren, bei einer internen Meisterschaft von Schleswig Holstein, habe ich ihn dann geschlagen. Knapp, aber immerhin. Ich hatte einen Punkt mehr als er. Glaube mir, den Namen Sven Bruckner hat er sich gemerkt. Aber er ist ein fairer Sportler. Also, was ist nun?" „Er hat seinen Adjutanten, einen gewissen Fromm, für uns abgestellt, was das auch immer bedeutet. Ach so, ich habe ihn gebeten diese eifrige Staatsanwältin zurück zu pfeifen. Er sagte, dass das in Deutschland nicht so einfach wäre, er aber alles in seiner Macht stehende tun will, um uns zu unterstützen. Bla, bla…" „Alles Quatsch. Glaube mir. Der hatte mal was mit der." „Bitte?" „Nun, das pfeifen doch alle Spatzen hier von den Dächern. Bevor er zum Polizeidirektor ernannt wurde, hatte er ein, nun wie soll ich es nennen, ein Techtelmechtel mit der Dame. Als es dann mit seiner Ernennung ernst wurde, ist er treu und brav zu Frau und Herd zurück. Sah besser aus." „Und sie?" „Nun, das werden wir sehen und spüren." „Warum pfeifen das Vögel von Dächern?" Sven fing an zu lachen. „Das musst du dir nicht bildlich vorstellen. Das sagt man so bei uns. Ein deutsches Sprichwort. Soll soviel heißen, wie, das wissen doch alle."

In diesem Moment war der Anlasser des Polizeigolfes zu hören und kurz danach das seufzende Geräusch des ersoffenen Minis. Kathy stürzte mit einem Aufschrei der Erleichterung vor die Tür und starrte auf das kleine Auto. „Is noch nich so, wie et sein soll. Wir haben noch een bisken zu tun." Kathy ging etwas enttäuscht zurück in die Pension. „Sven, kommen Sie, wir sollten jemanden hier im Dorf besuchen." Bruckner packte die Unterlagen in die Tasche und folgte Kathy auf die Straße. „Wo wollen wir hin?" „Zu einem gewissen Bodo Sörensen. Er steht als nächster auf der Todesliste. Sein Termin ist der zweite Mai." Kathy und Bruckner gingen die Dorfstraße entlang, und aus einigen Häusern konnte man freundliche

Menschen sehen, die zum Teil auf den Stock gestützt, ein wenig spazieren gingen. Sicher lag es an der Uniform von Sven und der offenen Ausstrahlung Kathys, die zusammen eine gewisse Sicherheit ausstrahlten. „Sehen Sie mal Bruckner, so viele Menschen habe ich hier in den letzten drei Tagen nicht gesehen. Da keiner von ihnen wusste, wo Herr Sörensen wohnte, fragten sie einige der Dorfbewohner. Misstrauisch wurden sie gemustert. „Wat wolln se denn von dem?", war die am häufigsten gestellte Frage. Doch Sven verstand es, mit den Dörflern in der richtigen Sprache zu sprechen. Und nach dem vierten oder fünften wusste er, in welchem Haus sie ihn finden würden. Und so klopften Kathy und Bruckner kurz danach an die Tür eines kleinen Hauses, mit rot gestrichenen Fensterläden. Das war insofern ungewöhnlich, da alle anderen blau-weiß gestrichen waren. Doch schien keiner zu Hause zu sein. Und so setzten sich beide auf die kleine Bank vor der Tür und genossen die Sonne. Weit konnte der Besitzer ja nicht sein. Es dauerte auch nicht lange und ein kleiner Mann näherte sich dem Haus. Zunächst lief er mehrmals an den beiden vorbei. Tat so, als müsste er ganz woanders hin. Doch plötzlich hörte er seine Nachbarin rufen: „He Sörensen, du hast Besuch!" Damit war seine Tarnung aufgeflogen und er blieb vor Bruckner stehen. „Hallo, Herr Kommissar. Kann ick Ihnen helfen?" Damit ging er an den beiden vorbei, schloss die Tür auf und verschwand im Haus. „Komm se ruhig rinn", konnte man von drinnen hören. Dieser Ruf wurde jedoch kurz danach von lauter Musik übertönt. Kaum hatte Kathy die enge Stube des Hauses betreten, fiel ihr der riesige Flachbildfernseher ins Auge, aus dessen Lautsprecher irgendwelche Volksmusiksänger ihr Bestes gaben. „Verzeihen Sie bitte, Herr Sörensen, aber können Sie den Ton etwas leiser stellen?" Doch der alte Herr saß vergnügt in seinem Sessel und trommelte mit den Fingern den Takt. Sven ging zum Fernseher und machte ihn kurzerhand aus. „So, Herr Sörensen, ist doch besser, oder? Jetzt verstehen wir uns wenigstens. Hören Sie bitte zu, wenn meine Kollegin Sie etwas fragt."

Kathy zog ihren Dienstausweis aus der Tasche und legte ihn dem Alten auf den Tisch. „Entschuldigen Sie, Herr Börensen." „Sörensen heiß ick. Sörensen." Der Trick hatte funktioniert und Kathy war zufrieden. Jetzt konnte sie sicher sein, dass der Alte sie auch verstand. „Herr Sörensen, mein Name ist Kathy McGore und ich bin von der schottischen Polizei. Können Sie mir sagen, woher Sie den Fernseher da haben?" „Warum interessiert sich die schottische Polizei für meinen Fernseher?" Jetzt begann Kathy damit, dem Herrn ein bisschen zu schmeicheln. „Aber Herr Sörensen. Ich bitte Sie. Machen Sie mir doch die Freude." Doch damit kam sie bei dem Alten gar nicht gut an. „Wissen Sie, junge Frau, Sie müssen mich nicht für senil halten. Ich bin dreiundsiebzig Jahre und war davon fünfundvierzig Jahre als Beamter im Staatsdienst tätig. Also, was sollte diese Frage?" Kathy überlegte einen Moment. Herr Sörensen machte einen fitten Eindruck. Also weg mit den Glace-Handschuhen. „Kann es sein, dass Sie den Fernseher von einem Notar dafür erhalten haben, ihm ihr Häuschen und den kleinen Garten im Falle ihres Ablebens zu überschreiben?" „Und wenn es so wäre, ginge das niemanden etwas an. Im Übrigen heißt der Herr Sacco und ist Notar in Neapel, in Italien." „Und das verwundert Sie nicht?" „Was meinen Sie? Wissen Sie, meine ganze bucklige Verwandtschaft kann zum Teufel gehen. Keiner hat sich um mich gekümmert, mal angerufen, eine Karte geschrieben oder mich mal besucht. Sollen sie doch bleiben, wo der Pfeffer wächst. Mir ist es egal, wer nach meinem Tod hier wohnt. Ich fühle mich noch jung und rüstig. Und der Fernseher bringt wenigstens Leben in die Bude."

„Das mit dem jung und rüstig ist so eine Sache. Was würden Sie sagen, wenn ich wüsste, für wann ihr Ableben geplant ist?" Jetzt stutzte Sörensen doch einen Moment. „Wie meinen Sie das?" „Nun, es gibt hier jemanden in Dorf, der ihren Tod für den zweiten Mai geplant hat." „Haben Sie getrunken?" „Oh nein, Sir." Jetzt mischte sich Bruckner in das Gespräch ein. „Du erinnerst dich an die Aktion mit den Italienern vor ein paar Jahren?" Damit hatte Sven den richtigen Nerv getroffen. „Oh ja, bestens. Diese Schweinehunde wollten uns unsere Häuser klauen. Aber wurden die nicht verknackt und brummen irgendwo?" „Genau, und wir denken, d.h., wir haben Beweise dafür, dass irgendwer die Arbeit von denen jetzt beenden will." „Richtig, ich habe eine E-Mail gefunden, in der ihr Tod für den zweiten Mai geplant ist."

Jetzt war es plötzlich ruhig im Haus von Bodo Sörensen. Der alte Mann stand auf und schaltete den Fernseher aus. „Das Ding da können Sie gleich mitnehmen." „Nu lassen se mal, bis dahin werden wir die Bande unschädlich machen. Also Herr Sörensen, noch einen schönen Tag, aber wir müssen weiter. Kommen Sie Bruckner, wir sind hier fertig." Damit verließen Kathy und unser Polizist das kleine Häuschen. „Und einen schönen Gruß an Nessi!", rief Sörensen spöttisch hinterher. Auch dieses Treffen wurde aufmerksam beobachtet und registriert. Kathy und Bruckner schlenderten die Dorfstraße entlang. „Weißt du eigentlich, wie viele der alten Häuser noch bewohnt sind?" Sven schüttelte den Kopf. „Ich muss zu meiner Schande gestehen, dass ich das letzte Mal vor drei Jahren hier war. Der Kreis ist einfach zu groß. Und wer denkt schon daran, dass in einen so friedlichen Ort so schreckliche Dinge passieren? Und wenn du nicht durch Zufall hier Urlaub machen wolltest, wer weiß, dann würde hier in drei, vier Jahren niemand mehr wohnen." Kathy war plötzlich stehen geblieben. „Aber, das ist es. Gib mir doch mal die Unterlagen von der Geschichte mit den drei Italienern. Du bist einfach ein Genie." „Frage mich einfach. Ich weiß von dem Fall alles, was es zu wissen gibt." „O.k., wann sind die drei Italiener verurteilt worden?" „Am 16. April 2006." „Und wie viele Jahre haben sie bekommen?" „Nun, Sacco und Borgogno bekamen zehn Jahre und Bertani noch sechs Monate mehr, da die Richter ihn für den Kopf der Bande hielten." „Gut, und jetzt denke mal an das, was du gerade gesagt hast. Wenn ich nicht durch Zufall hierher gekommen wäre, dann würde hier in vier Jahren keiner mehr am Leben sein. Das bedeutet, hier wohnt dann keiner mehr. Und, fällt dir was auf?" Jetzt erhellte sich das Gesicht des Polizeimeisters. „Richtig, dann wären die zehn Jahre rum und die drei wären wieder frei." „Und ich wette mit dir, dass der noble Herr Notar bis dahin jedes Haus hier überschrieben bekommen hat. Für?" „Für Bertani und seine Kumpane! Und unser Signore Leon steckt da mit drin." „Doch die Befehle kommen aus Italien. Da bin ich mir sicher." „Und so gehört ihnen nach zehn Jahren das ganze Dorf und sie können damit machen, was sie wollen. Und alles ganz legal. Ich weiß nicht, aber mein Bauchgefühl sagt mir, da steckt noch was anderes dahinter." „Jedenfalls sind die Berger und der Friedrichsen Handlanger der Bertanis." „Wenn nicht mehr?"

Wütend knallte Kathy mit der Hand auf den Tisch. „Verdammt, und ich habe sie alle entwischen lassen. Leon, Traudl und Friedrichsen … Apropos Friedrichsen, wir müssen uns um den Kutter kümmern, sonst ist der auch noch weg." Kaum waren sie auf der Straße, da sprang der „Mini" von Kathy problemlos an und schnurrte wie noch nie in seinem langen Leben. Die Freude darüber wurde allerdings durch einen Blick an den Strand getrübt. Die „Bercht-1" hatte abgelegt und war nur noch ein kleiner Punkt am Horizont. „Verdammter Mist, da, sie sind weg. Und ich wette mit dir, dass Traudl mit an Bord ist. In der Kürze der Zeit konnte sie nur in die Richtung des Kutters verschwunden sein. Und der war jederzeit zum Auslaufen bereit. Das habe ich heute Morgen bei meinem Besuch auf dem Schiff gesehen, bevor mich Fredis Schlag mit der Stange traf. Wie kommen wir jetzt an die Küstenwache heran?" „Das hat keinen Sinn, wir wissen doch nicht, wohin sie fahren. Denn leider sind ja die von dir fotografierten Daten gelöscht worden." „Zur Zeit geht aber auch alles irgendwie schief. Aber was soll's, jetzt heißt es warten." „Auf was?" „Na, auf Kaulers Männer. Doch Moment mal, hatte Traudl uns nicht vor dem Keller und den beiden anderen gewarnt? Was hat sie damit gemeint? Den einen habe ich gefunden. Er führt direkt von der Pension in das linke Haus.

Komm, wir werden uns da jetzt etwas genauer umsehen. Und wenn mich nicht alles täuscht, wird unser unbekannter Schütze dort ein paar Nachrichten für uns hinterlassen haben. Ich glaube nämlich, dass auch die anderen Mails gar nicht für Traudl gedacht waren." „Sondern?" „Na, für mich." „Du meinst, dass der unbekannte Adressat gar nicht existiert." „Ich bin der Meinung, dass da jemand mitmischt, dessen Kontrolle den anderen ein bisschen entglitten ist. Und das mit einem Scharfschützengewehr. Und dann ist da noch etwas. Wir müssen die Familienangehörigen der Toten mit etwaigen Unfällen abgleichen. Da wäre z.B. ein Autounfall vor sechs Jahren, in den Abruzzen, bei dem die Tochter von Elli Petersen, Sandra Petersen abgedrängt und in den Tod gestürzt ist. Der LKW-Fahrer wurde nie gefunden. Und wer ließ vor ein paar Tagen ein paar Giftfrösche in Hamburg frei und tötete damit die Enkelin von der Petersen?" Kathy schüttelte sich vor Ekel. „Mir wird schon schlecht, wenn ich nur daran denke. Ich wette, wir werden bei den anderen auch noch ein paar merkwürdige Todesfälle finden. Und wenn ich an die präzise Planung denke, dann können wir vielleicht ein paar Leben retten." „O.k., lass uns gehen." Beide stürmten die Pension, doch plötzlich kam Kathy zurück. Sie ging zu Nils und küsste ihn auf die Wange. „Danke für ‚John'. Wir verschwinden für einen Moment. Haltet die Köpfe unten. Es wäre schade, wenn euch etwas passieren würde. Danke." Dann stürmte auch sie in die Pension. In der Küche öffnete sie die Klappe im Boden. Beide zogen ihre Waffen und stiegen langsam hinunter. Unten angekommen, stellte Kathy zunächst fest, dass sich hier augenscheinlich nichts verändert hatte. Bis auf die Tatsache, dass die Eisentür zum Verbindungsgang immer noch offen stand. Hatte sie die Tür bei ihrem ersten Besuch wieder verschlossen? „Kommen Sie Bruckner, da geht's lang." Beide schlichen mit gezogenen Waffen durch den Gang in Richtung des Nachbarhauses. Kaum waren sie dort angekommen, wusste Kathy, dass jemand hier gewesen sein musste, denn die Leiter stand jetzt an der Wand und die Deckenluke war geschlossen. Sie bedeutete Bruckner, leise zu sein. Schnell schlich sie zum Rechner und schaltete den Monitor an. Und siehe da, mehrere weitere E-Mails für Kathy waren eingegangen. Die erste war kurz gehalten: „Schwein gehabt. Doch gewöhn dich nicht daran." Die zweite wurde schon bedrohlicher: „Heute Nacht stirbt Sörensen. Daran bist du Schuld." An diese Mail war ein Foto „angehängt". Darauf war der Umriss einer Person zu entdecken, die mit einem Gewehr in der Hand auf einem Stuhl saß. Nur das Gesicht und ein Teil des Hintergrundes waren deutlich zu sehen, der Rest lag völlig im Dunkeln. Doch das, was man sah, ließ Kathy und Sven erschauern. Denn ein fratzenhaftes Gesicht schaute grinsend in die Kamera. Der Kopf war fast kahl, die Augen leicht versetzt. Eine schlecht verheilte Narbe entstellte eine Seite des Gesichts. Die Nase sah aus wie mehrfach gebrochen, Lippen waren keine zu erkennen. Der Mund stand weit offen und ließ den Blick über eine Reihe spitzer Zähne gleiten, die alle einzeln standen. Ab dem Hals trug er einen braunen Anzug. „Jetzt wissen wir wenigstens, mit wem oder was wir es zu tun haben." Bruckner versuchte das Bild weiter zu vergrößern. „Kannst du erkennen, was das hier hinten ist? Das kommt mir irgendwie bekannt vor. Hier, das hier links sind ein paar Kelche und das hier rechts ist eine Soutane. Verdammt, der Typ war er in der Sakristei." „Besser gesagt, er ist es noch." Denn in diesem Moment kam wieder eine Mail rein. „Na, habt ihr herausbekommen, wo ich gerade bin? Doch das wird euch nicht viel nutzen. Ich muss mich noch um zwei Angehörige kümmern, danach gehört meine ganze Aufmerksamkeit nur euch beiden. Und dieses Mal werde ich euch nicht verfehlen. Bis bald." „Los Bruckner, schnell die Leiter an die Luke." Beide rückten das schwere Teil unter die geschlossene Klappe, zückten ihre Waffe und stürmten nach oben. Der Raum in dem leerstehenden Haus sah genauso aus, wie Kathy ihn verlassen hatte. Und doch spürte sie, dass dieses Monster hier gewesen war. Wer weiß, vielleicht hatte er sie von hier aus beobachtet? Und dann sicher durch den Sucher seines Gewehres. „Wir müssen den ganzen

Raum auf Fingerabdrücke und DNA Spuren untersuchen." „Ja, aber dazu fehlen uns die Möglichkeiten und die Leute. Ich gehe nochmal zum Computer in den Keller. Ich glaube da ist gerade noch eine Mail eingegangen. Dieses allseits bekannte Geräusch war zu hören." „Ja, mach das", murmelte Kathy. Sie war gerade dabei, Farbspuren am Fensterbrett zu untersuchen. Es war irgendeine fettige, braune Schmiere, die ihr Interesse fesselte. Was es genau war, musste ein Labor klären, doch roch es nach Glyzerin und Sandelholz. Ein Geruch, der ihr bekannt vor kam. Plötzlich stand Bruckner mit einem Zettel in der Hand neben ihr. „Was ist das?" „Die letzte Mail von dem Typen. Hier ließ: „Damit die Jagd etwas spannender wird, hier die Personen, die in den nächsten vierundzwanzig Stunden meine erhöhte Aufmerksamkeit genießen werden. Zum Einen die Tochter vom alten Henning und zum Zweiten die Schwester von Gertrud Lakens. Also, bis bald!"

„Gut, Bruckner, du weißt, was das heißt? Wir müssen die Häuser von diesem Henning und der Laken finden. Du gehst die Straße nach links und ich nach rechts. Los Abmarsch." Sven beeilte sich, durch die Luke in den Keller zu klettern. Kaum war er einen Meter durch die Klappe, hörte er das Geräusch von splitterndem Holz. Schnell stieg er wieder nach oben und sah, wie Kathys Fuß in der Holztür steckte. „Ooch nö, warum denn so viel Gewalt?" „Komm, mein Lieber, wir haben keine Zeit." „Gut, doch denke daran, mit Speck fängt man Mäuse." An Kathys fragendem Gesicht erkannte er, dass sie das nicht verstanden hatte. „Noch ein deutsches Sprichwort. Soll heißen, sei einfach nett." „Bin ich doch." Sven seufzte tief durch. „Das sehe ich." Damit wendete er sich dem südlichen Teil der Dorfstraße zu, derweil Kathy auf direktem Weg dem Haus von Sörensen zusteuerte. Kaum angekommen, klopfte sie an dessen Tür. Doch hatte das wenig Sinn, denn aus dem Inneren war wieder fröhliche Volksmusik in ohrenbetäubender Lautstärke zu hören. Endlich, nach endlosen drei Minuten machten die Künstler eine Pause, die Kathy dazu nutzte, kräftig an die

Tür zu klopfen. Ein leises Schlurfen verriet ihr, dass jemand im Begriff war, zu öffnen. Mit einem kräftigen Ruck flog die Tür auf und Sörensen stand mit erhobenem Stock im Türrahmen. „Ach Sie sind es. Was gibt es noch? Und wo steckt ihr etwas beleibter Freund?" Polizeimeister Bruckner befragt gerade andere Dörfler. Entschuldigen Sie bitte die nochmalige Störung, aber kennen Sie einen Herrn Henning und eine Frau Lakens oder Laken?" Bodo Sörensen blickte Kathy einen langen Moment intensiv in die Augen. „Ja!" „Was, ja?" „Nu, kenn ich. Sie haben mich doch nach den beiden gefragt." „Könnten Sie mir auch sagen, in welchen Häusern die beiden wohnen?" „Ja!" „Äh, Herr Sörensen, würden Sie mir diese Häuser bitte zeigen?" „Na, nu komm se Mal mit, Madame. Da drüben wohnt der alte Henning." Dabei zeigte er mit seinem Stock auf das Haus, das neben dem leerstehenden Haus der Elli Petersen stand. „Und das Haus der Lakens steht am Ende der Dorfstraße neben dem Haus der verstorbenen Hinrichsen. Allet klar? Und grüßen Sie mir den Sven. Is een tüchtiger Polizist." „Mach ich, Herr Sörensen, und danke noch mal. Ach so, Sie sollten auf sich Acht geben. Besonders heute Nacht." „Ich danke Ihnen." Damit drehte er sich um und verschwand in seinem Haus. „Netter alter Mann", dachte sich Kathy, bevor sie Bruckner nach pfiff und ihn zu sich heran beorderte. „Was ist, hast du etwas erreicht?" „Na klar, ich habe mit Speck Mäuse gefangen. Komm, wir müssen zuerst nach da." Damit zeigte sie auf das Haus des alten Henning. Schnell standen beide davor und klopften laut an einen der Fensterläden. Es dauerte nicht lange und die Tür wurde geöffnet. Vor ihnen stand ein freundlicher alter Herr, der sich mit der einen Hand auf einen Stock stützte und in der anderen Hand einen Wehrmachtsrevolver hielt. Kathy und Sven wichen zurück und hielten ihrerseits ihre Waffen im Anschlag. „Entschuldigen Sie, Herr Henning, aber wir sind beide von der Polizei und haben nur ein paar Fragen an Sie." „Dann fragen Sie doch." „Nun, könnten Sie zuvor ihre Waffe herunter nehmen?" „Aber warum, ich muss mich doch schützen. Gauner seid ihr. Gauner, alle

zusammen. Mein Haus bekommt ihr nicht. Äh, was wollten Sie von mir?"
Kathy wusste, dass sie so nicht an den Alten herankam. Und wer weiß, bei
all den Verrückten hier im Dorf ist der Revolver bestimmt auch noch
geladen. „Sagen Sie, Herr Henning, haben Sie eine Tochter?" „Warum?"
„Nun, ich müsste sie mal sprechen." „Ich habe drei Töchter. Die Elisa und
die Ulla." „Hätten Sie eventuell ein Foto ihrer Töchter?" In diesem
Moment drehte sich der alte Herr herum und ging in aller Ruhe ins Haus.
Den Revolver legte er auf ein Tischchen an der Tür. Während sich Bruckner um die Waffe kümmerte, kramte der Alte in einem Karton mit vielen
Fotos herum. Wenige Augenblicke später machte er Kathy ein Zeichen,
dass die Waffe ungeladen war. Plötzlich zog der alte Henning ein Bild aus
dem Karton. Hier bitte, meine Töchter Elisa und Ulla. „Und wo ist die
dritte?" Doch auch auf dem Bild war nur eine junge Frau zu erkennen.
„Herr Henning, hier auf dem Bild ist nur eine Frau. Wer ist das bitte?"
Doch der alte Herr Henning war im Begriff, sich ins Bett zu legen. Kathy
gab Bruckner das Bild.
„Hier, schau mal, im Hintergrund der Eifelturm. Das ist er doch, oder?"
Bruckner musste lachen. „Ne, das ist in Berlin. Das ist der Funkturm. Wir
müssen davon ausgehen, dass die Tochter da irgendwo in der Nähe wohnt.
Das Bild sieht aus, als wenn es in einem Garten gemacht wurde. Und was
ist mit den anderen Töchtern?" „Es gibt keine weiteren. Ich glaube, Herr
Henning ist demenzkrank. Er braucht dringend Hilfe. Doch darum werden
wir uns später kümmern." Damit schob sie Bruckner aus dem Haus.
„Komm, wir müssen zu der alten Lakens." Beide gingen in die Richtung
des Dorfausgangs.
Frau Lakens war eine freundliche alte Dame, die vor ihrem Haus auf einer
kleinen Bank saß und ihnen schon von Weitem zuwinkte. „Kommen Sie,
kommen Sie, ich war schon verwundert, warum Sie bis jetzt nicht mir
sprechen wollten?" „Warum sollten wir das, Frau Lakens?" „Nun, wegen
der vielen Todesfälle hier. Sie müssen doch zugeben, das ist nicht normal."

„Das ist Polizeiobermeister Sven Bruckner und ich bin …" „Frau Gore aus England." Kathy war erstaunt. „Nun, ich komme aus Schottland und heiße McGore, aber woher wussten Sie das?" „Wir sind ein kleines Dorf. Da spricht sich sowas herum. Was kann ich für Sie tun?" „Wir haben nur drei Fragen. Zum einen, wann haben Sie Geburtstag? Und war vor kurzem ein Notar aus Palermo bei Ihnen?" „Ich habe am zehnten Juni Geburtstag, und diesen unverschämten Kerl habe ich die Tür vor der Nase zugeschlagen. Aber Sie sprachen von drei Fragen." Jetzt war Bruckner mit der Befragung an der Reihe. „Bitte erschrecken Sie nicht, aber haben Sie eine Schwester?" „Warum möchten Sie das wissen?" „Bitte beantworten Sie die Frage." „Ja, ich habe eine Schwester. Doch die ist schon zweiundachtzig und lebt in einem Pflegeheim bei Potsdam." „Danke, das war's schon. Wir werden Sie jetzt verlassen." „Ich danke Ihnen. Sagen Sie, junge Frau, bin ich die Nächste?" Kathy sah einen Moment zu dem verschlossenen Haus der Hinrichsen. „Ich werde auf Sie aufpassen. Ihnen wird nichts passieren, das verspreche ich." Danke und Gott mit Ihnen, und bitte, beschützen Sie auch meine Schwester."

Damit drehten sich die beiden herum und gingen zurück in Richtung der Pension, vor der gerade ein Jeep und ein Kleinbus mit Blaulicht vorfuhren. „Sieh an, mein Lieber. Da kommt Kaulers Eingreiftruppe.

Die Jagd beginnt

Kaum hatten Kathy und Bruckner die Pension erreicht, standen Sie den Leuten von Polizeidirektor Kauler auch schon im Weg. Zwei junge Polizisten schleppten gerade irgendwelche Kisten in den Schankraum. Vor der Tür lagen Zelte, verpackt in blauen Plastiksäcken. Mit dem Satz: „Darf ich mal?", drängte sich ein hochgewachsener Offizier an den beiden vorbei und knallte eine mobile Funkstation auf einen der Tische. Plötzlich haute jemand Bruckner freundschaftlich auf die Schulter. „Mensch Svenni, altes Haus, was treibt dich in diese öde Gegend?" Der das fragte war einer der beiden Polizisten, die den Jeep leer räumten. Im Schankraum stand indessen der Offizier und versuchte anscheinend Kontakt mit der Zentrale in Hamburg zu bekommen. „Was ist das für ein Mist, verfluchter? He Sie, stellen Sie mir sofort eine Standleitung nach Hamburg her. Aber pronto. Gerade wollte Kathy den Schankraum betreten, da stellte sich ihr ein junger Polizist mit umgehängter Maschinenpistole in den Weg. „He Sie, Der Eintritt ist für Unbefugte ab sofort verboten. Haben Sie das verstanden?" Kathy nickte, dann zuckte sie nur mit den Schultern und beschloss abzuwarten. „Kommen Sie, Bruckner, wir setzen uns hier auf die Bank und warten darauf, wann man uns dazu bittet." Nach dem alles aus den Autos in der Pension verstaut war, knallte jemand die Tür zu und es kehrte Ruhe ein, zunächst. Bis auf den Posten mit der Maschinenpistole, der Kathy und Bruckner misstrauisch musterte, war niemand auf der Straße zu sehen. Auch hatten sich alle Dorfbewohner beim Eintreffen der Sonderpolizisten schnell in ihre Häuser verzogen. Zu martialisch waren die Herren in Berchtesgrund eingefallen. Nach einem Moment der Stille wurde die Tür wieder aufgerissen, und der Offizier stürmte mit einem Handy am Ohr auf die Straße. „Ja, Herr Direktor, jawohl, ich werde warten. Nein, Herr Direktor, hier ist niemand. Wir haben das Objekt leer aufgefunden. Von den beiden keine Spur." In diesem Moment hielt es Bruckner nicht mehr aus. Er ging hinüber zu dem Offizier und tippte ihm kurz auf die Schulter. „Darf ich mal?" Dann nahm er ihm das Handy aus der Hand. „Hallo, Direktor Kauler. Hier spricht Polizeimeister Sven Bruckner. Danke für ihre Unterstützung. Ich hoffe, es geht Ihnen gut und Sie sind fleißig beim Trainieren. Warten Sie, ich reiche Ihnen den Chef vor Ort zurück." Damit drückte er dem erstaunten Polizeioffizier das Handy wieder in die Hand und setzte sich amüsiert zu Kathy. „Ich wette, dem ist gerade ein Knopf von der Backe gefallen." Kathy sah ihn fragend an. „Ich nehme mal an, das ist wieder ein Sprichwort?" Bruckner nickte nur bedächtig und beobachtete weiter den Offizier mit dem Handy. Der hatte inzwischen aufgelegt, zog seine Uniformjacke glatt und steuerte auf Kathy zu. „Sie werden verzeihen, aber sind Sie Superintendent Kathy McGore aus Schottland?" „Genau, die bin ich. Und meinen Kollegen haben Sie ja schon kennengelernt." „Ihr Gegenüber knallte plötzlich die Hacken seiner blankpolierten Stiefel zusammen. Major Jürgen Koller." „Lieber Herr Major, ich glaube, wir lassen dieses ganze Getue. Wir haben viel zu tun.

Wir sollten in die Pension gehen, dort informiere ich Sie über den gegenwärtigen Stand. Ich schlage vor, ich werde Sie mit Major anreden. Sie dürfen Kathy zu mir sagen." Damit gingen alle in Richtung der Pension. Als der Wachhabende sah, dass sein Chef hinter Kathy her ging, schwante ihm, dass er wohl der Falschen den Zugang zur Pension verwehrt hatte. Sofort nahm er stramm Haltung an und erinnerte Kathy an viele solcher Situationen in Edinburgh. Deshalb konnte sie es auch nicht lassen. „Na, junger Mann? Manchmal trügt der erste Schein, oder?" „Jawohl, Mam", stotterte er. „Na, da lassen Sie mal, ist auch anderen schon passiert. Major, können wir?" „Aber ja Superin …, Sorry, ich meinte, Kathy."

Schnell berichtete Kathy dem Major, was hier in den letzten drei Tagen alles passiert war. Der hörte aufmerksam zu und man konnte ihm ansehen, dass es ihm schwer viel zu glauben, in welches Wespennest seine ausländische Kollegin bei einem zufälligen Urlaub da gestoßen war. „O.k., was sollen wir zuerst tun?" Kathy fand es gut, dass die ganze Sache jetzt Tempo aufnahm. „Wir bräuchten zunächst einen Bagger, um die restlichen Gräber auf dem Dorffriedhof zu öffnen." „Kein Problem. Leutnant Troll!" Damit wendete er sich einem jungen Mann zu, der die Funkstation bediente. „Besorgen Sie einen Meterbagger." „Was ist ein Meterbagger?" Kathy hatte diesen Begriff noch nie gehört. Währenddessen funkte der junge Polizist bereits nach einem solchen Gerät. „Das sind Bagger, die in Parks und auf Friedhöfen zum Einsatz kommen. Die sind nicht so groß und schwer, und ihre Schaufelbreite beträgt maximal einen Meter." „O.k., doch denken Sie daran, dass ihre Leute draußen nur mit Schutzweste und Helm arbeiten. Wir haben ja hier noch unseren Killer." Plötzlich wendet sie sich an Sven. „Du hast doch das Fax, in dem es um den Leichenfund auf See ging?" Wortlos schob er ihr das Blatt über den Tisch. Sie überflog das Schreiben, und mit einem Mal erhellte sich ihre Miene. „Dachte ich es mir doch. Man hat mir zwar die Fotos gelöscht, aber hier haben wir die Daten. Herr Major, wir brauchen ein schnelles Schiff, das diesen Punkt auf See anfährt. Zum einen sind unsere Verdächtigen dahin unterwegs und dann bin ich davon überzeugt, dass sich dort der Seefriedhof unserer ehrenwerten italienischen Gesellschaft befindet. Das bedeutet ein Unterseeboot mit Kamera." „Jetzt wird's teuer", murmelte Koller. Doch als er das Fax gelesen hatte, nickte er nur kurz und verlangte eine Direktverbindung mit dem Chef der Wasserschutzpolizei Hamburg.

Der hörte ungläubig zu und fragte dann nur, wer diese Aktion absegnet? Als er hörte, dass Direktor Kauler hinter dem Befehl steht, erschien es Kathy, als höre sie entfernt das Zusammenschlagen von Stiefeln. „Preußische Tugenden", dachte sie sich. Aber dann erinnerte sie sich an ihr Praktikum bei der Special Force in den Staaten. Da waren solche Verhaltensweisen viel stärker ausgeprägt. Was aber wohl mit härterer Disziplin und unbedingtem Gehorsam zu tun hatte. „Ich werde in maximal dreißig Minuten ein Schnellboot mit sechs Mann Besatzung losschicken. Für die Aktion mit dem Unterseeboot geben Sie mir zwei, drei Stunden." „Alles klar. Ich danke Ihnen. Wenn Sie den Kutter aufgebracht haben, melden Sie sich sofort bei mir. Die Besatzung, insbesondere eine Frau Edeltraud Berger, ist sofort festzunehmen. Denken Sie unbedingt an die Eigensicherung, denn hier wird seit geraumer Zeit geschossen, geschlagen und mit Gift gemordet. Koller, danke, Ende." Kathy war begeistert. „So gefällt mir das. Als Nächstes brauche ich ab sofort Polizeischutz für diese Damen." Damit kramte sie das Foto der jungen Frau Henning aus der Tasche. „Hier, mehr habe ich nicht von ihr. Ich gehe davon aus, die Frau heißt Elisa Henning, und wenn man das Bild genauer betrachtet, muss das ein Grundstück in der Nähe der Messe in Berlin sein. Das ist die Einschätzung von Sven Bruckner. Zum Zweiten für Frau Elfi Lasker. Die Dame ist achtzig Jahre alt und lebt in einen Pflegeheim in Potsdam bei Berlin. Äh Sven, könntest du dafür sorgen, dass der Computer aus dem Keller hierher kommt? Haben Sie einen IT-Spezialisten dabei?" Koller deutete auf den Mann am Funkgerät. „Vielleicht könnte der dem Sven helfen, denn wir brauchen hier oben einen Internetzugang." „Wir haben selber zwei Laptops dabei." „Danke sehr, aber über diesen Rechner steht der Killer mit uns in Verbindung. Womit wir bei unserem eigentlichen Hauptproblem sind. Irgendwo liegt hier ein Irrer mit einem Scharfschützengewehr auf der Lauer und beobachtet uns. Vor ein paar Stunden hat er uns schon mal gezeigt, wie gut er damit umgehen kann." „Nun, da sie beide gesund und noch am Leben sind, anscheinend nicht sehr gut." „Danke, Herr Major." „Entschuldigung, aber das sollte ein Witz sein." „Wenn es um mein Leben geht, mache ich keine Witze." „Was heißt hier, er steht mit Ihnen in Verbindung?" „Nun, das ist ja das Unheimliche. Der Typ muss uns ständig beobachten, und auf Grund seiner ausgeprägten narzisstischen Neigung teilt er uns seine nächsten Schritte auch noch mit. Manchmal sogar seinen Standort. Wie wir feststellen konnten, muss es hier unterirdische Verbindungen zwischen einzelnen Häusern und sicher auch zur alten Dorfkirche geben."

Der Major zog einen Ausdruck über die Geschichte des Dorfes aus der Tasche. „Da habe ich etwas, das dich interessieren wird. Hier, Berchtesgrund war im zweiten Weltkrieg ein Widerstandsnest der deutschen Partisanen. Aus dieser Zeit stammen auch die unterirdischen Verbindungen. Leider gibt es keine Unterlagen darüber, wo und wie die Gänge verlaufen. Es gab einen alten Plan, doch der ist aus dem Liegenschaftsamt in Hamburg vor sechs Jahren spurlos verschwunden. Überhaupt sind alle Unterlagen über Berchtesgrund verschwunden. Dieses Dorf gibt es praktisch nicht mehr. Diese wenigen Angaben hier waren Gott sei Dank bei uns auf dem Server." „Das bedeutet, irgendjemand stahl die kompletten Unterlagen des Dorfes, um was damit zu tun?" Plötzlich knackte es im Lautsprecher der Funkstation. „Hier spricht Kapitän Striegel von der ‚Hamburg-108'. Wir haben so eben abgelegt und nehmen Kurs auf befohlenen Punkt in der Nordsee. Wir rechnen mit dem Eintreffen in knapp siebzig Minuten." „Hier ist Major Koller. Habe verstanden. Wenn Sie den Kutter ‚Bercht-1' erreicht haben, melden Sie sich. Koller, Ende." „Verstanden! Striegel, Ende."

„So Kathy, das Problem kannst du getrost als gelöst ansehen."

„Danke. Im Übrigen möchte ich, wenn das Schiff mit dem U-Boot kommt, mit raus fahren. Also nochmal: Was will der Dieb mit den gestohlenen Unterlagen? Wer interessiert sich für den Verlauf der unterirdischen Gänge? Gut, wenn da was zu holen wäre, könnte ich das ja noch verstehen. Bloß was?" „Wer weiß, vielleicht was von damals?" „Sie meinen aus dem Krieg?" Inzwischen hatte Sven den Rechner aus dem benachbarten Keller in den Schankraum geholt. Mittels einer schnell installierten W-LAN Verbindung war das Gerät im Nu einsatzbereit. Es dauerte auch gar nicht lange, und der Killer hatte eine neue Nachricht geschickt. „Hallo, meine Herren, und natürlich, meine Dame. Ich hoffe doch, der ganze Aufwand findet nicht zu meinen Ehren statt? Sie sollten eher ihre Aufmerksamkeit auf die Kutterbesatzung der „Bercht-1" richten. Denn dieses Mal gehen drei über Bord. Mich müsst ihr jetzt entschuldigen, aber ihr wisst ja, um wen ich mich jetzt kümmern werde. Also, bis bald." Drei Minuten später entfernte sich ein Motorrad mit hoher Geschwindigkeit aus Berchtesgrund ... Nach einem kurzen Moment der Stille war Kathy die Erste, die reagierte. „Koller, können Sie mir sofort einen Hubschrauber besorgen? Sobald ihre Kollegen die Adressen der bedrohten Personen haben, funken Sie diese an mich." „Nun bleiben Sie ganz ruhig, Kathy. Wir brauchen Sie jetzt hier. Sobald wir die Adressen haben, informieren wir unsere Berliner und Brandenburger Kollegen. Und glauben Sie mir, die werden beide Frauen sofort unter Polizeischutz nehmen. Und mit ein bisschen Glück verhaften die gleich noch ihren Schützen. Leutnant, Sie informieren sofort die entsprechenden Stellen in Berlin und Potsdam. „Code 1178". Kathy war verwundert. „Was soll das heißen?" „Das bedeutet, dringender Polizeischutz, rund um die Uhr. Möglicher Waffeneinsatz! Habt ihr bei der schottischen Polizei keine dieser Fallcodes?" „Kann sein, darum habe ich mich nie gekümmert. Wobei, wenn ich es mir recht überlege, dann haben wir das auch." „Soll heißen?" „Ich kann mir die Dinger nicht merken."

Derweil auf See

Der Kutter stampfte mit zwanzig Knoten durch die zu dieser Zeit ruhige See. Friedrichsen stand fest am Ruder und Fredi kontrollierte den Kurs. Traudl saß draußen am Steuerhaus und rauchte. Friedrichsen hatte sie rausgeschickt, denn er konnte den Gestank dieses französischen Krauts nicht ertragen. „Da haben wir ja gerade nochmal Glück gehabt. Sind wir auf Kurs?" Fredi starrte aufgeregt auf das Radar. „Alles gut, Käpt'n. Kurs liegt an. Wir müssten in einer Stunde das Gebiet erreichen. Der Beginn der Doggerbänke liegt bei exakt fünfunddreißig Seemeilen." Und schon hatte er wieder Lineal und Zirkel in der Hand, um die GPS-Daten mit den Angaben auf der Karte zu kontrollieren. Eigentlich brauchte Friedrichsen ihn gar nicht auf der Brücke, aber er wollte ihm eine Freude machen. Wer weiß, ob sie jemals wieder gemeinsam rausfahren würden. Denn eine Rückkehr nach Berchtesgrund kam vorerst nicht in Frage. Friedrichsen suchte mit dem Fernglas den Horizont ab. Da sie ansonsten nur selten bei Tageslicht aufs offene Meer hinausfuhren, musste er in dieser viel befahrenen Gegend mit anderen Schiffen rechnen, und es brauchte ja nicht jeder zu wissen, was sie hier draußen so taten. Knapp fünfhundert Meter Steuerbord fuhr ein anderer Kutter bereits seit gut dreißig Minuten parallel mit der „Bercht-1". Jetzt konnte Friedrichsen durch sein Fernglas auch den Namen erkennen. Es war die „Marie Lou", einer dieser abgetakelten Hochseefischer, die hier unter polnischer Flagge die wenigen Heringsschwärme jagten. Friedrichsen konnte ja nicht wissen, dass dieses Schiff bereits zweimal das aus dem Wasser gefischt hatte, was er gleich verklappen würde. Und so steuerten wohl beide dasselbe Gebiet an. „Hast du schon ein neues Ziel für uns, wenn wir die Pakete abgeladen haben?" Traudl stand in der offenen Tür des Ruderhauses und genoss den frischen Wind. In diesem Moment drosselte Friedrichsen den starken Dieselmotor und die „Bercht-1" wurde langsamer. „Was ist los, sind wir schon da?" Friedrichsen, der nie viel redete, starrte weiter durch das Fernglas. „Was ist los?" Doch der deutete mit seinem Finger in die Richtung des fremden Kutters. „Das ist die ‚Marie Lou', kennst du den Kahn?" Doch anstatt einer Antwort, stürzte Friedrichsen nach hinten. „Los Fredi, du übernimmst das Steuer. Und du, Traudl, komm endlich." Jetzt war ihr klar, was er vorhatte. Friedrichsen hatte inzwischen die Abdeckung der hinteren Fangkammer geöffnet und da lagen sie. Drei matt glänzende schwarze Plastiksäcke. Er sprang in die Kammer und wuchtete den ersten Sack in die Höhe. Traudl stand oben am Rand, packte sich die beiden oberen Griffschlaufen und zog den ersten Sack hinauf. Jetzt bei Tageslicht eine Arbeit, die ihr den kalten Schauer über den Rücken laufen ließ. Doch Friedrichsen gestattete ihr keine Pause, denn schon erschien der nächste Sack an der Luken-Kante. Und wieder griff Traudl zu und zog und zerrte, immer voller Angst, der Leichensack könnte sich aus Versehen öffnen. Endlich reichte Friedrichsen den dritten und letzten Sack nach oben. Der war leicht. Doch Traudl wollte sich gar nicht vorstellen, wer da in welchem Sack auf die letzte große Reise gehen würde. Friedrichsen kletterte wieder an Deck und verschloss die Kammer sorgfältig. Dann suchte er erneut mit seinem Fernglas die Umgebung ab. Die „Marie Lou" war inzwischen am Horizont verschwunden. Erste Nebelbänke zogen rechts und links auf. „Komm, lass uns kurz beten und dann ab mit ihnen ins Meer. Wir nähern uns den Doggerbänken." Dem Beobachter bot sich ein bizarres Bild. Traudl und Friedrichsen standen mit gesenkten Köpfen am Heck des Kutters. Vor ihnen auf den kalten und nassen Planken lagen drei gefüllte Leichensäcke.

Nachdem beide mit ihren Gebeten fertig waren, begannen sie damit, Eisenschäkel in die Säcke zu stopfen. Traudl achtete darauf, nicht den Sack zu erwischen, in dem die sterblichen Überreste ihres Freundes lagen. Wenn sie das sonst in der Nacht gemacht hatten, hatte sie das nicht gestört, denn es war ja dunkel. Aber jetzt bei Tageslicht sah das Ganze schon anders aus. Endlich waren sie damit fertig. Jetzt zogen sie nacheinander die Säcke zur Bordwand und warfen sie ins Meer. Sofort verschwanden die Säcke im pechschwarzen Wasser. Friedrichsen ging nach vorne ins Ruderhaus, und bald hörte sie den Dieselmotor aufheulen. „Wo will der hin?", fragte sie sich, und bahnte sich ihren Weg nach vorn. „Also, was is nu, wo geht's hin?" Friedrichsen deutete mit dem Kopf in die Richtung des Kartentisches. Traudl war nicht entgangen, dass der Kutter ein neues Fahrziel eingeschlagen hatte. Sie orientierte sich kurz auf der Karte, und bald war ihr klar, wohin Friedrichsen wollte. Sein neues Ziel war die englische Südostküste. „Nach England? Warum in drei Teufels Namen ausgerechnet nach England?" „Wenn es dir nicht passt, können wir auch wieder umdrehen." Damit war alles gesagt, und Traudl überlegte, wie sie von da weiter nach Italien kommen würde. Nach einer Weile übergab Friedrichsen das Steuer an Fredi. „Ick hab da nen Bruder. Den hab ich ewig nich gesehen. Hier is een Bild von ihm." Damit zog er ein abgewetztes Foto aus der Tasche und drückte es Traudl in die Hand. Auf dem Bild waren zwei knapp zehnjährige Jungs zu sehen, die sich lachend umarmten. „Der linke da, det bin ick." „Und der andere?" „Dat is Fietje, mein Bruder. Er ist ein Jahr älter als ich. Kurz, nach dem das Bild da aufgenommen wurde, zog mein Vater nach England und nahm meinen Bruder mit. Wir haben uns nie wieder gesehen. Ich blieb bei meiner Mutter. Unsere Eltern haben sich uns geteilt."

„Weißt du denn, wo du ihn finden kannst?" Friedrichsen nahm das Foto in die Hand, starrte lange darauf, und plötzlich rannen zwei Tränen über dieses wettergegerbte, harte Gesicht eines Seemannes. „Ich werde ihn finden. Und wenn es den Rest meines Lebens dauert. Unser Ziel ist der Hafen von Dover. Leg dich hin, es wird eine lange Fahrt." „Eine Frage, wie soll ich von da weiterkommen? Ich habe mein ganzes Geld zu Hause im Safe liegen?" Friedrichsen ging zu einem Blechschrank im Ruderhaus. Er öffnete ihn, und Traudl traute ihren Augen nicht. In dem Schrank lagen jede Menge Geldpakete. Friedrichsen wühlte ein bisschen darin. Dann warf er ihr ein kleines Bündel hin. „Nun tu nicht so, als wenn du Unmengen an Kohle in deiner Pension gebunkert hast. Das da sind fünftausend Euro. Damit müsstest du erst mal weiter kommen." Traudl zählte flink nach. Es waren tatsächlich fünftausend. Wie oft war sie allein auf dem Kutter gewesen. Nie hätte sie vermutet, dass der olle Friedrichsen in diesem kleinen Schränkchen tausende von Euros versteckt hielt. „Komm auf keine dummen Gedanken, meine Liebe. Da, wo drei über Bord gehen, kann auch ein vierter hin."

Das Schnellboot der Wasserschutzpolizei hatte inzwischen fast das markierte Seegebiet erreicht. Seit gut fünfzehn Minuten hatten sie den gesuchten Kutter auf dem Radar. Nach den Angaben ihres Computers hätten sie ihn längst sehen müssen, doch verhinderten aufziehende Nebelschwaden und die langsam einsetzende Dunkelheit eine optische Sichtung. Und doch meldete der Kommandant des Schnellbootes an Major Koller das Eintreffen im bewussten Seegebiet. Laut Radar müsste das gesuchte Schiff jetzt unmittelbar vor ihnen liegen. Plötzlich rissen die Nebel auf, und der gesuchte Kutter tauchte knapp fünfhundert Meter Backbord vor ihnen entfernt auf. Der junge Kommandant stellte das Blaulicht an und über die Außenlautsprecher die Sirene. „Hier spricht die Wasserschutzpolizei Hamburg. Stellen Sie sofort den Motor ab. Wir kommen längsseits." Für den jungen Leutnant war dies der erste Einsatz auf offener See. Er befahl seinem Ruderführer und dem Maschinisten, sich mit schneller Fahrt dem Schiff vor ihnen zu nähern. Zwei Polizisten, mit Maschinenpistolen bewaffnet, standen am Bug des Bootes, bereit, sofort das gegnerische Schiff zu „entern". Dieser Begriff aus der alten Seefahrt gefiel Kommandant Striegel außerordentlich gut, weswegen er ihn auch oft benutzte. Überhaupt sah er sich insgeheim mehr als Kapitän eines mittelalterlichen Segelschiffes, als der Kommandant eines Polizeischnellbootes. Das hatte ihm in der zurück liegenden Zeit schon des Öfteren Ärger eingebracht. Besonders in der Ausbildung wurde er immer wieder von den anderen Kadetten aufgezogen, wenn er von „seinen" Segelschiffen träumte. Nur seine hervorragenden Ergebnisse in der theoretischen wie auch taktischen Ausbildung bewahrten ihn vor einem frühzeitigen Rauswurf aus der Akademie. Und so war er der jüngste Kommandant eines Schnellbootes bei der Hamburger Wasserpolizei geworden. Doch die Besatzung des Kutters dachte gar nicht daran, die Fahrt zu verlangsamen. Kaum sahen die das Polizeiboot aus dem Nebel auftauchen, heulten die zwei schweren Schiffsdiesel auch schon auf, und der Kutter nahm rasch Fahrt auf. Sein Ziel waren die dichten Nebelbänke weiter draußen auf See. Hier hoffte der Kapitän, seinen Verfolgern entwischen zu können.

Kapitän Wolkow musste seine Verfolger unbedingt los werden, sonst wäre er sein Schiff und was viel schlimmer war, seine Lizenz als Schiffsführer los. Und so gab er ordentlich Tempo, und versuchte fast hakenschlagend im Nebel zu verschwinden. Seine Besatzung war beim Anblick des Polizeibootes sofort unter Deck verschwunden. „Nun wollen wir doch mal sehen, was in dir steckt, mein Mädchen." Damit streichelte er fast sanft den Joystick, mit dem er die Geschwindigkeit von der Brücke aus steuern konnte. Zum Glück waren Motor und Ruder erst vor kurzem erneuert worden. Die Jungs von der Werft hatten sich richtig Mühe gegeben. „Na dann zeig mal, was du kannst."

Damit hatte der Kommandant des Polizeibootes nicht gerechnet. „Der hat frisierte Motoren an Bord. Sofort erhöhte er das Tempo, und die „Hamburg-108" drehte nach Backbord ab. Beinahe hätte er bei diesem Manöver die beiden Polizisten am Bug über Bord geworfen. Gerade noch rechtzeitig konnten die sich an der Reling festkrallen. „Hast du ne Macke!", brüllten beide.

Inzwischen hatte die „Marie Lou" die ersten Nebelschwaden erreicht und verschwand darin fast spurlos. Wolkow wusste, dass er noch auf dem Radar seiner Verfolger zu sehen war und gab deshalb weiter „Vollgas". Er steuerte jetzt mit Höchstgeschwindigkeit in Richtung der niederländischen Schifffahrtsbereiche, in der Hoffnung, dass die deutsche Polizei dort keine Zugriffsgewalt hätte. Doch das war längst durch EU-Gesetz geändert worden, und zum Zweiten musste er diese Zone erst einmal erreichen…

Und so durchpflügten zwei Schiffe den Nebel vor den Boddenbänke, stets auf der Lauer, den anderen zu entdecken. Nach gut dreißig Minuten wurde der Nebel etwas lichter, und Kommandant Striegel entdeckte den flüchtenden Kutter gut zweihundert Meter vor ihm. Wieder ertönte die Polizeisirene, zusätzlich beorderte er zwei Polizisten mit Waffen an Deck. „Zielen Sie auf das Heck. Zwei Salven zu je fünf Schuss. Feuer frei!" Beide legten an, doch im Moment der ersten Salve hob sich der Bug durch eine Welle und die Schüsse gingen unkontrolliert in die Richtung der Flüchtenden. „Gleich nochmal!" Jetzt klinkten sich die beiden mit ihren Sicherheitshaken in die Wellenstangen des Schiffes und schickten zwei weitere Salven in die Richtung des Bootes. Plötzlich stieg schwarzer Rauch an dessen Heck auf, und der Kutter verlor rasch an Fahrt. Kommandant Striegel gab Befehl: „Fertigmachen zum Entern!" Über Lautsprecher befahl er der Besatzung, an Backbord Aufstellung zu nehmen. Knapp fünf-zehn Minuten später machte die „Hamburg-108" längsseits fest und drei Beamte sprangen mit ihren Maschinenpistolen im Anschlag auf das Deck der „Marie Lou." Kapitän Wolkow, sein Steuermann und fünf Matrosen standen mit erhobenen Händen dichtgedrängt und warteten auf das, was da kommen würde. Kommandant Striegel sprang nun ebenfalls auf das Deck. „Wo ist die Frau!", rief er schon von Weitem. „Frau, welche Frau du meinen?" Wolkow war verwirrt. „Nu Mal keine Mätzchen hier, wir suchen Frau Edeltraud Berger, die sich auf diesem Kutter verstecken soll." Entschuldigen Sie, Herr Polizist, aber ich verspreche Ihnen, dass wir keine Frau an Bord haben." „Wer von Ihnen ist Friedrichsen und wer Fredi?" „Verzeihen Sie, aber hier heißt keiner Friedrichsen oder Fredi." Auf einen Wink vom Kommandanten durchsuchten die Beamten die Räume des Schiffes. Kurze Zeit später standen sie wieder an Deck und schüttelten die Köpfe. „Nichts zu finden. Alle Räume sind leer. Hier ist keiner weiter an Bord." „O.k., Sie warten hier." Damit sprang er zurück auf das Polizeiboot und verlangte vom Funker eine Direktverbindung mit Major Koller. Gerade wollte er Meldung machen, da sah er etwas, was ihn völlig verwirrte. Am Bug des gestoppten Kutters prangte in verwaschenen Buchstaben der Name "Marie Lou" und nicht „Bercht-1." „Was ist denn das für eine Scheiße? Das ist das falsche Schiff. Wir sind die ganze Zeit hin-ter dem falschen Kutter her. Doch wo, verdammt noch mal, ist jetzt bloß die „Bercht-1?"Wenn das der Koller erfährt, na Prost Mahlzeit." In diesem Moment hatte der Funker den Major am Funkgerät. „He, was ist los? Haben Sie den Kutter aufgebracht? Haben Sie diese Berger und ihre Hel-fer festgenommen?" Der junge Kommandant räusperte sich verlegen. „Wir haben einen Kutter in der Nähe des bewussten Gebietes entdeckt, und da er plötzlich flüchtete, auch verfolgt und gestellt." „Bravo Leutnant, toll gemacht." Auch Kathy war begeistert. „Haben Sie die Frau und den Kapitän festgenommen?" Der Kommandant des Schnellbootes fing an zu stottern. „Genau da liegt das Problem. Auf dem Kutter, den wir gestellt haben, gibt es keine Frau." Kathy glaubte sich verhört zu haben. „Keine Frau, aber das kann nicht sein. Ich weiß, dass Traudl mit diesem Schiff rausgefahren ist. Mit der ‚Bercht-1'." „Äh, genau da liegt das Problem, Mam. Der Kutter, den wir verfolgt und gestellt haben, ist nicht die ‚Bercht-1' sondern die ‚Marie Lou'. Es ist ein unter polnischer Flagge fahrender Heringsfischer." „Das ist nicht ihr Ernst? Soll das etwa heißen, dass Sie die ‚Bercht-1' verloren haben und dafür einen unschuldigen Heringsfischer gestellt haben?" Kathy war so wütend, dass sie aufgeregt die Pension verließ und erst einmal eine Zigarette rauchen musste." Auf dem Schnellboot machte der Kommandant inzwischen seinem Funker das Zeichen zum Abbruch. „Ich kann Sie nicht mehr hören … Die Verbindung wird schlechter" Dann legte er auf. Das Brüllen von Major Koller konnte er zum Glück nicht mehr hören. Eines war ihm in diesem Moment klar. Dieser Einsatz war für seine Karriere nicht sehr förderlich. „He, Kommandant, kommen Sie rüber. Der hier erzählt etwas sehr Interessantes." „Ich komme." Damit sprang er zurück auf die „Marie Lou": Für Wolkow stand fest, dass die Polizei entweder wegen der illegalen Fischerei oder wegen des nächtlichen Leichenfundes hinter ihm her war. Dass das Ganze eine Verwechslung war, darauf wäre er nie gekommen. Und so erzählte er aufgeregt von seinen nächtlichen Fängen im tieferen Teil der Boddenbänke. Kaum war der Kommandant wieder bei den Männern auf dem Kutter, forderte ihn einer der Beamten auf, das Ganze noch mal zu erzählen. Leutnant Striegel glaubte seinen Ohren nicht zu trauen. Schnell wurde ihm klar, dass das zwar nicht der ursprünglich gesuchte Kutter war, aber trotzdem ein Haupttreffer. Das konnte ihm jetzt nützen. Er besorgte sich die Daten des Fundortes, und siehe da, sie stimmten mit denen überein, die er als Befehl zum Anfahren bekommen hatte. Sofort begab er sich an Bord seines Schnellbootes und ließ sich mit Major Koller verbinden. Kaum konnte er dessen Stimme hören, bekam er eine Standpauke, die sich gewaschen hatte. „Schwachkopf, totaler Versager, abmustern und Degradierung waren nur ein Teil von dem, was er zu hören bekam. Leutnant Striegel wartete bis sich der Major etwas beruhigt hatte, dann trumpfte er auf. „Major Koller, bestimmt haben Sie Recht, doch glaube ich, dass der Fang, den wir hier gemacht haben, nicht umsonst für ihre Ermittlungen ist." Inzwischen war Kathy wieder im Schankraum. „Was soll das heißen? Los Leutnant, überraschen Sie uns." Jetzt war es an ihm, zu punkten. „Der Kapitän des von mir verfolgten und gestellten Kutters hat mir gerade gestanden, in letzter Zeit, genauer gesagt zweimal, mit seinem Schleppnetz Leichensäcke vom Grund der Nordsee geholt zu haben. Da er illegal gefischt hatte, meldete er die Funde anonym an das Schifffahrtsamt. Und jetzt kommt das Tollste. Die genaue Position der Leichenfunde stimmt mit dem mir übermittelten Seegebiet überein. Das bedeutet, dass die ,Marie Lou' wieder in diesem Seegebiet fischen wollte und die ,Bercht-1' nur einen anderen Kurs gewählt hat. Die sind heute gar nicht hierher gefahren." Da auf der anderen Seite nichts zu hören war, fragte er siegessicher nach. „Das ist doch toll, oder?" Kathys schlechte Laune war wie weggeblasen. „Hören Sie, Leutnant. Ich brauche die Aussage schriftlich. Und dann kommen Sie mit diesem Kapitän hierher nach Berchtesgrund. Und das schnell.

Ich brauche ihn, um mit dem U-Boot den Meeresgrund in dem betreffenden Bereich abzusuchen", flüsterte sie Koller zu. „Haben Sie das verstanden?" „Ja, Mam, doch was mache ich mit dem Rest der Besatzung, und vor allem, was mache ich mit der ,Marie Lou'? Wir mussten, um sie zu stoppen, von der Schusswaffe Gebrauch machen. Dabei wurde deren Maschinen beschädigt." Jetzt mischte sich Koller ein. „Hören Sie, Sie melden ihren jetzigen Standort an die Havarie-Werft der Bundesmarine in Bremerhaven. Die sollen das Ding abschleppen und sehen, was zu machen ist. Haben Sie mich verstanden?" „Jawohl, Herr Major." Striegel legte auf. Dann befahl er dem Funker, den derzeitigen Standort an den Marinestützpunkt Bremerhaven zu funken. Die sollen den Kutter abschleppen. Dann sprang er zurück auf das Deck der „Marie Lou". „Sie, Herr Kapitän, sind hiermit festgenommen. Abmarsch, auf das Polizeiboot. Ihre Männer wie auch ihr Schiff werden in Kürze nach Bremerhaven abgeschleppt. Alles verstanden? Dann los." Kapitän Wolkow rief seinen Männern ein paar Sätze in polnischer Sprache zu. Kaum hatten die ihn gehört, fingen sie an zu lachen. Striegel wunderte sich. „Was haben Sie den Männern gesagt?" „Nun, ich habe ihnen erklärt, dass die deutsche Polizei ihnen helfen, das Boot reparieren und sie dann nach Hause schicken wird." „Und das freut sie so?" „Aber sicher." „Ich hoffe, es wird ihre Freude nicht vermiesen, wenn ich ihnen sage, das zunächst noch eine Anklage wegen illegaler Fischerei auf die Männer wartet. Und Sie wissen ja, dass es im Falle einer Verurteilung von einer Geldstrafe bis zu drei Jahren Gefängnis reichen kann? Und das können Sie ihren Männern bitte auch noch übersetzen. Da Sie von hier nicht fliehen können, werden wir jetzt verschwinden." Damit verließen die Beamten gemeinsam mit Kapitän Wolkow die „Marie Lou" und nahmen Kurs auf Berchtesgrund. Zwei Stunden später erreichte ein Bergungsschiff der Marine den „erschossenen" Kutter und schleppte ihn nach Bremerhaven.

Vor einer knappen halben Stunde hatte Major Koller die Adressen von Elisa Henning und Elfi Lakens erhalten. Sofort informierte er die Berliner und Brandenburger Kollegen. Während der Polizeischutz für Elfi leicht einzurichten war, gestaltete sich das bei der jungen Elisa schwieriger, denn unter der angegebenen Adresse war niemand anzutreffen. Und so begannen die Berliner Polizisten die umliegenden Grundstücke nach Elisa abzusuchen. Trotz intensiver Befragungen konnte sie jedoch weder gefunden noch erreicht werden. Wie sollten die Beamten auch wissen, dass Elisa als DJ „Lizz" im neuen In-Club, „Sunshine" auflegte?

Sven Bruckner war seit Stunden im Dorf unterwegs um festzustellen, welche Häuser noch bewohnt und welche bereits an den Notar aus

Palermo überschrieben waren. Major Koller wollte in die leeren Häuser Beamte schicken, die nach unterirdischen Gängen suchen sollten. So wollten Kathy und Koller eine Übersicht über die „Unterwelt" von Berchtesgrund erhalten. Wer weiß, was dabei noch alles ans Tageslicht kam?

Auch auf dem Friedhof ging es inzwischen voran. Zwei Beamte waren seit gut zwei Stunden damit beschäftigt, Gräber mittels eines Baggers zu öffnen. So konnten sie bereits bei sechs weiteren feststellen, dass dort nie jemand beerdigt worden war. Gerade waren sie im Begriff, Grab Nummer sieben freizulegen, als die Baggerschaufel in knapp einem Meter Tiefe auf einen Sarg stieß. Der Beamte stoppte erschrocken das Gerät. Danach griffen sich sein Partner und er jeweils eine Schippe, und begannen den Sarg vorsichtig frei zu legen. Noch schien nicht klar, ob tatsächlich jemand darin beerdigt worden war. An der Stelle, an der die Baggerschaufel den Deckel getroffen hatte, klaffte ein Loch im Sarg. Vorsichtig leuchtete einer der beiden mit seiner Taschenlampe hinein und sprang entsetzt zurück. Im Schein der Lampe konnte er die skelettierten Reste eines Beins erkennen. „Eh, das ist ja voll eklig hier." Der andere saß bereits wieder im Bagger und begann das Grab daneben zu öffnen. Auch hier, wie auch bei den restlichen Gräbern konnten Überreste von Särgen und den dazu passenden Leichen gefunden werden. Damit stand fest, dass sieben der vierzehn Toten zumindest nicht hier begraben wurden.

Gerade wollten sie den Major informieren, da fiel ihnen ein Grab auf, das etwas abseits von den anderen lag. Der Hügel war so gut wie abgetragen und es sah aus, als wenn vor Kurzem dort jemand gegraben hatte. „Komm, lass uns da mal nachsehen. „Soll ich den Bagger mitnehmen?" „Ich glaube die Schippen reichen. Beide stiegen den kleinen Hang hinauf, und kaum hatten sie mit dem Graben begonnen, stießen sie mit ihren Schippen rasch auf etwas Hartes, Metallenes. „Entweder is det een Zink-Sarg oder ne Bombe ausn Krieg. Komm, mach weiter, war nur ein Scherz." Sollte hier jemand einen Sarg lediglich verscharrt haben? Doch kaum hatten sie sich weiter vorgearbeitet, wurde eine Metallplatte sichtbar, die an einer Seite einen Eingriff hatte. Vorsichtig zog einer der beiden an dem Griff, und die Platte gab den Einstieg zu einem unterirdischen Gang frei. „Gib mir mal deine Lampe. Das werde ich mir mal genauer ansehen." „Wollen wir das nicht erst dem Major melden?" „Nun gib schon her. Du gibst mir Feuerschutz und ich geh da runter." Mit der Taschenlampe im Mund stieg der junge Polizist vorsichtig die Leiter hinab, derweil sein Kollege mit gezogener Dienstwaffe hinunter zielte. „Dir ist schon klar, dass, wenn du jetzt abdrückst, du mich erschießt?" Damit stieg er weiter hinab. Nach gut drei Metern hatte er den Boden erreicht. „Los, komm runter", rief er seinem Kollegen zu. „Wollen wir nicht doch erst Meldung machen?" „Quatsch, nun hab dich nicht so und komm runter." Widerwillig stieg er die steile Leiter zu seinem Partner in die Tiefe. Unten war es feucht, glitschig und es roch moderig. Der Boden war schlammig, und an den lehmverschmierten Wänden liefen kleine Rinnsale von Wasser herunter. An einigen Stellen ragten Wurzeln in den Stollen. Vorsichtig und mit gezogenen Schusswaffen tasteten sich die beiden voran. Nach knapp zehn Metern knickte der Gang leicht nach rechts ab und man hatte den Eindruck, als führte er weiter in die Tiefe. An einigen Stellen waren Holzbretter in die Wände eingearbeitet worden. Die bestanden zum Großteil aus Resten von Särgen. Ansonsten stützten Balken, die moosbedeckt der Feuchtigkeit trotzten, den Gang. Nach weiteren zehn bis zwölf Metern knickte der Gang nach links ab und endete schließlich in einem großen Raum. Dieser hatte im Unterschied zum Gang gemauerte Wände und Decken und stand voller Gerümpel. Von der Decke hingen Lampen herunter. In der Mitte des Raumes standen mehrere Tische, auf denen Stapel von Papieren und Zeitungen lagen. Plötzlich flammten die Deckenlampen auf. Einer der beiden hatte in einer Ecke einen Lichtschalter gefunden. „Weißt du ungefähr, wo wir sind?" „Du meinst, jetzt über uns?" „Natürlich. Ich denke mal, unter der alten Kirche. Hier war bestimmt lange Zeit niemand." „Wie kommst du darauf?" „Na, schau dir mal die Spinnweben und den ganzen Staub hier an. Ach nee, und was ist das?" In einer Ecke des Raumes lehnten mehrere Karabiner aus der Wehrmachtszeit an der Wand. Daneben befand sich in einer grünen Holzkiste die dazugehörige Munition, leicht eloxiert. „He du, komm mal her!" Einer der beiden stand vor einer alten Liege, auf der mehrere Decken und Kissen lagen. „Von wegen, hier war lange Zeit niemand mehr. Und was ist das?" Damit deutete er mit seiner Pistole auf eine geöffnete Dose Ravioli, deren Inhalt noch halbwegs frisch aussah. „Ich würde sagen, hier wohnt jemand." Die Zeitungen auf den Tischen waren zum großen Teil in italienischer Sprache und umfassten einen Zeitraum von gut sechs Jahren. Es gab aber auch welche von 1943 bis 1944. An der Wand hingen mehrere braune Mäntel, und fünf paar Stiefel standen sauber aufgereiht darunter. „Ich würde sagen, wir verschwinden jetzt von hier und machen Meldung. Der Alte wird sich bestimmt brennend für das alles hier interessieren." „O.k., dann lass uns gehen, du Schisser." In diesem Moment war ein metallisches Klirren und Quietschen zu hören. Beide standen wie erstarrt da. „Was war das?" „Keine Ahnung." Und wieder ertönte dieses Geräusch, nur dieses Mal etwas leiser weg. „Da, da ist es wieder. Los komm." Beide gingen zurück in den Stollen, doch nach knapp drei Metern standen sie vor einem Metallgitter, das ihnen den Weg versperrte. „So ein Mist. Das Ding war vorhin noch nicht da." Einer der beiden leuchtete durch die Streben in den dahinter liegenden Gang. Dort war nach knapp zehn Metern ein zweites Gitter zu erkennen. Den Weg können wir vergessen. Komm zurück, das muss doch noch einen anderen Ausgang geben. Kaum im Hauptraum zurück, leuchteten sie mit ihren Lampen alle Bereiche des Raumes ab. Und siehe da, im hinteren Teil konnten sie in gut drei Metern Höhe eine Luke in der Decke erkennen. „Wir brauchen eine Leiter." „Da liegt doch eine." Schnell stellten sie die Leiter genau unter die Luke, und einer der beiden wagte den Aufstieg. Kaum hatte er die Deckenluke erreicht, musste er feststellen, dass diese sich kein bisschen bewegen ließ. Irgendetwas musste auf der anderen Seite auf der Platte stehen. Gerade wollte er sich mit Macht dagegen stemmen, da brach die Leiter in sich zusammen. Zum Glück war es nicht sehr hoch und der Polizist durchtrainiert. Und so überstand er den Sprung unverletzt. „Mist, jetzt sitzen wir aber endgültig wie die Ratten in der Falle." Sein Partner hatte inzwischen versucht, mit seinem Handy Hilfe zu holen. „Hier gibt es nicht mal Handyempfang. Sollen wir rufen?" Du spinnst, wer soll uns hier hören? Wir sind in drei Metern Tiefe einem Friedhof." „Und was machen wir jetzt?" „Warten. Irgendwann wird Koller nach uns suchen lassen. Wir brauchen nur ne gute Ausrede, warum wir hier unten sind. Am Besten, wir sagen, dass wir gezwungen wurden, hier runter zu gehen. Und dann hat man uns eingeschlossen." „Und wer hat uns eingeschlossen?" „Ist doch ganz egal. Die suchen doch hier irgendwelche Gangster. Wir sagen einfach, die Typen waren maskiert und schwer bewaffnet. Weißt du was, lass mich einfach reden. Du hast einen Schock." „O.k., aber mir ist bei der Sache nicht wohl." „Denkst du etwa, mir?" „Hast du Hunger?" „Wie kannst du jetzt an Essen denken?" „Nun, weil hier jede Menge an Büchsen von Ravioli und anderen Nudelgerichten stehen." „Fass das bloß nicht an, wer weiß, wem das gehört?" Nun, egal wem, er wird sich nicht länger daran erfreuen können, denn wir werden ihn verhaften. Und wenn es nur wegen der kaputten Leiter ist." Plötzlich hatte er eine Idee. „Das Regal da sieht ziemlich massiv aus, und es ist ungefähr zwei Meter hoch. Komm, hilf mir mal." Mit einem Ruck kippte er es zunächst nach vorn, so dass alle Büchsen zu Boden fielen. Dann begann er es unter die Luke zu ziehen. „Nun los, oder soll ich alles alleine machen?" Jetzt wurde auch seinem Partner klar, um was es ging. Kaum stand das Ding unter der Deckenluke in Position, begann er am Regal nach oben zu klettern. Dort angekommen, stemmte er sich mit aller Kraft gegen die Luke. Doch nichts rührte sich. „Verdammt, das können wir vergessen. He, was ist denn das?" Damit sprang er wieder herunter. Jetzt erst bemerkten sie, dass sich an der Stelle, an der das Regal gestanden hatte, eine versteckte Eisentür befand. „Notausgang" stand da in alter deutscher Schrift. Zwar etwas verblichen, aber immer noch deutlich sichtbar. Zwei große Eisenriegel hielten die Tür fest verschlossen. Trotz Rost ließen die sich jedoch leicht öffnen, und sie konnten die Tür langsam aufdrücken. Mit ihren Taschenlampen leuchteten sie in einen Raum, der gut zwanzig mal fünf Meter umfasste. Der vordere Teil war leer, nur im hinteren Teil waren etwa zwanzig bis dreißig Kisten an den Wänden hochgestapelt. Die genaue Anzahl konnte man nicht erkennen, da sie zum überwiegenden Teil mit Planen abgedeckt waren. Das Beste jedoch war eine schmale, gemauerte Steintreppe, die in der Mitte nach oben führte. „Da, unser Weg in die Freiheit. Los komm." Vorsichtig schlichen beide den Raum entlang in Richtung der Treppe. Doch bevor sie diese erklommen, interessierten sie sich für die Kisten. Dicker Staub lag auf dem mit grüner Farbe gestrichenen Holz. Noch interessanter war die Aufschrift „SS-Infanteriedivision Bremen". Daneben ein Totenkopf. „Siehst du das? Das ist von den Nazis. Entweder irgendwelcher Kriegsmist oder geklautes Zeug." „Los, mir reicht's jetzt, ich will hier raus." Auch die Stufen nach oben waren mit einer dicken Staubschicht bedeckt, was bedeutete, dass hier schon lange niemand mehr die Treppe benutzt hatte. Oben angekommen, standen sie vor einer dicken Holztür, die von jeder Menge Spinnenweben bedeckt war. Vorsichtig drückten sie die Klinke herunter und siehe da, die alte Tür öffnete sich einen Spalt. „Los, jetzt mit Gewalt." Damit warfen sich die beiden gegen die Tür, die schwer knarrend nachgab. Ein schwacher Lichtschein, der durch einen tiefroten Samtvorhang fiel, empfing sie. Mit der Waffe in der Hand öffneten sie vorsichtig den Vorhang und standen plötzlich seitlich vom Altar in der alten Kirche. Der Vorhang gehörte zur Seitenverkleidung und Dekoration. „Los, wir verschwinden von hier. Schnell verließen sie die Kirche und begaben sich zur Pension. Den Bagger ließen sie stehen.

Inzwischen war es dunkel geworden. Vom Steg her war die Polizeisirene der „Hamburg 108" weithin zu hören. Major Koller war vor die Tür getreten und hatte eine rote Leuchtrakete in den Abendhimmel geschossen. Kurz danach wurde der Kapitän der „Marie Lou" durch Kommandant Striegel und einen bewaffneten Beamten in Handschellen zur Pension geführt. Auch Sven Bruckner war mit seinen Ermittlungen gerade fertig geworden. Und so kam es, dass es plötzlich ermittlungstechnisch eng in der Pension wurde. Kathy räumte einen der Tische frei und begann gemeinsam mit Koller die Ergebnisse aufzuarbeiten. Kommandant Striegel stand als Erster im Schankraum und wollte gerade Meldung machen, als die beiden Beamten vom Friedhof in das Haus platzten. „Das glaubt ihr nicht, was wir entdeckt haben." „Ja, einen Moment", donnerte Koller dazwischen. „Aber das ist extrem wichtig." „Sie sollen einen Moment warten." Kathy fiel auf, dass der Gefangene immer noch in Handschellen da stand. „Herr Leutnant, würden Sie dem Herrn bitte die Handschellen abnehmen? Er mag zwar ein Fischräuber sein, aber das interessiert mich, zumindest im Moment nicht. Bei uns ist er zunächst nur ein Zeuge. Was sich jedoch jederzeit ändern kann. Herr Major, können Sie bitte feststellen, ob das Polizeischiff mit dem Unterseeboot bereits auf dem Weg hierher ist? Und dann möchte ich wissen, ob Elisa Henning aus Berlin inzwischen gefunden wurde." Dem jungen Leutnant war nicht klar, ob er der Bitte dieser ungewöhnlichen Frau in Zivil folgen sollte. Doch ein:"Na los, nun machen Sie schon!", riss ihn aus seinen Gedanken und er nahm Wolkow die Handschellen ab. „Ich danke Ihnen, Herr Kommandant. Von meiner Seite aus war es das." Dann trat sie ganz dicht an den jungen Offizier heran und flüsterte ihm ins Ohr: „Das mit dem falschen Kutter, das vergessen wir lieber. Sie sind ein guter Mann." Leutnant Striegel stand immer noch wie einer der englischen Bärenmützen-Soldaten vor Kathy." „Entschuldigen Sie, Mam, gestatten Sie, dass ich wegtrete?" Das Ganze hatte er fast geflüstert. Selbst Koller, der sich inzwischen am Funkgerät nützlich machte, musste grinsen. „Ja, Sie können wegtreten", hauchte Kathy. Es machte ihr sichtlich Spaß, mit dem Kollegen ein bisschen zu spielen. Der Leutnant drehte sich auf dem Absatz herum, salutierte verwirrt und machte dann, dass er aus der Tür kam. Kaum draußen, befahl er dem Polizisten, der ihn begleitet hatte, mit ihm zu verschwinden. Von Ferne konnte man noch ein kurzes: „Was grinsen Sie so? Haben Sie irgendetwas zu sagen? Schon mal was vom Kielholen gehört?", vernehmen.

Kathy und Koller mussten grinsen. Doch jetzt wand sich Kathy dem Kapitän zu. „Wie ist ihr Name?" „Nun, ich heiße Nikolai Wolkow. Ich war ganz aus Versehen dort in der Gegend zum Fischen." „Hören Sie, Herr Kapitän. Mein Name ist Kathy McGore, ich bin Spezialermittlerin der schottischen Polizei. Das da ist mein Partner Major Koller. Und hier ist Polizeimeister Sven Bruckner, der mir dieses Fax überreicht hat. Ich bin der festen Überzeugung, dass Sie den ominösen Leichenfund anonym gemeldet haben. Da liegen mehrere Seekarten. Ich will, dass Sie zum Ersten das Fax studieren und mir dann genau sagen, wo und wann sie die Leichensäcke gefunden haben. In ein bis zwei Stunden werden Sie mich in das Gebiet begleiten. Ich werde dort ein Unterseeboot hinab lassen und will dann genau wissen, ob da unten noch mehr Leichen liegen." Jetzt mischten sich die beiden Polizisten vom Friedhof ein. „Es müssen noch mindestens sechs weitere sein." „Zu Ihnen komme ich gleich." „Herr Wolkow, sollten Sie plötzlich an Amnesie leiden, mache ich Schwarzfischerei zur Chefsache, und glauben Sie mir, das wollen Sie nicht." Damit trat Wolkow lächelnd an den Kartentisch und begann das Fax zu studieren. „So, bevor ich jetzt zu Ihnen komme, schnell zu dir, Svenni. Wie viele konntest du ermitteln?" „Also, z. Z. sind noch achtzehn Häuser bewohnt. Fünfzehn sind an diesen komischen Notar verkauft oder überschrieben worden. Acht der Hausbesitzer haben die Absicht zu überschreiben. Die sind völlig verängstigt. Die restlichen wollen sich wehren. Das liegt jedoch zum Teil daran, dass jetzt jede Menge Polizei hier zu sehen ist und sie sich von uns Schutz erhoffen. Ach so, mehrere der Dorfbewohner haben etwas von merkwürdigen nächtlichen Besuchern auf dem Friedhof und in der Kirche erzählt. Ich nehme mal an, dass das in die Kategorie Geistergeschichten gehört. So wie die der nächtlichen Besucher auf dem schwarzen Kutter." „Ich danke dir. So, und jetzt zu euch beiden. Also, was habt ihr den nun auf dem Friedhof gefunden oder besser nicht gefunden?" „Entschuldige Kathy. Das Schiff ist in einer Stunde hier und die Kollegen aus Berlin sind immer noch auf der Suche nach der jungen Henning. Sollen sie für heute abbrechen?" „Um Gottes Willen. Denke daran, dass der Killer der Frau dicht auf den Fersen ist. Und der wird wissen, wo er sie finden kann. So, und jetzt seid ihr dran." Die beiden setzten sich und begannen zunächst von den Leichenfunden auf dem Friedhof zu berichten. Doch was Kathy dann zu hören bekam, ließ den ganzen Fall in einem anderen Licht erscheinen. Natürlich erzählten die beiden in dramatischer Form davon, dass sie von maskierten Tätern in die Stollen gezwungen wurden, doch Kathy wusste, wann aus Wahrheit Märchen wurden." „Bitte lasst es sein. Wenn euch jemand da runter verschleppt hätte, dann währt ihr jetzt tot. Major, wir müssen da sofort Leute hinunterschicken. Die sollen über den Weg am Altar gehen. Sagt mal, habt ihr da unten irgendwo eine Deutschlandkarte oder etwas Ähnliches gesehen?" „Warum willst du das wissen?" „Nun, ich nehme an, dass unsere Helden durch Zufall den Wohnort unseres Killers entdeckt haben. Und vielleicht finden wir da Notizen zum Aufenthaltsort von der Henning. Über Funk kam in diesem Moment die Meldung, dass ein Spezialschiff der Hamburger Polizei mit Kurs auf Berchtesgrund unterwegs wäre. Ankunft gegen zwanzig Uhr. „Herr Major, ich werde mit zwei ihrer Männer in diesen Gang am Friedhof steigen. Also los, meine Herren." „Moment noch." Major Koller drückte ihr sein Spezialhandy und eine starke Lampe in die Hand. „Brauchen Sie eine Waffe?" „Danke, Herr Major, aber ich behalte meine eigene." „Ich habe auch nichts anderes erwartet." Damit stürmte Kathy mit den beiden Polizisten aus der Pension. Mit dem Jeep waren sie in fünf Minuten an der Kirche. Kaum waren die drei verschwunden, schüttelte Koller den Kopf. „Die Kollegin aus Schottland ist ein echtes Energiebündel." Bruckner nickte. „Aber sie weiß, was sie will. Die soll ja in Schottland so eine Art weiblicher ‚James Bond' sein." „Wohl eher eine Chef-Kriminalistin mit besonderen Vollmachten." „Der Chef will wohl so was auch bei uns einführen." Koller lachte kurz auf. „Bei unserer Bürokratie kann ich mir das ehrlich gesagt nicht so recht vorstellen." „Aber wieso denn, im Augenblick funktioniert das sogar länderübergreifend." „Da haben Sie recht. Na, dann wollen wir mal wieder. Sie machen bitte die Übersicht der leeren Häuser fertig." Kathy und die beiden Polizisten hatten den Altar der Kirche erreicht. „Hier Mam, geht es rein." Vorsichtig drückte er den Vorhang zur Seite, und der Weg in den Untergrund war frei. Nacheinander stiegen sie die enge Steintreppe hinab, wobei Kathy den Anfang machte. Unten angekommen, beleuchtete die starke Lampe die zum Teil mit den Planen abgedeckten Kisten. Geradezu war der Gang zu erkennen, an dessen Ende sich eine halb geöffnete Eisentür befand. „Und dort ist der Raum?" Beide Polizisten nickten. „Los, kommen Sie. Um die Kisten kümmern wir uns später." Im Raum sah es immer noch genauso aus, wie sie ihn verlassen hatten. Und in der Nähe der Liege fand Kathy genau das, was sie suchte, eine Verkehrskarte von Deutschland, auf der verschiedene Punkte eingezeichnet waren. Am Rand standen Notizen, u.a. die Adresse eines Clubs mit dem Namen „Sunshine" in Berlin-Mitte. Sofort griff sie sich das Handy und übermittelte dem Major die Adresse. „Ja, genau dort werden die Kollegen Elisa Henning finden." „O.k., ich kümmere mich sofort darum." „So, und wir kümmern uns jetzt um die Kisten. Los, bringen Sie eine davon hierher. Ich mache inzwischen den Tisch dort frei." Während die beiden Polizisten im Gang verschwanden, machte sich Kathy daran, einen der Tische von seiner Papierlast zu befreien. Stapel von Zeitungen lagen unter einer dicken Staubschicht begraben. Fast hatte sie alle Zeitungen auf dem

Boden verteilt, da fiel ihr auf, dass sich viele neben irrwitzigen Kriegserfolgen der deutschen Wehrmacht, mit einem der größten Kunstraube in Deutschland beschäftigten. So wurde am 21. April 44 gegen 16.00 Uhr die Hafenstadt Bremen einem Flächenbombardement durch englische Bomber unterzogen. Dabei wurde u.a. die Marienkirche getroffen, in der sich zur selben Zeit die erste große Ausstellung von Kirchenschätzen aus dem 12. bis 13. Jahrhundert befand. Nach den ersten Aufräumarbeiten musste festgestellt werden, dass viele der kostbaren Ausstellungsstücke vollständig zerstört waren. Einige andere Stücke dagegen waren verschwunden. Über hundert mittelalterliche Kelche, diverse Hostiengefäße, Reliquien und Altarkreuze sowie diverse Reliquiare konnten gerettet werden und traten, in Kisten verpackt, ihren Weg in Richtung Holland, ins dortige zentrale Sammeldepot der katholischen Kirche Deutschlands an. Doch der Konvoi erreichte nie sein Ziel. Unterwegs wäre er von deutschen Partisanen angegriffen worden, hieß es. Und die Kisten verschwanden auf Nimmer Wiedersehen. Soweit der Bericht in den Zeitungen. In diesem Moment landete die erste Kiste mit Schwung auf dem Tisch. Leichtes metallisches Klappern war im Inneren zu hören. „Vorsicht, meine Herren. Da sind kostbare Teller, Kelche und Kreuze aus dem 12. Jahrhundert drin." Jetzt sahen sich die beiden Polizisten verblüfft an. „Woher, um alles in der Welt, wissen Sie das schon wieder? „Da, meine Herren. Lesen bildet." Damit drückte sie den beiden die Zeitung in die Hand." Während die den Artikel lasen, suchte Kathy nach einem geeigneten Werkzeug, um die Kiste zu öffnen. Endlich fand sie in einer Ecke ein kurzes Stemmeisen, mit der sich der Deckel spielend leicht öffnen ließ. Eine dicke Strohschicht schützte den Inhalt. Vorsichtig griff Kathy in die Kiste und förderte einen mattglänzenden Hostienteller ans Licht. Vorsichtig stellte sie ihn auf den Tisch und griff erneut in die Kiste. Nacheinander kamen drei Abendmahlkelche, zwei Reliquienschreine und drei weitere Hostienschalen zum Vorschein. „Da, bitte meine Herren, das sind Teile des im Krieg verlorenen

Reformationsschatzes aus Bremen. Alleine das hier ist mindestens eine dreiviertel Million Euro wert. Und wenn ich den Rest da hinten grob überschlage, reden wir hier von mindestens fünfzig Millionen. Doch natürlich ist der ideelle Wert viel größer. Das sind unwiederbringbare Kunstwerte aus einer vergangenen Epoche." „Und wenn du nicht das schwere Regal da von der Wand geräumt und dabei die Tür mit dem dahinter liegenden Gang gefunden hättest, dann wäre der Schatz auch weiterhin verschwunden geblieben." „Nun, deshalb glaube ich auch, dass die Gangster ihn bis jetzt nicht gefunden haben. Ansonsten hätten sie ihn längst abtransportiert." Sie nahm sich das Handy und informierte Koller über den Fund. Der meldete das sofort an die Zentrale in Hamburg, die versprachen, am nächsten Morgen einen Hubschrauber zu schicken, der die Kisten nach Hamburg bringen würde. Bis dahin sollte eine dauerhafte Bewachung garantiert werden. Kathy übergab einem der beiden das Handy. „Jawohl, alles verstanden, Herr Major, jawohl." „So, meine Herren, ich werde Sie jetzt verlassen. Noch ein guter Rat von mir. Wir wissen nicht, ob die Berliner Polizei den Killer erwischen wird. Sollte der also zurückkommen, nun, das hier ist sein zu Hause. Also immer auf der Hut sein. Bis dann, Männer." Den verdutzten Ausdruck, den die beiden hatten, zauberte ihr ein Lächeln aufs Gesicht.

Kaum in der Pension, erwartete sie eine unangenehme Nachricht. Der Kreuzer mit dem Mini-Unterseeboot hatte eine Havarie gemeldet. Die Reparatur würde ein paar Stunden dauern. Sie schlagen vor, die Tauchfahrt auf morgen früh zu verschieben. Kathy sah nicht sehr glücklich aus. „Das heißt, wir können im Moment nichts tun. Die Berliner Kollegen fanden weiter nach Elisa, wobei wir jetzt wissen, wo sie sich unter Umständen befindet. Der Hubschrauber, der den Kirchenschatz abholt, kommt erst morgen früh, genauso wie das U-Boot. Nun, dann sollten wir mal sehen, was die Küche so hergibt." Damit verschwand sie im Küchenteil der Pension. Nach einer kurzen Inspektion der Kühlschränke entschied sie sich für Rühreier mit Speck. Bruckner stand plötzlich mit einer Schürze bekleidet neben ihr. „Lass mich mal machen. Ich koche leidenschaftlich gern." Damit drängte er Kathy aus der Küche.

„Tja, meine Herren. Ich habe ein Zimmer. Ich weiß ja nicht, wie es Ihnen so geht, aber ich glaube, ein bisschen Schlaf wird uns allen gut tun. Herr Major und Herr Leutnant, suchen Sie sich ein Zimmer aus. Sven, du bekommst das neben meinem." „O.k., Kathy. Ich glaube, das ist ein sehr guter Vorschlag." „Während wir auf das Essen warten, hoffe ich die Erfolgsmeldung aus Berlin zu bekommen." Genau in diesem Moment begann das Funkgerät laut zu rauschen. „Achtung! Hier spricht Oberleutnant Siegmund vom Sonderkommando der Polizei Berlin. Spreche ich mit Major Koller in Berchtesgrund?" „Hier Koller, bitte sprechen Sie." „Wir haben Frau Elisa Henning vor fünfzehn Minuten in Schutzhaft nehmen können. Es gab da ein paar Probleme, denn die gesuchte Person arbeitete gerade als DJ in einem Berliner Club. Nach der Verhaftung musste der Veranstalter die Tanzveranstaltung abbrechen, da er in der Kürze der Zeit keinen Ersatz bekam. Der von euch gesuchte Killer konnte nicht gefasst werden, da auf dem davor befindlichen Parkplatz annähernd sechzig Motorräder parkten. Besagte weibliche Person wird bis auf Widerruf zum eigenen Schutz festgehalten. Oberleutnant Siegmund, danke. Ende." „Hier, Major Koller. Ich spreche Ihnen hiermit im Namen des Polizeipräsidenten von Schleswig Holstein den Dank aus. Bitte leiten Sie das an ihre Männer weiter, danke Koller. Ende." „Na also, wie ich es gesagt habe. Auf die Berliner Kollegen ist Verlass."

In diesem Moment kam Sven mit einer großen Pfanne Rührei mit Speck und Zwiebeln in den Schankraum. „Los, macht den Tisch frei." In Windeseile hatte Kathy den Tisch leergeräumt. Kaum hatte Sven die Pfanne abgestellt, war er wieder in der Küche verschwunden, um bald darauf mit einer großen Platte voller Brot, Schinken und Käse zu erscheinen. Kathy hatte inzwischen Teller und Besteck besorgt, und bald saßen alle um den

Tisch versammelt und ließen es sich schmecken. Irgendwo hatte Sven ein paar Flaschen kaltes Bier gefunden. „Hier, zur Feier des Tages. Prost!" Major Koller wollte erst nicht, doch dann ließ er sich breit schlagen. Nach dem Essen holte er aus einer der Kisten mehrere Verpflegungsbeutel. „Für die Kollegen in der Kirche und draußen auf Wache." Damit verschwand er, und kurze Zeit später war der aufheulende Motor des Polizeijeeps zu hören. Kathy bat den Leutnant, die Jungs in der Kirche vorzuwarnen. „Hallo Jungs. der Chef ist auf dem Weg zu euch, danke. Ende." Jetzt hielt es Bruckner nicht mehr aus. „Also, nun erzähl schon, was hast du in der Kiste gefunden?" „O.k., das war so..." Dann schilderte sie, was sie entdeckt hatte. „Die Zeitungen, die daneben lagen, berichteten alle von dem Verschwinden des Schatzes. Das war die größte jemals stattgefundene Ausstellung von Altarausstattungen der Reformationszeit. Zum Teil waren die Kelche und Kreuze aus dem 10. Jahrhundert. Die Nazis hatten sie aus ganz Deutschland sowie Polen, Österreich, Holland und Frankreich zusammengetragen, besser gesagt, gestohlen. Tja, und dann ist der ganze schöne Transport auf dem Weg nach Holland einfach verschwunden." „Es wurde viel gemunkelt, was mit den Kisten passiert sein könnte. Letztendlich verdichtete sich jedoch der Verdacht, dass Wehrmachtssoldaten mit den Kisten über den Wasserweg verschwunden seien." „Siehst du, Sven, und dabei lagen die vielen schönen Sachen gut versteckt in diesem Kaff. Und ich wette mit dir, dass einige der Dörfler, die hier wohnen, davon gewusst haben." „Alle, bis auf die Italiener!" „Richtig, alle bis auf die Italiener. Ich muss jetzt meinen Kollegen in Edinburgh informieren. Damit schnappte sie sich eines der Polizeihandys, steckte sich eine Zigarette an und verschwand nach draußen. Als sie nach fünfzehn Minuten wieder zurück kam, saßen Bruckner und der junge Leutnant bei der nächsten Flasche Bier. „Das lasst nicht Koller sehen. Und dann, ich soll euch herzlich von Superintendent Tom Morgen aus Edinburgh grüßen. Seine Tante war eines der Opfer, und sie hat mich hierher geführt." Kurze Zeit später war Koller wieder zurück. „Und, wie hat dir der Inhalt der Kiste gefallen?" „Woher weißt du, dass ich …" „Nun, nennen wir es weibliche Intuition." Auf jeden Fall ist mit diesem Millionenfund deine Arbeit hier oben mehr als finanziell gerechtfertigt. Ich meine damit den Einsatz der Schiffe und den der morgigen Hubschrauber." „Na, da bin ich aber froh. Ich werde mich jetzt ein bisschen aufs Ohr legen. Wenn etwas ist, kurz klopfen, und ich bin da. Ich wüsche euch eine gute Nacht. Kurze Zeit später hatten sich auch die anderen ein Zimmer gesucht, und so kehrte bald Ruhe und Frieden in den „Anker" ein. Es war zweiundzwanzig Uhr.

Das Ende des Killers

Die beiden Polizisten vertrieben sich im Keller der Kirche die Zeit mit Kartenspielen. Fernab vom Chef, ein ruhiger Außenposten. Besser hätten sie es gar nicht treffen können.

„Was meinst du? Wie viele Millionen ist das Zeug da hinten wert?" „Keine Ahnung, aber du hast die Schottin gehört. Sie schätzt so 40 bis 50 Millionen, mindestens!" „Pfund oder Euro? Na, die Schotten haben doch keinen Euro. Egal, stell dir mal vor, wir wären jetzt keine Polizisten, sondern stinknormale Schatzsucher." „Seit wann sind Schatzsucher stinknormal? Ich kenne die Typen. Nur mit einem Metalldetektor aus einem Katalog durch Wald und Flur rennen und Kronenkorken aus dem Boden puhlen. Die haben doch alle ne Macke." „Nu hör aber auf. Das sind ordentliche und brave Bürger. Mein Onkel zum Beispiel, der Kalle, der geht jedes Wochenende in den Wald mit seine Kumpels." „Und wat hat er bis jetzt gefunden?" „Die Lisbeth, seine Frau, die hat er dabei kennengelernt." „Wenigstens hatte er dafür keenen Detektor gebraucht. Ich werde ma jetzt een bisken hinlegen. Du weckst mich in zwei Stunden." Damit legte er sich auf die Liege, und kurze Zeit später begann er im Schlaf den nahen Kiefernwald „umzulegen".

Draußen wurde inzwischen der Wind stärker, und erste Regentropfen kündigten ein nahendes Sturmtief an. Der Wachhabende vor der Pension zog es vor, sich in den Schankraum zu verziehen. Er löschte alle Lichter, so dass er durch das Fenster den Vorplatz und die Dorfstraße gut übersehen konnte. Eine halbe Stunde später fegte der Wind den inzwischen einsetzenden Starkregen durch die engen Häuser und Gärten. Niemand war draußen zu sehen. Zwischendurch hatte er gemeint, Geräusche aus dem hinteren Teil des Hauses gehört zu haben. Doch da er nichts weiter feststellen konnte, setzte er sich wieder ans Fenster und starrte in die Nacht hinaus. Auch Kathy saß am offenen Fenster, rauchte ihre Zigaretten und beobachtete mit ihrem Nachtsichtgerät die aufgewühlte See. Sie mochte diese ruhigen nächtlichen Momente. Jetzt konnte sie am besten nachdenken und den Tag Revue passieren lassen. Es war ein erfolgreicher Tag gewesen. Gut, alle ihre Verdächtigen waren verschwunden, doch machte sie sich darüber keine Sorgen. Die würden ihr alle noch ins Netz gehen. Doch endlich würden diese sinnlosen Morde aufhören. Und die Menschen hier brauchten sich keine Sorgen mehr um sich und ihre Verwandten zu machen. Plötzlich war ihr, als hörte sie eine Tür zuschlagen. Doch da das Heulen des Windes immer stärker wurde, war es sicher ein Fensterladen, der irgendwo zugeschlagen wurde. Mit einem Ruck stand sie auf, schloss ihr Fenster und ging zu Bett.

Inzwischen war es kurz nach vier. Die beiden Beamten hatten die Schicht gewechselt. Während der eine bequem auf der Liege schlief, war sein Kollege auf einem der Stühle eingenickt. Und so bemerkte niemand, dass sich die bis dato verschlossene Deckenluke vorsichtig öffnete, und ein Mann in einer schwarzen Motorrad-Kluft die beiden von oben beobachtete. Da die Leiter zerbrochen am Boden lag, verschwand er kurz, um gleich danach eine Strickleiter herunter zu lassen. Vorsichtig begann er, die Leiter herunter zu klettern. Unten angekommen, zog er eine Pistole aus seiner Innentasche und schraubte einen Schalldämpfer auf die Waffe. Dann legte er an, um den ersten Polizisten zu erschießen. Doch da sah er die offene Eisentür an der Wand. Schnell und leise wie ein Raubtier schlich er zu dem Gang und verschwand kurz darin. Dann kehrte er zurück und näherte sich dem auf dem Stuhl schlafenden Polizisten. Er drückte ihm die Waffe ins Genick, worauf der vor Schreck hochschnellte und in die Mündung einer Pistole blickte. Der Killer bedeutete ihm ruhig zu sein, seine Waffe auf den Tisch zu legen und sich mit gespreizten Armen auf den Boden zu legen. Dann setzte er sich gemütlich hinter ihn. „He, du, aufwachen." Seine Stimme klang kalt und emotionslos. Der junge Beamte maulte etwas von, „er wäre noch nicht dran" und drehte sich herum. „Los, wecken Sie ihren Freund." „Jürgen, wach auf, wir haben Besuch." „Was willst du von mir?" Damit drehte der er sich herum und sah seinen Freund am Boden liegen. Auf ihn war eine Waffe gerichtet. „Leg dich daneben. Deine Waffe zu mir. So, ihr beiden Deppen, habt also den Schatz gefunden? Dann wird das ja doch noch ein erfolgreicher Tag. Nicht für euch, versteht sich. Aber für mich. Und weil ich so ein netter Mensch bin, könnt ihr entscheiden, wer von euch beide zu erst stirbt. Auch werde ich euch mit einem Schuss in den Kopf sofort töten. Also, wer möchte zuerst dran glauben? Ihr müsst keine Angst haben, ihr werdet nicht lange leiden. Ich schieße gut und sehr präzise." Plötzlich war von irgendwo eine Stimme zu hören. „So, wie ich auch. Pistole weg. Los, ich sage dass nicht zweimal." Der Killer zuckte zusammen und war bemüht, den anderen Schützen zu lokalisieren. „Wer ist denn da so ein Spaßvogel? Ich weiß nicht, wo du dich versteckt hältst, aber meine Waffe ist genau auf den Kopf dieses jungen Mannes gerichtet. Also, ich würde sagen, du kommst her und wir unterhalten uns ein wenig. Und wer weiß, vielleicht lasse ich dich dann am Leben?" „Falsche Antwort", war das Letzte, was der Killer hörte. Dann durchschlug eine Kugel den Helm und den Kopf. „Ich kann es immer noch. Und er hatte seine Chance." „He, ihr beiden Helden, ihr könnt wieder aufstehen." „Sven, bist du das?" „Na, wer denn sonst?" Inzwischen war Bruckner die Strickleiter heruntergeklettert. Er untersuchte den Toten und steckte zunächst dessen Waffe weg. „Dann wollen wir doch mal sehen, wer sich unter dem Helm versteckt." Inzwischen waren seine beiden Kollegen wieder aufgestanden. Nach dem Sven dem Toten den Helm abgenommen hatte, kam die entsetzliche Fratze zu Tage, die er schon einmal in der E-Mail gesehen hatte. Doch irgendetwas stimmte an dem Gesicht nicht. Der offene Mund mit den spitzen Zähnen wirkte aus dieser Entfernung mehr als künstlich. Und so öffnete er dem Toten die Jacke und den darunter liegenden Hemdkragen. „Eine Maske. Na, dann mal runter damit." Mit einem Ruck zog er dem Toten die Silikonmaske vom Gesicht, und ein gut vierzig Jahre alter Mann kam darunter zum Vorschein. „Wer bist du? Wo kommst du her? Und warum tötest du hier in Berchtesgrund? He, was ist das?" Beim Durchsuchen seiner Taschen fand Sven ein kleines schwarzes Notizbuch, das mit einem Gummi verschlossen war. Er öffnete es, und was der dann zu lesen bekam, ließ ihn einen kalten Schauer über den Rücken rieseln. Auf mehr als dreißig Seiten waren über zwanzig, zum Teil als Unfall getarnte Exekutionen beschrieben. Das Buch reichte rund sechs Jahre zurück und endete vor ein paar Tagen in Hamburg mit dem Tod einer gewissen Rosi Petersen. „O.k. Jungs, ich muss zurück in die Pension. Und ihr steckt eure Waffen wieder ein." Damit schulterte er sein Scharfschützengewehr, machte mit seinem Handy noch ein Foto von der Leiche und ließ die beiden verdutzten Polizisten alleine. Gerade, wie er durch die Tür verschwinden wollte: „Woher hast du gewusst, dass der heute Nacht hierher kommen würde?" „Ich habe es nicht gewusst. Ich habe nur eins und eins zusammengezählt. Und dann habe ich mich in der Kirche auf die Lauer gelegt. Als der dann durch die Sakristei nach unten verschwand, bin ich ihm hinterher. Und den Rest kennt ihr. Deckt die Leiche zu. Ich muss los." Damit verschwand er durch die Tür und den Altarbereich zurück auf die alte Dorfstraße. Die Sonne ging gerade auf. Es versprach ein herrlicher Tag zu werden. Kaum hatte er die Pension erreicht, traf er auf Kathy. „Guten Morgen!", rief er ihr freudig zu. Da er sein Gewehr schon wieder in seinem Auto verstaut hatte, nahm Kathy an, dass er von einem morgendlichen Spaziergang zurückgekommen war. In diesem Moment kam Major Koller und sein Funkoffizier in den Schankraum. „Guten Morgen. Na, gut geschlafen? Also ich fühle mich frisch und fit. Hat schon jemand Frühstück gemacht?" „Kennst du den hier?" Bruckner zeigte Kathy das Foto des toten Killers. Den habe ich vor gut einer Stunde in dem Raum unter der Kapelle erschossen. Ich musste es tun, denn er war gerade dabei, unsere beiden Kollegen zu erschießen." „Kathy wusste nicht, was sie sagen sollte. Sie starrte auf das Foto und überlegte, woher sie das Gesicht kannte. Und plötzlich fiel es ihr wieder ein. Das war Jonas, der freundliche und etwas zurückgebliebene Typ mit dem Lebensmittel-Bus.

„Dann warst du das, den ich heute Nacht gehört habe?" Sven nickte. „Ich bin durch den Keller in das Nachbarhaus und dann in Richtung Kirche." „Aber warum hast du mir nichts gesagt?" „Weil ich nicht sicher war, ob er kommen würde. Ich hatte nur so eine Ahnung, als ich hörte, dass ‚die Henning' in Schutzhaft genommen wurde. Mir war klar, dass der wieder zurück kommen würde. Außerdem wollte ich sehen, wer uns da gestern Morgen unter Feuer genommen hatte. Naja, und deshalb habe ich mich in der Kirche auf die Lauer gelegt. Ach so, ich habe das bei ihm gefunden." Damit gab er Kathy das kleine schwarze Buch. "Was ist das?", wollte Koller wissen. „Das ist das Tagebuch des Killers. Darin beschreibt er über zwanzig Morde in den vergangenen sechs Jahren. Ich nehme Mal an, dass ihre Kollegen viele ungelöste Fälle damit zu den Akten legen können." Inzwischen hatte der Leutnant über Funk einen Arzt und einen Leichenwagen gerufen. Plötzlich war draußen lautes Motorengeräusch zu hören. Der Hubschrauber der Hamburger Polizei donnerte im Tiefflug über das Dorf. Über Funk fragte der Pilot an, „wo er genau landen sollte?".

Koller wies den Mann an, am Strand in der Nähe der Kutter zu landen. Dort war zum Einen Platz genug, und der feuchte Sand gab dem Hubschrauber die benötigte Bodenfestigkeit. Kurz darauf wirbelten die mächtigen Rotoren den Strand auf, und der Hubschrauber war gelandet. Neben den beiden Piloten sprangen weitere vier bis an die Zähne bewaffnete Polizisten eines Sonderkommandos aus dem Helikopter. Major Koller brauchte mit dem Polizeijeep nur drei Minuten. Der Pilot überreichte Koller ein Schreiben des Polizeidirektors. Damit beglückwünschte Kauler den Major zu dem sensationellen Fund des Kirchenschatzes. Das Schreiben endete mit der Bitte, den Männern und expliziert auch Kathy McGore seinen Dank auszusprechen. Koller wies über Funk den Polizisten in der Pension an, mit dem Transporter zur Kirche zu kommen. Dann stiegen er und drei der Jungs vom SWAT-Team in den Jeep und fuhren ebenfalls zur Kirche. In den nächsten zwei Stunden waren die Beamten damit beschäftigt, die Kisten in den Transporter zu verladen. Danach ging es mit ihnen zum Strand, wo sie in den Hubschrauber umgeladen wurden. Nachdem knapp dreißig Kisten im Heli verstaut waren, war dessen Frachtraum voll und der Hubschrauber flog den ersten Teil des Schatzes auf direktem Weg in die Polizeizentrale nach Hamburg-Langenrietz. Spätestens jetzt waren auch die letzten Dörfler neugierig aus ihren Häusern gekommen. Langsam gingen sie, zum Teil einzeln oder in kleinen Gruppen, in die Richtung der alten Dorfkirche. Als sie sahen, dass weitere Holzkisten aus der Kirche in den Transporter verladen wurden, steckten einige ihre Köpfe zusammen und tuschelten teils aufgebracht, teils leise und unauffällig. Bruckner mischte sich unter die Dörfler und konnte Gesprächsfetzen hören:"Gott sei Dank, endlich ist es vorbei. Wir hatten es doch geschworen. Endlich verschwindet das Zeug von hier. War es das wert?" Doch immer, wenn er nachfragte, verstummten die Alten. Endlich traf er auf einen Mann, der einsam auf einer Friedhofsbank saß und auf seinen Stock gestützt das Geschehen beobachtete. Sven setzte sich neben ihn, und plötzlich fing der Alte an zu erzählen. „Willst du wissen, was damals wirklich passiert war?" Sven nickte, und so erfuhr er die wahre Geschichte des Schatzes von Berchtesgrund.

„Es war in den letzten beiden Jahren des Krieges. Wir waren damals so um die dreißig junge und fest entschlossene Männer und Frauen, die etwas gegen die Nazis tun wollten. Wir waren politisch nicht motiviert, hatten aber alle einen großen Hass auf die schwarzgekleideten und äußerst brutal auftretenden Typen der Waffen-SS. Jeder von uns hatte schon mal irgendwann mit diesen Kerlen zu tun, und wenn er Glück hatte, war er nur verprügelt worden. Wir stammten alle hier aus der Umgebung, waren zum großen Teil aus unseren Dörfern vertrieben worden und wollten uns hier eine neue Existenz aufbauen. Doch kaum hatten wir uns niedergelassen, da marschierten diese SS-Typen eines Tages durch unser Dorf und steckten es in Brand. Einfach so, aus bloßem Vergnügen. Und wer sich dagegen wehrte, wurde sofort erschossen. Als die Nazis verschwunden waren, zählten wir sechs Tote, vier Schwerverletzte und zwölf zum Teil völlig zerstörte Häuser. Wir begruben die Toten, pflegten die Verletzten, schwuren den Nazis Rache und begannen Berchtesgrund wieder aufzubauen. Um uns besser schützen zu können, verbanden wir wahllos einige Häuser durch unterirdische Gänge miteinander. Hier wollten wir Schutz suchen, sollten die Truppen erneut durch das Dorf ziehen. Doch wir hatten Glück. Im Verlaufe der weiteren Kriegsmonate blieben wir verschont. Tja, und dann kam er, der 21. Juni 1944. Der Führer hatte Geburtstag und in Bremen war diese sagenhafte Ausstellung der Reliquien aus der Reformationszeit, von der wir aus der Zeitung erfuhren. Auch, dass die Kirche durch einen Fliegerangriff schwer beschädigt wurde, und der Schatz deswegen ausgelagert werden sollte. Da wir immer noch für die damalige Ermordung unserer Freunde Rache nehmen wollten, hatten wir uns ein paar Karabiner und ein Maschinengewehr besorgt und im Wald in der Nähe der Bundesstraße nach Tünning versteckt. Dort lauerten wir wöchentlich auf unsere Chance zur Rache. Keiner von uns wusste, was er dann zu tun hatte. Wir waren keine Partisanen. Wir waren davon überzeugt, dass wenn der Moment käme, jeder wusste, was er zu tun hatte. Endlich, in der Nacht vom 22. auf den 23. Juni 44 war es dann soweit. Wir lagen wie so oft auf der Lauer, als wir gegen Mitternacht einen kleinen Konvoi der Wehrmacht entdeckten. Nur von zwei Motorrädern begleitet, fuhr ein LKW die engen Kurven der Hauptstraße entlang. Wir nahmen unsere Waffen zur Hand, zielten, und als das erste Motorrad vor uns auftauchte, schossen wir. Es war ganz leicht. Der Fahrer fuhr nach rechts in den Wald und fiel einfach um. Jetzt war uns klar, dass es kein Zurück mehr gab. Der LKW hielt an und mehrere Soldaten sprangen vom Wagen. Sie eröffneten sofort das Feuer in alle Richtungen, konnten uns aber nicht entdecken. Ich hielt damals das Maschinengewehr in den Händen, und glauben Sie mir, ich bin nicht stolz darauf, aber ich habe sie alle getötet. Der zweite Motorradfahrer versuchte noch zu fliehen, doch einer meiner Freunde schoss ihn vom Motorrad. Das Ganze hatte nur wenige Minuten gedauert und uns alle zu Mördern gemacht. Nach dem wieder Ruhe eingekehrt war, überlegten wir, was zu tun war. Wir begruben die Toten im Wald, dann sahen wir in den LKW und konnten im Dunkeln jede Menge Kisten entdecken. Wir besetzten den Wagen und fuhren mit ihm nach Berchtesgrund. Am frühen Morgen öffneten wir einige der Kisten und mussten zu unserer Überraschung feststellen, dass sie über und über mit Tellern, Kelchen und Kreuzen gefüllt waren. Jetzt wussten wir, dass wir den Kirchenschatz aus Bremen in den Händen hielten. Nun war guter Rat teuer. Egal wie wir es auch drehen wollten, die Kisten und der LKW mussten verschwinden. Denn, wenn die Nazis auch nur den kleinsten Beweis finden sollten, würden sie das Dorf schleifen und jeden hier erschießen. Und so verteilten wir die Kisten in den vielen unterirdischen

Gängen und Schutzräumen der kleinen Häuser. Den LKW fuhren wir über die Klippen bei Översund ins Meer. Da ist die Nordsee gut zwanzig Meter tief. In den nächsten Tagen suchten die Nazis wie verrückt nach dem verschwundenen Schatz, dem LKW und den Männern der Begleitmannschaft. Wir hatten Glück im Unglück. Irgendwann kamen ein paar Soldaten auch hierher. Doch wir waren so überzeugend, dass sie wieder verschwanden. Wo hätten sie auch suchen sollen? Von den unterirdischen Gängen wusste schließlich niemand. Und so verging die Zeit. Im April 45 beschlossen wir, den Schatz in einem zentralen unterirdischen Raum zu verstecken. Wir hatten dazu einen vergessenen Kellergang unter der Kirche mit einem Tunnel zum Friedhof verbunden. Den Einstieg tarnten wir unter einem Grab. In mehreren Nächten verbrachten wir die Kisten dort hinein. Sollten die Nazis doch nochmal die Häuser durchsuchen und dabei auf die Kellerräume stoßen, konnte jeder mit Recht sagen, dass es sich dabei um private Schutzräume handelte.

Auch in den ersten Jahren nach dem Krieg zogen marodierende Banden, flüchtende Nazis und anderes Pack durch die Gegenden an der Küste. Später kamen dann die Schatzjäger. Wir wussten, dass wir niemandem trauen konnten.

Deshalb schwuren wir damals bei unserem Leben und auf die Bibel, niemals jemanden von den Kisten zu erzählen. Dabei ging es uns gar nicht um den Schatz an sich, sondern wie wir dazu gekommen waren. Denn, auch wenn es Nazis waren, die wir töteten, so waren wir letztendlich nicht besser als sie. Und so begannen wir irgendwann damit, die Geschichte von damals zu verdrängen. Bis dann vor sechs Jahren die Italiener hier auftauchten und das Sterben wieder begann. Irgendwie mussten sie davon erfahren haben, dass der Schatz immer noch hier versteckt war."

Sven sah zu dem alten Mann, dem Tränen über das faltige Gesicht liefen. Plötzlich stand er auf und ging die Dorfstraße zurück. Das Dröhnen in der

Luft kündigte die Ankunft des zweiten Hubschraubers an. Dieses Mal wurde in ihm nicht nur die restlichen Kisten sondern auch die Leiche des Killers abtransportiert. Kaum war der Transporter in die Richtung des Helikopters verschwunden, gingen die Alten wieder in ihre Häuser. Als Sven schließlich in der Pension angekommen war, informierte er die anderen über die Geschichte des Schatzes. Koller schrieb einiges mit. „Ist schon mal für den Bericht. Du könntest auch mit deinem langsam beginnen." „Oh ja, Major. Und der wird lang werden." Ein lautes Tuten von See her kündigte die Ankunft des Seekreuzers „Marine-5" an. Über Funk meldete der Kapitän, dass er ein Schlauchboot zum Strand schicken würde, um zwei Passagiere aufzunehmen. Kathy rief den polnischen Kapitän zu sich. „Meine Herren, ich weiß nicht, ob wir uns noch sehen, wenn ich wieder zurückkomme. Ich danke allen für ihre Hilfe und die professionelle Zusammenarbeit. Sven, du bleibst bitte, wir müssen noch ein paar Sachen klären. Frage doch mal bei diesem ‚Jonas' in Tünning nach. Ich möchte gern wissen, wer der Kerl da wirklich ist, den du heute Morgen zur Strecke gebracht hast. Und dann müssen wir uns noch um sein Tagebuch kümmern. Ach so, und bitte veranlassen Sie die Aufhebung der Schutzhaft für Frau Henning." „Das habe ich schon." Der Funkoffizier grinste in die Runde. „Entschuldigen Sie, Herr Major." „Nein, nein, ist schon gut." Kathy musste lachen. „Du musst aufpassen, der hat sich ein paar Sachen bei mir abgesehen. Und sage bitte der jungen Frau, sie könnte ihren Vater ruhig mal wieder besuchen. Also, macht's gut, und wer weiß, vielleicht sehen wir uns mal in meiner Heimat wieder." Dann gab sie jedem zum Abschied einen Kuss auf die Wange. Major Koller wurde rot. „Das macht man so bei uns in Schottland." Damit verschwanden sie und Wolkow in die Richtung des Strandes, wo inzwischen das Schlauchboot angelegt hatte. Ein junger Bootsführer wollte gerade Meldung machen. „Lassen Sie das. Mein Name ist Kathy. Kommen Sie, wir haben viel zu tun." Damit sprangen alle in das Boot, und es ging in rasanter Fahrt knapp dreihundert Meter hinaus, zu dem größten Seekreuzer, über den die Hamburger Polizei verfügte. Kaum an Bord, gab der Kapitän die Order: „Volle Kraft voraus!", und der Kreuzer nahm schnell Fahrt auf.

Die Toten auf See

Ein junger Offizier führte Kathy und Wolkow auf die Brücke. Hier stand ein bärtiger Mann am Ruder, der ihnen freundlich zunickte. „Guten Tag, Sie müssen der Kapitän sein. Gestatten Sie, dass ich mich vorstelle. Mein Name ist Kathy McGore, und das ist Kapitän Wolkow. Ich bin leitende Ermittlerin bei der schottischen Polizei." "Und Sie haben einen heißen Draht zum Polizeidirektor." Der das sagte, war ein junger, knapp dreißigjähriger Offizier, der am Kartentisch stand und sie freundlich anlächelte. „Gestatten, dass ich mich vorstelle? Hauptmann zur See, Uwe Kauler. Ja, Sie haben richtig gehört, der Alte ist mein Vater. Aber das soll uns nicht von der Arbeit abhalten. Ich habe da gleich eine Frage. Kapitän Wolkow ist hier als Berater, als Gefangener oder als was?" „Nein, Herr Kapitän, er ist hier als Zeuge und Fischräuber. Er hatte bereits zweimal das Unglück, Leichen vom Boden der See zu holen." „Gut, dann würde ich vorschlagen, dass er meinen Kartenoffizier unterstützt. Ich werde Ihnen inzwischen das Schiff zeigen." Damit streifte er seine Uniformjacke über, und als er die Mütze aufgesetzt hatte, sah er aus wie sich Kathy immer einen Kapitän vorgestellt hatte. Seine stahlblauen Augen und der blonde Kurzhaarschnitt taten sein Übriges. Kaum hatten sie die Brücke verlassen, schlug ihnen ein starker Wind entgegen. „Sie müssen sich gut festhalten", brüllte er ihr zu. „Ich hoffe, Sie werden nicht seekrank?" „Nein, ich reise gern auf dem Wasser." Das war natürlich gelogen. Doch konnte sie in diesem Moment und vor diesem Mann unmöglich zugeben, dass sich ihr Magen jetzt schon bemerkbar machte. „Kommen Sie, ich zeige Ihnen das Tauchboot."

In der Mitte des Kreuzers stand auf einer Plattform ein etwa drei Meter langes, grell orangenes Tauchboot, an dem sich einige Matrosen zu schaffen machten. Daneben stand noch ein zweites nur knapp 1,50 m langes Boot. „Da ist ihr Boot, und das daneben die kleine unbemannte ‚Schwester'." Kathy sah das Boot und musste schlucken. „Wie, und damit soll ich abtauchen?" „So lautet mein Befehl. Natürlich nicht alleine. Wenn Sie wollen, dann werde ich Sie begleiten?" Kathy wusste nicht, ob sie lachen oder weinen sollte? „Ich glaube, das ist ein Missverständnis. Ich nahm an, dass Sie ein unbemanntes Boot hinunterschicken. Also, mehr sowas da." Damit zeigte ihr Finger in die Richtung der kleinen „Schwester." „Wie Sie wollen, Miss McGore. Wie soll ich Sie überhaupt anreden?" Kathy stand immer noch etwas unter Schock. „Kathy, sagen Sie einfach Kathy zu mir." „Gut, ich heiße Uwe. Vor meinen Männern bitte Hauptmann oder Kapitän. O.k.? Und nun erzählen Sie mal, um was es hier überhaupt geht. In meinem Befehl steht etwas vom Auffinden von Leichensäcken und deren Bergung." Kathy wollte gerade von den Ereignissen der letzten Tage berichten, als ein starker Brechreiz sie dazu zwang, sich über die Reling zu beugen. Doch da sie in letzter Zeit wenig gegessen hatte, beschränkte sich ihr Übergeben auf ein schmerzhaftes Würgen. Plötzlich spürte sie, dass sie jemand an den Schultern fasste. „Tief Luft holen. So, und jetzt kommen Sie, wir gehen in die Messe. Da können Sie sich etwas hinlegen."
Die Messe war ein kleiner, aber gemütlich eingerichteter Raum mit mehreren Tischen, an denen Hocker angeschraubt waren, einer bequemen Liege, einem Fernseher und ein paar Blumen. In der Ecke stand ein Kicker. Daneben war ein großes Fenster, durch das man in die Kombüse sehen konnte.
Kaum hatten sie den Raum betreten, kam auch schon eine junge Frau auf sie zu, die schon von Weitem erkannte, dass es Kathy schlecht ging. „Na, nun komm mal, und leg dich hin. Hast du heute schon was gegessen? Ich werde dir einen starken Tee machen, und irgendwo habe ich noch etwas

Zwieback. Na Käpt'n, auch einen Tee?" „Danke, für mich nicht. Das ist im Übrigen Polizeimeisterin Marion Müller. Sie ist die Perle hier an Bord. Sie kocht, näht, heilt kleine Wunden und kann gut zuhören. Und sie macht hier den besten Tee." Kathy ging es schon etwas besser. „Wehe, du erzählst deinem Vater davon. Wieso ist dein Steuermann ein Major und du, nun ja", „nur ein Hauptmann? Eine kleine Laune meines Vaters. Der Major, so nennen wir ihn hier alle, war mein damaliger Ausbilder und ein langjähriger Freund meines Vaters. Als ich vor vier Jahren meinen Dienst hier antrat, stellte er ihn mir zur Seite. Wir kommen wunderbar miteinander aus. Im Übrigen gibt es in Deutschland den Unterschied zwischen Dienstgrad und Dienststellung. Das bedeutet, dass er mir laut Dienstgrad vorsteht, ich aber als Kommandant sein Chef bin." Kathy musste lächeln. „Das gibt es nur bei euch." In diesem Moment kam Marion mit einem herrlich duftenden Tee. „Hier, trink das. Der wird dir wieder auf die Füße helfen." Dazu stellte sie einen kleinen Korb mit Zwieback auf den Tisch. Kathy setzte sich auf, und begann etwas von dem Tee zu trinken. „Der Tee erinnert mich daran, warum ich hier bin. Denn den letzten guten Tee habe ich von einer meiner Hauptverdächtigen bekommen." Dann erzählte sie dem Kapitän die Geschehnisse der letzten Tage. Und dieser Wolkow hat durch einen dummen Zufall zwei dieser Leichensäcke wieder hochgeholt. Und deshalb will ich jetzt wissen, wie viele Leichen da im Meer versenkt wurden." „Das wird nicht so leicht werden. Das fragliche Gebiet gehört zu den Boddenbänken. Das bedeutet, dass große und breite Bodenverwerfungen, Tiefenänderungen von fünfzehn bis zwanzig Meter auf achtzig bis hundert Meter folgen. Diese Rinnen sind zum Teil fünfzig bis gut hundert Meter breit und verlaufen quer zur Fahrtrichtung. Laut unseren Seekarten gibt es davon etwa achtzig bis neunzig Stück. Wir müssen also die richtige finden, denn ansonsten können wir da ewig suchen. Na, dafür haben wir ja unseren Fischdieb." Über Lautsprecher wurde Kapitän Kauler auf die Brücke gebeten. „O.k., ich muss kurz verschwinden. Du bleibst hier und erholst dich. Wenn du etwas brauchst, dann rufst du nach Marion. Ich beeile mich." Damit sprang er auf und verließ die Messe. „Ein fescher Mann, unser Uwe, oder?" „Wie bitte?" Marion hatte sich mit einem frischen Kaffee an einen der Tische gesetzt und seufzte tief. Das ist dir doch auch aufgefallen, oder? Die blauen Augen, die blonden Haare, seine ganze Erscheinung. „Na, da ist wohl jemand ein bisschen verliebt?" „Quatsch." „Nu komm schon. Ich sehe dir doch an, wie du ihm hinterher schmachtest. Aber ich gebe dir Recht, er ist ein schöner Mann." „Bist du eigentlich verheiratet?"

„Diese Frage stellt mir sonst immer meine Mutter. Aber nein, das lässt mein Dienst bis jetzt nicht zu." „Oh, entschuldige bitte." Und, ist er schon vergeben?" Damit deutete ihr Kopf in die Richtung des Decks. „Bis jetzt nicht. Er denkt zu viel an die Karriere. Er will unbedingt in diesem Jahr noch Major werden. Wie geht es dir inzwischen? Noch etwas Tee?" „Nein, ich danke dir." In diesem Moment war die Stimme des Kapitäns im Lautsprecher zu hören. „Miss Superintendent McGore. Bitte kommen Sie auf die Brücke." „Miss Superintendent, ich glaube, damit bist du gemeint?" Kathy sah in ihr fragendes Gesicht. „Ich komme aus Schottland. Da arbeite ich als leitende Polizistin." Jetzt erhellte sich Marions Gesicht. „Ah, leitende Polizistin. Na dann solltest du wohl jetzt nach oben gehen. Er hasst es, auf jemanden zu warten. Hier, nimm die mit, die helfen." Damit drückte sie ihr eine kleine Dose mit Tabletten in die Hand, stand auf und verschwand in der Kombüse. Kathy seufzte tief durch, dann stand sie auf und ging in die Richtung der Brücke. Kaum hatte sie das Deck erreicht, musste sie sich gegen den Wind anstemmen. Schnell orientierte sie sich, in welche Richtung sie jetzt gehen sollte. „Bitte in Richtung Heck, Miss McGore." Sie drehte sich in die über Lautsprecher angegebene Richtung, und da konnte sie den Kapitän an einem der Brückenfenster sehen, wie er mit einem Mikrofon in der Hand stand und ihr zuwinkte. „Auch das noch", dachte sie sich. „Jetzt musst du dich zusammenreißen, willst du nicht zum

Gespött der ganzen Mannschaft werden." Lässig hob sie den Arm und begann in die Richtung der Brücke zu gehen. Kaum kam sie an den U-Booten vorbei, hörte sie anerkennende Pfiffe der Matrosen. „Wohl ein bisschen viel Testosteron, meine Herren?" Trotzdem lächelte sie ihnen freundlich zu und war doch froh, als sie endlich die Leiter zur Brücke erreicht hatte. „Und wie geht es Ihnen?" „Gut, ausgezeichnet, einfach Spitze." Sie bemühte sich Stärke und Gelassenheit darzustellen, und doch war sie der Meinung, im Gesicht des Steuermannes ein Grinsen erkennen zu können. Kapitän Wolkow und ein junger Offizier standen am Kartentisch. „Wir werden bald das Gebiet erreicht haben. Hier, unser polnischer Kapitän hat gestanden, mehrere Blindbojen gesetzt zu haben. Die Dinger sind eigentlich gefährlich, weil sie nirgendwo verzeichnet sind, aber heute werden sie uns helfen, die richtige Rinne in den Boddenbänken zu finden. „Da, Kapitän, ich kann die erste sehen. Der junge Offizier stand mit einem gewaltigen Fernglas am Fenster der Steuerbordseite. „Major, halte direkt drauf zu. Wie willst du das denn nun handhaben?" Ich würde vorschlagen, sobald wir die erste Rinne erreicht haben, schicken wir die „Nixe 2" am Kabel runter." „Bitte was?" „Na, das kleine unbemannte Tauchboot. Das Ding funktioniert so ähnlich wie eine Drohne. Über Monitore können wir alles verfolgen, was sie da unten findet. Der junge Mann mit dem großen Fernglas ist im Übrigen der zuständige Offizier für diese beiden wunderbaren Babys." Zehn Minuten später verlangsamte die „Marine-5" ihre Fahrt. „Da sind sie." Kapitän Wolkow deutete auf zwei Bojen, die auf den Wellen herumtanzten. „Ich hatte immer gehofft, so ne Dinger mal zu sehen." Kauler war jetzt aufgeregt. „Man hört ja spannende Dinge über diese Bojen. Wie machen Sie das, dass die ihren Standort nicht verändern und trotzdem auf den Wellenbergen schwimmen?" „Das ist unser Geheimnis." „Kapitän Wolkow, wir können auch anders. Wir haben hier zwei wunderbare Arrestzellen an Bord. Also, wenn Sie nicht dort den Rest der Fahrt verbringen möchten, dann bekomme ich jetzt eine vernünftige Antwort. Sie haben genau zehn Sekunden." „Entschuldigen Sie, Herr Kapitän", stotterte Wolkow erschrocken. „Noch fünf Sekunden." „Ja, ja, ich sage Ihnen, was sie wollen. Die Bojen sind mit Gewichten beschwert, die mittels einer kleinen Treibladung abgesprengt werden können. Fünf Meter über dem Boden befindet sich ein spezieller Mechanismus, der es der Boje erlaubt, Höhenunterschiede von bis zu zehn Metern zu überbrücken. Das bedeutet, wenn eine große Welle die Boje erfasst und anhebt, dann gibt die Rolle mehr Leine. Senkt sie sich wieder ab, rollt dieser kleine Kasten die Leine wieder auf. So bleibt die Boje immer an der gesetzten Stelle fixiert." „Und wie wollen sie die Gewichte absprengen?" Lächelnd griff Wolkow in seine Innentasche und zog ein kleines Kästchen hervor. „Damit." „Was ist das?" „So eine Art Fernbedienung." „Kapitän, wir haben die Stelle erreicht. Hier auf dem Bodenradar lässt sich die erste Querrinne erkennen. Wassertiefe einundachtzig Meter, Breite hundertundzwanzig Meter." „O.k., danke Major. Stoppen Sie. Oberleutnant Fink, setzen Sie ‚Nixe 2' aus." „Jawohl, Käpt'n." Damit verschwand er von der Brücke, und knapp fünf Minuten später konnte Kathy das kleine Tauchboot am Haken eines Aussetzers in Richtung Nordsee schwingen sehen. Langsam senkte es sich herab und war bald im dunklen Wasser der Nordsee verschwunden.

„Und wo können wir sehen, was die Drohne sieht?" „Einen kleinen Moment noch. Da, auf dem Bildschirm, müsste gleich ein Bild zu erkennen sein." Der Major deutete mit seiner Pfeife auf einen bis dato schwarzen Flachbildschirm. Der flammte plötzlich auf, und man konnte dunkles Wasser sehen. „Bevor du etwas sagst, die Drohne ist am Abtauchen. Da unten rechts kannst du die Wassertiefe, Temperatur und noch einiges anderes erkennen." Plötzlich tauchte wie aus dem Nichts ein riesiger schwarzer Felsen auf. Die Tiefenanzeige zeigte fünfundsiebzig Meter an. Aus dem Lautsprecher war jetzt der Oberleutnant zu hören. „Die Drohne ist jetzt knapp drei Meter über Grund. Ich hoffe, Sie haben einen guten Empfang."

„Alles gut. Der Major wird jetzt langsam Fahrt aufnehmen. Sie bleiben zwei bis drei Meter über Grund. Major, langsame Fahrt voraus." Das Bild auf dem Monitor veränderte sich. Man konnte erkennen, wie die Drohne den Felsen umfuhr und den Blick auf den trostlosen Grund der Nordsee freigab. „Das Ding hat ein eigenes Boden- und Seitensonar. Damit haben wir die Möglichkeit, Dinge, die sich rechts und links bis zu einer Entfernung von jeweils fünfzig Meter befinden, zu erkennen." Kathy spürte, dass der Kreuzer langsam die endlose Rinne entlang fuhr. Kapitän Wolkow starrte genauso gebannt wie die anderen auf den Bildschirm. Leise pfiff er voller Anerkennung durch die Zähne. „Das Ding hätte ich auch gerne." „Das kann ich mir gut vorstellen. Sehen Sie da, ein großer Schwarm Heringe." Auf dem Bildschirm waren plötzlich tausende junger Heringe zu sehen. Ihre Haut glänzte im Licht der Scheinwerfer. In den nächsten dreißig Minuten wechselte das Bild zwischen Fischschwärmen, ein paar Felsen, kleinen schwarzen Muscheln am Grund, und, ab und an, einem Teppich braun-grauer Algen. Leichensäcke waren nicht zu sehen. Nach einer guten Stunde ließ Kauler wenden und setzte die Drohne in die nächste Rinne. Es dauerte etwa zwanzig Minuten, und der Major stoppte das Schiff. Wortlos zeigte er auf etwas Schwarzes, Längliches, dass am Grund zu sehen war. „Da Kapitän, der erste Sack." Jetzt standen alle auf der Brücke um den Bildschirm versammelt, und starrten auf das, was da in knapp neunzig Meter Tiefe zu erkennen war. „Major, setzen Sie Anker. Oberleutnant Fink, bereiten Sie ,Nixe-1' zum Aussetzen vor." Jetzt kam Bewegung auf den Kreuzer. „Willst du mit runter?" Kathy überlegte einen Moment, dann schüttelte sie den Kopf. „Gut, dann lasse ich dich hier in der Obhut des Majors. Ich werde mit Fink tauchen. Mit wie vielen müssen wir rechnen?" „Ich denke, es müssen acht bis neun Leichen sein. Allerdings sind die in einem Zeitraum von sechs Jahren versenkt worden." „O.k." Damit stürmte er von der Brücke. Der Major deutete mit seiner Pfeife auf einen Stuhl neben dem Steuer. Von dort hatte man einen direkten Blick auf den Monitor. „Danke. Sagen Sie, Sie rauchen die Pfeife gar nicht?" „Nö, warum fragen Sie?" "Nun, weil ich, wenn ich nervös bin, auch gerne rauche." „Jeht nich. Hier is Rauchen verboten. Ich ‚schmecke‘ so den Tabak, wenn se verstehen, wat ick meine. Da, ick globe, et jeht los." Kathy konnte sehen, wie Uwe und Fink in das U-Boot kletterten. Noch während sie die Luke schlossen, begann ein Kran das orangene Boot über Bord zu hieven und es vorsichtig auf der See abzusetzen. Ein Taucher sprang ins Wasser und entfernte die Stahlseile vom Boot. Sofort begann es in den Tiefen der Nordsee zu verschwinde. Auf dem Monitor wechselte das Bild. Ab jetzt empfing man die Bilder des bemannten Bootes. „Hören Sie mich?" „Alles gut, Kapitän. Wir sehen und hören Sie glasklar." Schon tauchte die Unterwasserdrohne auf. Und dicht daneben lag der Leichensack. „Wir markieren jetzt die Fundstelle und suchen weiter." Aus einem Luk am Boden des U-Bootes schoss eine Art Pfeil heraus, der sich tief in den Grund bohrte. Am anderen Ende schoss ein orangefarbener Ballon heraus, der mit einer Leine am Pfeil verbunden war. Unterhalb des Ballons war ein Signalgeber angebracht, der bis zu vierundzwanzig Stunden ein Signal sendete. „Wir haben unser Sonar aktiviert und suchen jetzt weiter. Major, du bleibst mit der ‚Marine‘ am Platz." „Allet klar, Käptn." Und wieder tauchten die Bilder aus der Tiefe auf. Nach einem kurzen Moment kreuzten erneut tausende von Heringen den Weg des Tauchbootes. „Nur Fische und keine Krebse", murmelte Kathy vor sich hin. Es dauerte nicht lange und wieder tauchte ein Leichensack auf. Nur lag dieser auf zwei Felsen. „Ihr habt ihn auch gesehen?" Erneut schoss aus dem Tauchboot ein Markierungsballon heraus. Die dritte Leiche wurde nach knapp weiteren dreißig Minuten gefunden. Nach der Markierung drehte das Boot. O.k., wir kommen jetzt zurück. Kauler, Ende." Damit sah man das Tauchboot sich drehen und die Rückfahrt in Richtung der „Marine" antreten. Nach gut fünfundvierzig Minuten tauchte das U-Boot neben dem Kreuzer auf. Der Taucher befestigte die Stahlseile, und der Kran hievte das U-Boot an

Bord. Kathy verließ die Brücke und eilte zur Plattform. Die Luke öffnete sich, und die beiden kletterten heraus. „Was für ne verdammte Schweinerei." Wütend trat Kauler gegen das Podest. „Das hat nichts mehr mit seriöser Seebestattung zu tun. Da werden Menschen wie Müll entsorgt. Ich hoffe, du bekommst die Schweine, die dafür verantwortlich sind, zu fassen. Fink, bereiten Sie alles für die Bergung vor. Wir starten in zwanzig Minuten. Und wir gehen wieder auf die Brücke, komm." Kathy wollte gerade etwas sagen, merkte aber, dass hier jedes Wort zu viel war. Und so folgte sie Kauler, der in Richtung der Brücke entschwand. Kaum angekommen, hörte sie den Kapitän mit seiner Einsatzzentrale in Hamburg sprechen. „Wir werden in wenigen Minuten mit der Bergung der ersten drei Toten beginnen. Kauler, Ende." Kathy wartete einen Moment, dann räusperte sie sich leise. „Entschuldige bitte, aber wie geht es jetzt weiter?" Nach einem Moment der Stille drehte sich Kauler wieder freundlich lächelnd zu ihr herum. „Wir werden in zwanzig Minuten wieder ‚runtergehen' und mit der Bergung beginnen. Wir können immer nur einen Leichensack nach oben holen. Das wird jetzt also ein bisschen dauern. Danach werden wir die Suche nach den restlichen sechs Leichen fortsetzen." „Kannst du mich von hier abholen lassen? Denn, wie du schon gesagt hast, ich will die Schweine, die dafür verantwortlich sind fassen." „Major, besorgst du der Lady bitte einen Heimtransport." Der Alte nickte, dann rief er die Zentrale und bestellte einen Helikopter zur „Marine-5". „Komm, wir gehen noch einen Moment hinaus." Kaum an der Luft, steckte sich Kathy erst mal eine Zigarette an. „Gibst du mir auch eine?" „Gerne. Ich dachte nur, du rauchst nicht?" „Jetzt brauche ich etwas Tabak. Ich habe so etwas schon mal gesehen. Nur da war Krieg, und es war vor der kroatischen Küste. Wir waren damals für sechs Wochen abkommandiert. Ich hatte angenommen, dass mich so etwas nicht mehr berühren könnte, aber da habe ich mich wohl geirrt. Den ‚Major' werde ich mir wohl auch in diesem Jahr abschminken. Wer weiß, vielleicht lasse ich die Dinge auch zu sehr an mich heran." Kathy stand mit dem Rücken an die Brückenwand gelehnt und hörte ihm zu. „Weißt du, ich mache den Job schon über fünfundzwanzig Jahre und kann mich trotzdem nicht an den Anblick des Todes gewöhnen. Ich bin jedoch der Überzeugung, das muss in unserem Job so sein. Ansonsten stumpft man ab. Wir haben es mit Menschen zu tun. Mit lebenden und mit toten." „Schade, dass unsere Begegnung nur so kurz war." Kathy musste lächeln. „Das finde ich auch. Doch wer sagt denn, dass wir uns nicht mal in Schottland wiedersehen können. Wer weiß, vielleicht verschlägt es dich ja mal mit deinem tollen Kreuzer an unsere Küste. Wenn, dann melde dich. Ich glaube, du musst jetzt los. Also, danke und bis bald. Ach so, und grüße deinen Vater von mir." „Mach ich. Was soll ich mit Wolkow machen?" „Nimm ihn hart ran, dann verwarne ihn und lass ihn in Hamburg gehen. Seine Jungs bitte auch. Das ist natürlich nur ein Vorschlag von mir. Denn schließlich ist er ein Fischräuber." „O.k., ich denke darüber nach." Plötzlich küsste er sie auf die Wange, drehte er sich herum und eilte zum U-Boot.

Der Kopf des Majors verschwand wieder lächelnd in der Brücke. „Ja, ja, ich hätte ihn schon losgeschickt", rief ihm Kathy hinterher und zog weiter an ihrer Zigarette. „Eigentlich schade", dachte sie sich. Wer weiß, an einem anderen Ort und unter anderen Umständen und ihre Mutter wäre glücklich…

Sie beobachtete von der Brücke, wie am U-Boot einige Gerätschaften angebracht wurden. So unter anderem ein Fanghaken und ein Netz, das wie eine Art Hängematte aussah. Nach zehn Minuten kletterte Uwe wieder in das Tauchboot, nicht ohne ihr zum Abschied noch mal zu zuwinken. Danach verschwand auch Fink im Boot, das gleich darauf wieder an den Seilen des Kranes hing und in Richtung See verschwand.

„Ich hoffe, Sie werden nicht flugkrank?" „Wieso, Herr Major?" „Weil da ihr Taxi kommt." Damit deutete er auf einen schwarzen Punkt am Horizont, der schnell größer wurde und schließlich in gut zwanzig Meter

Höhe über dem Kreuzer schwebte. „Na dann noch gute Fahrt. Bis bald, Herr Major. Und passen Sie auf ihn auf." „Das mach ich, versprochen." Damit setzte sie ihr süßestes Lächeln auf, das ihr zur Verfügung stand. Dann küsste sie ihn auf die Wange und ging in Richtung der U-Bootplattform. Hier hatte die Heli-Crew inzwischen ein Bergungsgeschirr heruntergelassen. Zwei der Matrosen halfen Kathy, es anzulegen. Auf ein Zeichen von ihr spannte sich das Seil und sie entschwand nach oben. Kaum an Bord des Hubschraubers, kippte dieser nach rechts ab und begann seinen Flug nach Berchtesgrund. Nach gut sechzig Minuten landete der Hubschrauber am Strand. Kathy sprang heraus und winkte dem Piloten zu, der sofort wieder startete.

Kathy ging in Richtung der Pension. Im Schankraum saß Sven und unterhielt sich angeregt mit einer jungen Frau. „Oh, hallo Kathy, darf ich vorstellen? Das ist Elisa Henning und das ist Kathy McGore." „Angenehm. Ich bin gleich hergekommen, nachdem mich ihre Kollegen aus dem Knast entlassen hatten." Kathy musste lächeln. „Da nehmt ihr deutschen Beamten das Wort Schutzhaft wohl etwas zu sehr wörtlich. Wir verfrachten sie bei uns in Schottland in ein Hotel. Wobei, wer die Tapetenmuster in unseren Hotels kennt, der zieht eine Zelle sicher vor." Sven unterbrach Kathy: „Die Kollegen mussten in der Nacht schnell handeln und dafür wurde Frau Henning auch mit Blaulicht hierher gefahren. Ich sage nur, zwei Stunden und dreißig Minuten Fahrzeit … Elisa möchte ein paar Tage bei ihrem Vater verbringen. Und da es in dem Haus etwas eng ist, habe ich ihr vorgeschlagen, sich doch hier einzuquartieren. Ist doch in Ordnung, oder?". „Aber sicher. Doch, könnten Sie uns jetzt bitte allein lassen? Ich habe da noch einiges mit meinem Kollegen zu klären." Elisa stand lächelnd auf und verschwand in Richtung des Hauses ihres Vaters. „Hübsches Mädchen, nicht war?" „Wer", stotterte Sven mit hochrotem Gesicht. „Na, wenn es da nicht gefunkt hat. Doch egal, was hast du für mich?" „Koller ist mit seiner Truppe abgereist. Ich soll dir noch mal herzlich danken. In einer guten

Stunde trifft hier ein Spezialteam von Pathologen der Universität Hamburg ein. Die werden die vergrabenen Leichen obduzieren. Der Pathologe der Polizei ist wohl völlig überlastet. Desweiteren werden einige Leute kommen, die die Stollen unter den Häusern sowie unter der Kirche gründlich untersuchen und dann versiegeln. Von Kauler bekommst du internationale Haftbefehle. Ausgestellt auf Leon Guardia, Edeltraud Berger, Friedrichsen und Fredi, sowie diese Alina Bertani und den Notar, diesen Sacco. Ach so, dann habe ich hier die ersten Informationen zu unserem Killer. Sein wirklicher Name ist Ernesto Borgogno. Er ist siebenunddreißig Jahre alt, besser, er war es. Er kommt aus San Cervenzo." „Und wieder einer von der Insel der Freude. Warum überrascht mich das eigentlich nicht mehr?", seufzte Kathy. „Weiter, bitte." „Er hatte vor sechs Jahren bei diesem rollenden Discounter angefangen. Sein Chef schätzte ihn als fleißigen und höflichen Fahrer. Er war fest davon überzeugt, dass wir da einem Irrtum erliegen würden und sicher den falschen gefasst haben. Als die Kollegen in Hamburg seine Fingerabdrücke in den Computer eingaben, dauerte es nur zwei Minuten, und es stand fest, das wir einen mit internationalem Haftbefehl gesuchten Auftragsmörder gefasst haben." „Gefasst ist gut." „Die Kollegen machen sich daran, das Tagebuch auszuwerten und die zu den Akten gelegten Fälle neu aufzurollen. So, das wäre erst mal das Wichtigste. Ach Moment noch, fast hätte ich es vergessen. Die „Bercht-1" ist aufgetaucht. Sie trieb ohne Besatzung vor der Küste von Dover. Das bedeutet, dass Friedrichsen, Fredi und deine spezielle Freundin jetzt in England sind. Das war's von mir. Was ist da draußen passiert?" „Die Jungs auf dem Schiff sind schon Top. Wir haben die ersten drei Leichensäcke gefunden. Die sind jetzt mit deren Bergung beschäftigt und werden dann weitersuchen. Also, du siehst, es war erfolgreich." „Und wie geht es jetzt weiter?" „Na, ich werde mir meine Sachen und meinen Mini schnappen und zurück nach Hamburg düsen. Dort besuche ich den alten Kauler und hole mir die Haftbefehle." „Den alten Kauler? Wie meinst du das?" „Weil der Kommandant dieses Seekreuzers sein Sohn ist. Und noch dazu ein sehr gutaussehender. Also Sven, das ist dann wohl die Stunde des Abschieds. Ich möchte dir nochmal herzlich für deine Zusammenarbeit danken. Leider habe ich kein Geschenk für dich, aber vielleicht etwas viel Besseres. Biete doch der Elisa Henning die Pension an. Ich weiß von Traudl, dass Übergaben in der Vergangenheit immer so gelaufen sind. Und da ich fest davon überzeugt bin, dass Traudl nicht zurückkommt, braucht der ‚Anker' eine neue Pensionswirtin. Und du könntest des Öfteren nach dem Rechten sehen." Damit zwinkerte sie ihm zu. „Ich bin kein Freund großer Abschiede. Ich werde jetzt packen. Natürlich teile ich dir mit, wie die Geschichte ausgegangen ist. Und wenn ihr wollt, dann kommt ihr mich Mal in Edinburgh besuchen?" Damit rannte sie die Treppe hinauf, um ihre Sachen zu holen. Sven saß etwas geistesabwesend am Tisch und dachte darüber nach, wie er Elisa Kathys Vorschlag schmackhaft machen könnte. Ihm würde es gut gefallen, wenn die zweifellos hübsche Henning-Tochter die Pension übernehmen würde. Nach gut zehn Minuten kam Kathy mit ihrer Reisetasche und einem Blumenstrauß wieder herunter. „Warte, ich bringe dich noch zu deinem Wagen. Wofür sind die Blumen?" „Ich möchte sie Klara Hinrichsen schenken. Kommst du mit?" „Etwa zum Friedhof?" „Nein, zu ihrem Haus." Nachdem Kathy ihre Reisetasche auf den Rücksitz ihres Autos geworfen hatte, gingen beide in Richtung des Dorfausgangs. Dort, am Haus von Klara, legte sie den Blumenstrauß auf die alte verwitterte Bank. „Mach es gut. Da, wo du jetzt auch immer bist. Ich werde Tom von dir grüßen." Kaum auf dem Rückweg, zündete sie sich eine Zigarette an. „So Sven, das war's. Auf Wiedersehen." „Fast hätte ich es vergessen. Hier, das ist das Handy von Koller. Damit hast du sogar hier Empfang. Du sollst es ihm zurückgeben, wenn du es nicht mehr brauchst. Und dieses Mal nimmst du bitte die Bundesstraße. Meine Jungs haben sich den Mini noch mal vorgenommen. Mach's gut. Und sei vorsichtig." Kathy sprang in ihren kleinen Wagen und fuhr in Richtung Bundesstraße nach Tünning.

Unterwegs rief sie Tom an und erzählte ihm vom Stand der Ermittlungen, aber auch, was sie jetzt vorhatte. Nämlich Klaras Mörder fangen ...

Nach gut drei Stunden konnte sie von weitem die großen Brücken von Hamburg sehen. Der Weg war zwar etwas länger, dafür aber sicher und bequemer gewesen. Der Mini hatte die Strecke problemlos überstanden und schnurrte wie zu seinen besten Zeiten. Bruckners Jungs hatten tadellose Arbeit geleistet. Kurz vor siebzehn Uhr erreichte sie den Rathausplatz der Hansestadt und gleich daneben das Polizeihauptquartier. So wie in Edinburgh, parkte sie ihr Auto auf den ausschließlich für Dienstwagen freigehaltenen Bereich. Kaum war sie ausgestiegen, eilte schon ein junger Beamter dienstbeflissen auf sie zu. „He Sie, junge Frau, hier können Sie aber nicht stehen bleiben? Das ist nur für Einsatzfahrzeuge." „Einen Moment bitte." Kathy zog ihr Diensthandy und Kaulers Nummer aus der Tasche, und rief den Chef der Polizei an. Der junge Polizist wurde indessen ungeduldig. „Hören Sie, Sie müssen von hier verschwinden, ansonsten werde ich Sie jetzt abschleppen lassen. Haben Sie mich verstanden?" In diesem Moment hatte sie den Adjutanten des Direktors am Handy. Der freute sich ihre Stimme zu hören und stellte sie zum Chef durch. „Ja Hallo, hier ist Kathy McGore. Ich bin in Berchtesgrund soweit fertig und nun hier in Hamburg. Ich wollte Ihnen ihr Handy zurückbringen und mir die Haftbefehle holen. Nur eine Bitte, können Sie dem Beamten erklären, dass ich hier Parken darf?" Damit reichte sie dem Polizisten das Handy. Der war inzwischen sehr aufgebracht und hatte über Funk Verstärkung und ein Abschleppfahrzeug gerufen. Jetzt standen bereits drei Polizisten um das kleine schottische Auto. „Also verschwinden Sie jetzt? Ich kann Sie auch festnehmen." Kathy stand immer noch völlig gelassen vor ihm und reichte ihm das Handy. „Was soll das? Wer ist da dran? Ihr Chef? Hören Sie, das ist mir Scheißegal, wer da dran ist, und wenn es der Kaiser von China höchstpersönlich ist." „Nun es ist nicht der Kaiser oder mein Chef, es ist ihrer." Verwirrt griff der Beamte zu dem Handy und wollte gerade hinein brüllen, da wurde er plötzlich stumm. „Jawohl, jawohl, das konnte ich nicht wissen. Bitte entschuldigen Sie, Chef. Ja, Sie können sich auf uns verlassen. Danke, Ende." Damit hatte er aufgelegt und nahm Haltung an. „Entschuldigen Sie bitte. Sie sollen bitte sofort zum Direktor kommen. Vierte Etage, Zimmer 401. Ihr Auto kann natürlich hier stehenbleiben." Kathy konnte sich ein Lächeln nicht verkneifen. „Das kann schon mal passieren. Nur das Brüllen muss doch nicht immer sein, oder?" Damit lief sie in die Richtung des imposanten Eingangs. Nachdem sie dem Posten an der Tür erklärt hatte, wohin sie wollte, nahm auch der Haltung an und öffnete ihr freundlich die Tür. Die Sicherheitsbeamten im Inneren geleiteten sie zu einem der drei Paternostern, der sie in den vierten Stock brachte. Kaum war sie aus der hölzernen Kabine getreten, stand Polizeidirektor Kauler vor ihr. „Hallo, ich freue mich, Sie gesund und munter wiederzusehen. Kommen Sie bitte." Damit brachte er sie in sein Büro, durch dessen riesige Fensterfront man einen weiten Blick über Hamburg hatte. „Möchten Sie Kaffee oder Tee?" „Oh bitte, einen großen Pott Kaffee, wenn es keine Mühe macht." Kauler verschwand kurz und bestellte Kaffee für beide. „Bitte setzen Sie sich. Major Koller hat mir schon von den letzten Vorkommnissen berichtet. Tja, das war ja dann kein schöner Urlaub in unserem Norden. Ich kann mich dafür nur in aller Form entschuldigen." „Ach wissen Sie, ich denke, ich bin für Urlaub gar nicht so richtig geschaffen. Bevor ich es vergesse, ich soll Sie herzlich von ihrem Sohn grüßen. Ich war noch vor ein paar Stunden bei ihm auf dem Schiff." „So, ich hoffe er konnte Ihnen helfen?" „Oh ja, Direktor. Er macht einen Super-Job."

In diesem Moment kam der Adjutant mit einem Tablett voller Kaffee herein. „Hier, meinen ‚Adju' kennen Sie bereits vom Telefon." Kathy reichte ihm die Hand, die der Angesprochene erst nach einem sich vergewissernden Blick zu seinem Chef nahm. „So, bitte setzen Sie sich und erzählen Sie. Wir haben noch etwas Zeit. Ihre Maschine geht erst heute

Abend, so gegen zweiundzwanzig Uhr." „Meine Maschine?" „Nun, ich denke, Sie wollen noch heute weiterreisen? Also, wir haben eine Stunde." Kathy ließ sich den herrlichen Kaffee schmecken und berichtete Kauler über die letzten Tage. Kaum war sie fertig, brachte der Adjutant einen Stapel von Papieren. „So, meine Liebe. Hier sind die von Ihnen gewünschten Haftbefehle, hier ist ihr Flugticket und hier die Hotelbuchung in Palermo. Und weil Sie für uns den größten Schatz der deutschen Nachkriegsgeschichte gefunden haben, erlauben wir uns, Ihnen zweitausend Euro an Spesengeldern zuzugestehen. Sie müssen nur hier unten quittieren. Eine Abrechnung ist in ihrem Falle nicht notwendig. Wir haben die italienischen Behörden schon informiert. Ein Wagen bringt Sie zum Flughafen. Wenn Sie möchten, werden wir ihr Fahrzeug bei uns sicherstellen." Kathy fehlte etwas der Atem, ob des Tempos, das hier angeschlagen wurde. „Kann ich noch irgendetwas für Sie tun?" Kathy überlegte kurz. „Nein, ich glaube, Sie haben schon genug für mich getan." „Gut, mich müssen Sie jetzt bitte entschuldigen. Alles Weitere bitte dann mit meinem Adjutanten. Ich wünsche Ihnen Glück, und kommen Sie gesund zurück." Damit reichten sie sich die Hände, und Kathy verschwand gemeinsam mit dem „Adju", den Papieren und dem Pott Kaffee in das Sekretariat. „Sie müssen es dem Direktor nachsehen. Er hätte seit gut anderthalb Stunden beim Innenminister sein sollen. Aber, er wollte Sie unbedingt sehen. Ich weiß nicht, wie das bei Ihnen in Schottland ist, aber einen Minister lässt man nicht warten." Kathy seufzte. „Wem sagen Sie das. Sagen Sie ihrem Chef nochmal Danke für alles. Hier ist das Diensthandy zurück. Kommen Sie noch mit zum Auto?"

Wenige Minuten später stand ein Dienstwagen der Hamburger Polizei neben ihrem Mini. Kathy nahm ihre Tasche aus dem Wagen und überreichte dem jungen Beamten von vorhin, den Autoschlüssel. „Passen Sie gut auf ihn auf." Der Polizist starrte ungläubig auf den Schlüssel und den „Adju" des Chefs. „Ich erkläre es Ihnen gleich." Kathy verabschiedete sich, stieg in den Dienstwagen und verschwand mit Blaulicht im abendlichen Verkehr Hamburgs.

Nach zwanzig Minuten bog der BMW der Hamburger Polizei vor dem Flughafen der Hansestadt ein. Kathy verabschiedete sich von den Beamten, die ihr bewiesen hatten, dass man auch am Boden „fliegen" kann. Sie schnappte sich ihre Reisetasche und betrat die große Flughalle, in der zu dieser Zeit reger Betrieb herrschte. Nach kurzer Orientierung fand sie ihr Gate nach Italien und stellte sich an der Schlange an. Als sie in Richtung der Sicherheitskontrolle kam, trat plötzlich ein freundlicher Polizeioffizier an ihre Seite. Mit dem Satz: „Ich darf doch?", griff er nach ihrer Tasche und ging auf die Beamten zu. Dort angekommen, zeigte er dem Kontrollpersonal seinen Ausweis. Nach einem kurzen Moment erlosch darauf hin das grüne Betriebszeichen an dem Kontrolldurchgang, und Kathy und der Polizist durchschritten den Scanner. Gleich danach schaltete das Gerät wieder auf grün. „Verdammt, meine Waffe. Daran hatte ich gar nicht gedacht. Ich danke Ihnen." Der freundliche Beamte übergab ihr ein Schreiben für die italienischen Beamten. „Bitte, mit herzlichen Grüßen von Direktor Kauler. Ach so, und gestatten Sie, dass ich mich kurz vorstelle: „Polizeioberrat Senff, wie das Zeug aus der Tube, nur mit zwei ff. Ich werde Sie jetzt noch ins Flugzeug begleiten. Dort müssten wir aber ihre Waffe einschließen." „Selbstverständlich, und noch mal danke." Damit durchschritten die beiden die Boardingkontrolle und betraten das noch leere Flugzeug. Senff zeigte der Chefstewardess seinen Ausweis und deutete auf Kathy. Die trat freundlich lächelnd auf sie zu und zeigte auf ein kleines Metallfach neben der Tür. Kathy legte ihre Waffe, ihr Messer und zwei Magazine hinein, worauf das Fach verschlossen wurde. „Möchten Sie ihren Platz schon einnehmen?" „Ich möchte mich von Ihnen verabschieden, Herr Polizeirat." „Ich wünsche Ihnen eine gute Reise und kommen Sie gesund zurück." Damit verließ er das Flugzeug. Kathy kramte ihr Ticket hervor und wurde daraufhin in die erste Klasse geführt. „Bitte setzen Sie sich. Getränke werden gleich serviert." Kathy verstaute ihre Reisetasche in dem sehr breiten Gepäckfach ihres Platzes und ließ sich in den riesigen Sitz fallen. Nach einem kurzen Moment wurde ihr klar, dass das ihr erster Flug in dieser Klasse war. Plötzlich wurde es laut hinter dem Vorhang. Ein Zeichen dafür, dass das Boarding begonnen hatte. Außer ihr flogen noch drei weitere Passagiere in der ersten Klasse. Doch diesen sah man im Unterschied zu Kathy an, dass sie das wohl häufiger taten. Jetzt erschien die Chefstewardess mit zwei Karten. „Bitte, was möchten Sie trinken, und was dürfen wir Ihnen zu essen bringen?" Kathys Blick suchte den obligatorischen Getränke-Trolly mit dem Tomatensaft. Doch dann wurde ihr klar, dass hier in der ersten Klasse serviert wurde. „Ich hätte gern ein kaltes Bier und das Lachstartar mit Brotvariationen. Ist das o.k.?" Schnell war der Stewardess klar, dass die Dame vor ihr zum ersten Mal „Erster" flog. „Sie lächelte ihr freundlich zu und flüsterte dann: „Eine gute Wahl." In diesem Moment blinkte das Zeichen zum Anschnallen. Zehn Minuten später war die Maschine in 10 000 m Höhe, und es begannen zwei herrliche Stunden Erholung für Kathy. Nach der Landung erhielt sie am Ausgang ihre Waffen wieder. Kaum am Fuße der Gangway angekommen, trat ein freundlicher italienischer Polizist auf sie zu. „Signora McGore?" Als Kathy nickte, nahm er ihr sofort die Reisetasche ab und geleitete sie zu einem mit Blaulicht wartenden Polizeiauto. „Herzlich Willkommen in Palermo. Wir bringen Sie auf direktem Weg in ihr Hotel." Kaum hatte sie im Auto Platz genommen, gab der Fahrer Gas, und der Wagen raste mit ihr durch das nächtliche Palermo. „Der muss denselben Fahrlehrer wie der Polizist in Hamburg gehabt haben", dachte sie sich. Nach gut zwanzig Minuten stoppte der Fiat mit quietschenden Reifen vor der Eingangshalle eines riesigen Hotels. Grinsend drehte sich Fahrer zu ihr herum. Er trug eine verspiegelte Brille auf der Nase und kaute auf einem Zahnstocher herum. „Bestzeit, Signora." „Dass Sie damit überhaupt etwas sehen können, das wundert mich. Aber trotzdem danke,

Signore." „Mario." Sein freches Grinsen begann sie etwas zu nerven. Sein Begleiter stand indessen mit ihrer Reisetasche neben dem Wagen und geleitete sie zur Rezeption. „Ich darf mich verabschieden? Sie haben morgen um neun Uhr einen Termin bei Richter Stolla. Wir werden Sie bringen. Bitte schlafen Sie gut." Damit verschwand der Polizist aus dem Hotel. Kathy nannte der Dame an der Rezeption ihren Namen, und schon geleitete sie ein Angestellter auf ihr Zimmer. Sie genoss ein ausgiebiges Wannenbad, bevor sie sich über den herrlichen Obst-Korb hermachte. Gerade überlegte sie noch, ob sie sich noch etwas aufs Zimmer bestellen sollte, da war sie auch schon auf dem weichen Bett eingeschlafen.

Es war acht Uhr, als das Telefon klingelte und eine freundliche Stimme fragte, ob sie ihr Frühstück aufs Zimmer wünsche? Kathy überlegte einen Moment, dann bestellte sie Kaffee, Rührei mit Tomaten und Speck und etwas Joghurt. Während sie auf das Essen wartete, schlüpfte sie unter die Dusche. Nach dem Abtrocknen betrachtete sie ihre blauen Flecken, die langsam damit begannen, die Farbe zu wechseln. Sie sah aus wie ein Preisboxer, der den Gong nicht gehört hatte. Kaum trat sie aus dem Bad, klopfte es kurz an der Tür, und noch bevor sie herein rufen konnte, schob ein junger Kellner einen Wagen herein, auf dem sich ihr Frühstück befand. Es schien ihn dabei nicht zu stören, dass Kathy fast nackt vor ihm stand. „Ihr lautes: „Raus! Aber pronto!", quittierte er mit einem unschuldigen Lächeln. Schnell warf sich Kathy etwas über, und begann ihr Frühstück zu genießen. Danach zog sie sich an, griff sich ihre Tasche und verschwand in Richtung der Rezeption. „Alles in Ordnung, Signora?" „Schon, nur sollte ihr Zimmerkellner mir wenigstens eine Chance zum Anziehen geben." „Verzeihen Sie bitte, aber Mario arbeitet noch nicht lange hier. Das macht dann 260 €. Zahlen Sie bar oder mit Karte?" „Die Dame zahlt gar nicht." In diesem Moment stand der Polizist vom gestrigen Abend neben ihr. „Guten Morgen, Signora." Damit wendete er sich der Dame hinter der Rezeption zu. Die Signora ist Gast unserer schönen Stadt Palermo. Kommen Sie bitte." Damit zerriss er die Rechnung und warf sie der erstaunten Rezeptionistin auf den Tresen. Dann griff er sich die Tasche und stürmte aus der Lobby. Draußen wartete schon sein Partner im Wagen auf ihn. „Wir müssen uns etwas beeilen." Kaum waren Kathy und ihre Reisetasche im Fond verstaut, wurde sie auch schon in die Sitze gedrückt. Mit Blaulicht, Sirene und Höchstgeschwindigkeit, ging es quer durch die Stadt. Plötzlich hielt der Wagen vor einem unauffälligen fünfstöckigen Gebäude, über dessen Eingang die Fahne Palermos wehte. „Rekordzeit, Signora." Noch während sie aus dem Wagen stieg, sah sie in das lächelnde Gesicht von Mario. Gerade wollte sie etwas sagen, da öffnete sein Partner schon die große Eingangstür. „Bitte kommen Sie, Richter Stolla wartet bereits." Kathy eilte in Begleitung des italienischen Beamten durch endlose düstere Flure. Fast an jeder Tür stand der Name irgendeines Richters. „Ich wusste gar nicht, dass Palermo so viele Richter beschäftigt?" „Nun, Signora, es sind auch viele Advokaten, Notare und Anwälte dabei. Sie alle nennen sich Richter. Hier sind wir." Der Polizist klopfte kurz, öffnete die Tür und stellte Kathy einem kleinen, dicklichen Mann mit Hornbrille und Glatze vor. Der saß in mitten von Aktenbergen in einem Alptraum von Büro. Der Schreibtisch grenzte an ein riesiges Regal, das von der Last der Akten jederzeit in sich zusammen zu brechen drohte. Selbst auf dem Fensterregal türmten sich Papier und diverse Ordner, was dazu führte, dass kaum Tageslicht den Raum erhellte. Nur ein Faxgerät und ein PC standen auf einem separaten Tisch. „Setzen Sie sich. Können Sie sich ausweisen?" Kathy gab ihm ihren Dienstausweis und die von Kauler unterschriebenen Haftbefehle. Der Richter überflog die Schreiben und drückte jeweils einen Stempel darauf. Dann reichte er ihr alles zusammen zurück. „Fertig. Sie können gehen." „Da wäre noch das Auslieferungsersuchen für Alina Bertani. Wir wollen sie vor ein deutsches Gericht stellen, da sie dort mindestens sechs Menschen umgebracht hat." Stille herrschte im Amtszimmer. Richter Stolla nahm seine Brille ab und starrte Kathy einen Moment an.

„Können Sie das beweisen?" „Nun, ich denke schon, Herr Richter." „Sie wissen, mit wem Sie sich da anlegen?" „Ich habe keine Angst." Es geht hier auch nicht um Angst, Signora. Es geht um Tradition, um Geld und Besitz, und es geht um Leute, die nicht zögern werden, sie zu töten. Aber gut. Ich werde Ihnen das Ersuchen an die Polizeidienststelle von San Cervenzo per Fax schicken. Viel Glück, Signora." Damit war die Unterredung beendet und Kathy und der junge Polizist eilten zurück zum Wagen. „Wir bringen Sie jetzt zum Zug." Kathy war erstaunt, wie gut hier alles vorbereitet schien. Und doch hatte sie irgendwie das Gefühl, als wolle man sie schnell wieder loswerden. Doch egal. Mit quietschenden Reifen hielt das Polizeiauto vor dem Bahnhof von Palermo. Der Fahrer drehte sich zu ihr herum. Doch Kathy kam ihm zuvor. „Bestzeit, ich weiß Signor. Trotzdem, ich danke Ihnen, Mario." Damit schnappte sie sich ihre Tasche und eilte in Begleitung des Polizisten durch die vielen Hallen und Bahnsteige. Am Zug angekommen, zeigte der dem Schaffner seinen Dienstausweis. Der nahm Haltung an und stellte Kathys Tasche in den Waggon. „Gut, Signora, an dieser Stelle heißt es, Abschied nehmen. Ich wünsche Ihnen viel Erfolg, und passen Sie auf sich auf." Dann salutierte er kurz und verschwand im Gewühl der Passagiere. Kathy folgte dem Schaffner, der für sie kurzerhand ein Abteil räumen ließ. Kaum hatte sie es sich bequem gemacht, fuhr der Zug auch schon an. Kathy sah aus dem Fenster und lauschte dem gleichförmigen Geräusch der Räder auf den Gleisen. Bald war sie eingeschlafen …

Das italienische Ende

Richter Stolla hatte Kathys Ankunft bei der örtlichen Polizeistation von San Cervenzo angekündigt und die Beamten angewiesen, ihr jedwede Unterstützung zu gewähren. Umso verwunderter war sie, als ihr Taxi, das sie vom Bahnhof zur Polizeistation brachte, vor einem schmucklosen Haus hielt, das verschlossen und verwaist schien. Als auf ihr Klingeln und Klopfen niemand öffnete, sah sie sich ratlos zu dem Taxifahrer um, der sie mit einem breiten Grinsen im Gesicht beobachtete. „He, Signora, Sie sind zum ersten Mal hier, oder?" Kathy drehte sich herum. „Wie meinen Sie das?" „Nun, die Jungs sind um diese Zeit essen, bei Luigi. Heute gibt es frischen Tintenfisch. Eine Delikatesse." Kathy drehte es bei dem Gedanken daran, fast den Magen um. Nichts hasste sie so sehr, wie frischen Tintenfisch. Doch sie riss sich zusammen. „Wie, und da schließen die das Revier einfach ab und verschwinden?" Der Taxifahrer zuckte nur mit seinen Schultern und grinste weiter. „Hören Sie, Signore, können Sie mir ein kleines Hotel empfehlen? Ich denke, ich werde wohl doch zwei Tage bleiben." „Mario." „Wie bitte?" Ich heiße Mario. Kommen Sie, Signora, ich kenne da ein kleines und sehr hübsches Hotel. Es liegt direkt an der Piazza und unserem Hafen. Es gehört meiner Mama. Also? Was ist? Soll ich Sie fahren?" „Schon wieder ein Mario", dachte sich Kathy. Sie fluchte leise vor sich hin und setzte sich dann wieder in den Fond des Taxis. „Na los Mario, ab zu Mama." Der brabbelte irgendetwas in sein Funkgerät. „Ich habe Sie angemeldet, Signora. Meine Mama erwartet Sie." Die Fahrt dauerte nur knapp zwei Minuten und führte durch eine kleine Gasse und eine bucklige Straße. Schon hielt das Taxi auf der sonnendurchfluteten Piazza vor einem kleinen zweistöckigen Hotel, das auch schon bessere Zeiten gesehen hatte. „Nun, da hätte ich auch laufen können." „Sicher, doch so ist es besser. Für Mama!", fügte er mit einem Grinsen hinzu. Kaum waren sie aus dem Taxi gestiegen, eilte eine kleine etwas korpulente Frau mit offenen Armen und einer Schürze um den Bauch auf sie zu. Laut gestikulierend fiel sie ihrem Sohn um den Hals, um ihn fest an sich zu pressen und mit Küssen zu überhäufen. Das nannte man wohl eine italienische Begrüßung? Kathy hatte inzwischen ihre Tasche aus dem Kofferraum gegriffen und sich ihre Sonnenbrille aufgesetzt. Jetzt fiel die Dame des Hauses auch ihr um den Hals. Zwei herzhafte und feuchte Küsse, rechts und links, beendeten die innige und umwerfende Begrüßung. „Sie müssen das meiner Mutter nachsehen. So macht man das hier halt. Darf ich vorstellen? Das ist Signora Emilia Berluscani, meine Mama. Sie dürfen Mama Emilia zu ihr sagen." Die Dame des Hauses hatte dasselbe breite Lächeln im Gesicht wie ihr Sohn.

Plötzlich ging ein Ruck durch Emilia. Sie hatte sich mit einer Hand Kathys Tasche gegriffen und drückte sie gleichzeitig mit der anderen freundlich aber bestimmt in das Hotel. Kathy fühlte sich etwas überrumpelt. Und so konnte sie nur mit einem freundlichen, aber energischen „Stop, Scusi", die Wirtin dazu bringen, stehen zu bleiben. „Entschuldigen Sie bitte, Signora Berluscani, aber ich muss noch das Taxi bezahlen, ihrem Sohn." Sofort erschien wieder das Lächeln auf ihrem Gesicht. „Bitte, sagen Mama Emilia zu mir." Sie schob Kathy wieder hinaus und drückte sie in die Richtung des Taxis. Die Tasche hielt sie jedoch mit eiserner Umklammerung fest. Der Taxifahrer stand immer noch lächelnd an seinem Auto und beobachtete das Treiben von Weitem. „Ihre Frau Mutter hat wohl nicht viele Gäste, oder?" „Nun, sie ist eine einfache Frau. Aber Sie werden sich hier wohl fühlen." „Was bekommen Sie?" „Geben Sie mir, was Sie denken." Kathy sah ihn verwundert an. „Nun, wenn Sie davon leben können." Sie drückte ihm ein paar Euroscheine in die Hand, die er ohne nachzuzählen flink in seine Tasche steckte. „Wollen Sie nicht nachzählen?" „Warum? Es wird schon stimmen. Dort auf der anderen Seite der Piazza ist das ‚Luigi'. Da werden Sie ihre Kollegen finden. Hier ist meine Karte. Wenn Sie jemanden brauchen, der Sie herumfahren soll, einfach anrufen. Oder Sie sagen Mama Bescheid! Arrivederci, Signora." Damit sprang er in sein Taxi und verschwand mit quietschenden Reifen. Kathy überlegte noch, ob sie gleich einen Besuch bei den Kollegen machen sollte. Doch bei dem Gedanken an den Tintenfisch, entschied sie sich erst einmal für eine ausgiebige Dusche.

Das kleine Zimmer im ersten Stock des Hotels war sauber, gemütlich und einfach eingerichtet. Der kleine Balkon, der sich hinter den grünen Holzklappen versteckte, gestattete ihr einen herrlichen Blick über die kleine Piazza mit dem Bistro, Restaurant und einem imposanten Brunnen in der Mitte. Noch während sie sich auf dem Balkon umsah, stürzte Mama Emilia in das Zimmer. Mit einem Lächeln legte sie saubere Handtücher auf das frischbezogene Bett und stellte einen herrlichen bunten Blumenstrauß auf den Tisch. „Hier ist das Bad, Signora. Möchten Sie etwas essen? Eine Pizza oder eine Salate. Ich kann Ihnen auch frische Pasta machen. Das dauert zwar etwas länger, dafür ist der Nudelteig aber auch frisch gemacht. Ich bin berühmt für meine Pasta. Glauben Sie mir." „Da bin ich mir sicher, Mama Emilia." „Sie können bestimmt etwas auf den Rippen vertragen." Mit einem lauten Lachen verschwand sie aus der Tür. Kathy rief ihr nach, dass sie später bestimmt etwas essen würde, doch gingen ihre Rufe im fröhlichen Lachen unter.

Und so holte sie ihr Fernglas aus der Tasche und begann das „Luigi" zu beobachten. Und tatsächlich. Da saßen sie. Es waren sechs Carabineri, die es sich augenscheinlich schmecken ließen. Vor sich ein riesiger Topf mit frischen Tentakeln, mehrere Flaschen Wasser oder Wein und jede Menge an Brot. Das war sie wohl, die viel gerühmte italienische Leichtigkeit des Lebens. Kathy warf das Fernglas auf das Bett. Dann überlegte sie kurz, wo sie ihre Waffe verstecken könnte. Schließlich stopfte sie das Ding samt Halfter tief in ihre Tasche, schnappte sich eines der großen Badetücher und verschwand für eine ausgiebige Dusche im Bad.

Als sie nach knapp fünfzehn Minuten wieder aus dem Badezimmer trat, stand auf dem Tisch eine dampfende große Pizza, und Mama Emilia war gerade dabei, ihre Sachen aus der Tasche in den leeren Schrank zu räumen. „Das müssen Sie nicht tun." Damit sprang sie halbnackt und noch nass zum Bett, und entriss der verdutzten Dame des Hauses die Tasche. In diesem Moment fiel das Handtuch herunter. „Entschuldigen Sie, Signora, aber das mache ich lieber selber." Das Bild, das sich darbot, wirkte etwas subtil. Da standen sich zwei Damen gegenüber. Die eine nackt und nass, so wie Gott sie schuf, und die andere mit einer Küchenschürze, hochgeschlossener Bluse und einem Dutt auf dem Kopf. Nach einem kurzen Moment der Stille fingen beide laut an zu lachen. Es war ein befreiendes Lachen. Kathy warf sich schnell das Handtuch wieder über und Mama Emilia verließ das Zimmer. Kaum war die Alte verschwunden, kontrollierte Kathy ihre Tasche. „Gott sei Dank", ihre Waffe und das Holster steckten immer noch sicher in dem kleinen Geheimfach am Boden der Tasche. Schnell trocknete sie sich ab und schlüpfte in ein paar bequeme Klamotten. Dann setzte sie sich an den Tisch und ließ sich die Pizza schmecken. Einfach herrlich. Auf dem dünnen Teig, bestrichen mit einer herzhaften Tomatensoße, in der viel Knoblauch verarbeitet war, befand sich neben zartem Schinken und jeder Menge Ruccola, frisch gehobelter Parmesankäse. So mochte sie Pizza. Und nicht wie das „Gematsche" zu Hause in Edinburgh.

In diesem Moment klingelte ihr Handy. Es war Sven, der sich nach dem Stand der Ermittlungen erkundigte. „Hier, meine Liebe, ein paar Informationen für dich. Der Chef von dem Seekreuzer hat sechs Leichensäcke gefunden. Die anderen sind unauffindbar. Aber, ich soll dich herzlich von ihm grüßen. Diesen Notar Sacco hat man kurz vor der deutsch-holländischen Grenze tot im Wald gefunden. Ach so, Elisa ist jetzt die Wirtin vom ‚Anker'. Danke noch mal für die Idee. Apropos, Edeltraud Berger ist mehrfach in San Cervenzo gewesen. Das war es. ich wünsche dir Erfolg. Und pass auf dich auf." Damit legte er auf. „Sieh mal an. Auch Traudl ein Cervenzo-Fan." Nach der Dusche und der köstlichen Pizza fühlte sich Kathy bereit und fit, wieder an die Arbeit zu gehen. Sie suchte aus der Tasche die Haftbefehle und ihre Legitimation für Italien heraus, die ihr gestatte, Polizeiaufgaben wahrnehmen zu dürfen. Gerade als sie sich das Holster umschnallte und ihre Waffe einsteckte, stand Emilia in der Tür.

Beim Anblick der Waffe gefror das Lächeln in ihrem Gesicht. „Scusi, Mama Emilia", stotterte Kathy. Dann zeigte sie ihr den Dienstausweis. Die las nur das Wort Polizei, und schon strahlte sie wieder fröhlich. „Die Pizza war lecker. Doch jetzt muss ich arbeiten." Kaum hatte Emilia das Zimmer verlassen, griff Kathy nach dem Fernglas. Sie wollte sehen, wie weit ihre Kollegen waren, doch die Terrasse des „Luigi" war leer. „Na Bravo", dachte sie sich. Schnell warf sie sich ihren obligatorischen Parker über, steckte sich eine Zigarette an. Dann verließ sie das Zimmer in Richtung der Polizeistation. Den kurzen Weg hatte sie sich gemerkt. Und so steuerte sie bereits nach fünf Minuten auf die Polizeistation zu, deren Tür jetzt weit offen stand, und vor der zwei Beamte saßen und eine Partie Domino spielten. „Buon Giorno", rief ihnen Kathy zu. Doch anstatt einer Antwort, pfiffen ihr die beiden hinterher. Trotz ihrer fünfundvierzig Jahre freute es sie immer noch, wenn ihr das passierte. In der Polizeistation war es schwül und leer. Am Empfangstresen und in dem dahinter liegenden Büro herrschte gähnende Leere. So langsam nervte sie diese Lässigkeit. Auf ihr mehrfaches „Hallo", passierte nichts. Endlich schlurfte ein untersetzter stark schwitzender Polizist auf Kathy zu, der sie irgendwie, was das Aussehen betraf, an Mama Emilia erinnerte. Sein „Buon Giorno, Signora" beendete Kathy, in dem sie ihren Polizeiausweis auf den Tisch legte. Jetzt wurde es plötzlich lebhaft im Revier. Auf seine Rufe hin versammelten sich rasch fünf Polizisten in dem Raum.

Einer der Beamten reichte dem Revierleiter, der sich Kathy als Kapitan Romera vorstellte, das Fax des Richters aus Palermo, der die Autorität der vor ihnen stehenden Beamtin klärte. „Dürfen wir Ihnen einen Espresso, einen Grappa oder ein Wasser anbieten? Schnell Sebastiano, eine Wasser und eine Espresso für die Signora aus Deutschland, aber pronto." Kathie musste lächeln. „Nein danke, Signore. Und im Übrigen komme ich aus Schottland, genauer gesagt, Edinburgh." „Si, Signora, doch hier in die Faxe steht, Sie kommen aus die Deutschland?" „Das ist auch richtig, Signore. Ich bearbeite da einen Fall, den ich hier zu Ende bringen möchte." Der kleine, etwas dickliche Kapitän, nickte freundlich. „Wie können wir Ihnen helfen, Signora?" „Ich habe hier zwei Haftbefehle, bei deren Vollstreckung Sie mir behilflich sein könnten." „Was, Haftbefehle? Wen aus unsere schöne Stadt San Cervenzo wollen Sie verhaften, und vor allem, warum?" Kathy war etwas verwundert. „Haben Sie das Fax von Richter Stolla nicht gelesen? Ich habe einen Vollstreckungsbefehl gegen Alina Bertani, Signore Molani und Leon Guardia." Die Namen lösten blankes Entsetzen in dem kleinen Revier aus. „Sie wollen Signorita Bertani verhaften und den Doctore? Aber warum? Was haben sie getan?" Jetzt wurde es Kathy langsam zu bunt. „Hier ist ein internationaler Haftbefehl. Danach wird Fräulein Alina Bertani allein wegen Mordes in mindestens vier Fällen gesucht. Der Doktor wegen Beihilfe. Hier habe ich noch einen Haftbefehl gegen einen Notar mit Namen Sacco. Kennen Sie den?" „Aber gewiss, Signora. Signore Sacco ist ein guter Mann." „Das mag ja sein, aber leider ist dieser feine Mann jetzt tot. Also, meine Herren, können wir dann? Oder muss ich erst Richter Stolla anrufen, damit er Ihnen etwas Druck macht?" Jetzt wurde der Revierleiter noch nervöser, und der Schweiß, den er sich da von der Stirn wischte, lief nicht nur wegen der Hitze. „Nein, Signora, natürlich helfen wir Ihnen. Aber das muss eine Ver- wechslung sein. Sie müssen wissen, dass die Familie Bertani seit je her eine große Rolle in San Cervenzo spielt. Denen gehören hier weite Teile der Häuser sowie die Hälfte aller Schiffe im Hafen. Und seit ihr Mann, der große Don Guiliano Bertani im Gefängnis sitzt, hat Donna Bertani viel Geld in den Bau der neuen Schule gesteckt." „Meine Herren, ich erwarte jetzt umgehend von Ihnen, dass Sie mit mir zum Haus der Bertanis fahren und dort mit mir diese Alina verhaften. Eine freie Zelle werden Sie ja wohl haben, oder? Spätestens morgen Abend bekomme ich das Auslieferungs- schreiben aus Palermo. Ich werde Alina Bertani mit nach Deutschland nehmen und dort wegen Mordes vor Gericht stellen." „Gut, Signora. Wir starten in fünf Minuten." Er befahl vier seiner Kollegen, sich bereit zu halten. „Signora, wir müssen zum Hafen." „Warum das?" „Nun, die Bertanis leben in ihrem Palazzo auf der ‚Insel der drei Paläste'. Mit dem Boot sind das etwa fünfzig Minuten." „Insel der drei Paläste? Wie muss ich mir das vorstellen?" „Kommen Sie, ich werde es Ihnen unterwegs erklären." Kathy stieg zu den anderen Polizisten ins Auto, die alle mit Maschinenpistolen bewaffnet waren. „He, wir wollen doch nicht in den Krieg ziehen, oder?" Stille herrschte im Wagen, bis der abrupt vor einem Polizeiboot hielt. „Kathy staunte nicht schlecht, als sie auf Deck sprang. So ein schickes Dienstfahrzeug hätte ich auch gerne." Kaum waren alle an Bord, startete der Kapitän die Motoren, und das Boot raste mit hoher Geschwindigkeit auf die offene See hinaus. Plötzlich neigte sich Kapitan Romera zu ihr. „Im Übrigen, das Boot ist ein Geschenk der Bertanis." „Das ist nicht ihr Ernst?" Kathy war verblüfft. „Nun, das alte ist im letzten Herbst gesunken. Wir hatten kein Geld, und da kaufte Donna Bertani uns ein neues Boot. Denn eine Polizei ohne Boot ist hier wie eine Schlange ohne Kopf." „Erzählen Sie mir etwas über die Bertanis und die Insel." Kapitan Romera setzte sich zu Kathy. Beide zündeten sich eine Zigarette an und genossen den würzigen Duft der filterlosen „Santonios". „Nun, vor knapp zweihundert Jahren kauften die Urgroßeltern der Bertanis einen Teil der Insel und begannen dort den Grundstein für den Palazzo d' Bertanie zu legen. Kurze Zeit später zogen die Familien „d' Sacco" und „d' Borgogno" auf die Insel und teilten sich die restlichen zwei Drittel. Was danach mit den wenigen Inselbewohnern geschah, ist nicht bekannt. Zumal das damalige Jugoslawien immer behauptete, dass die Insel ursprünglich nicht zu Italien gehören würde. Vor gut dreißig Jahren sollen umgerechnet 250 000 DM an einen Beamten in Split geflossen sein, und die Insel wurde quasi über Nacht zum italienischen Festland erklärt." „Wie, und der Kerl wurde dafür nicht zur Verantwortung gezogen?" Kathy war erstaunt. „Nun, der Beamte verstarb kurze Zeit später bei einem Autounfall. Das Merkwürdige daran war nur, dass er gar kein Auto besaß. Nicht einmal einen Führerschein. Das Geld wurde nie gefunden." Kathy sah ihn fragend an. „Das riecht ein bisschen nach Mafia?" „Oh Gott, sagen Sie doch so was nicht, Signora." „Bitte Kapitan, warum sind ihre Männer so bewaffnet?" „Nun, es wird viel erzählt über die Insel. So sollen die Bertanis im westlichen Teil der Insel eine Schlangenfarm betreiben. Angeblich verkaufen sie das gewonnene Gift mit großem Gewinn an das Tropeninstitut in Rom. Dottore d' Molina, ein umstrittener Gentechniker aus Florenz, ist der Leiter dieser Farm. Angeblich soll er auch Experimente mit Fröschen machen." „Was soll das heißen, Kapitan?" Kathy fröstelte etwas. „Nun, keiner weiß etwas Genaues. Es wird erzählt, dass Alina großes Interesse an den Experimenten zeigt und dem Dottore assistiert. Also Vorsicht, Signora."

Kathy war in Gedanken versunken. So leicht würde die Verhaftung, unter Umständen wohl doch nicht werden. Instinktiv griff sie nach ihrer Waffe und kontrollierte das Magazin. Kapitan Romero sah sie an und nickte ihr aufmunternd zu. „Keine Angst Signora, wir lassen Sie nicht im Stich. Da hinten ist unser Ziel." Damit zeigte sein Finger zum Horizont, in dessen Richtung eine Insel am Horizont auftauchte. Er gab dem Kapitän des Bootes ein paar Anweisungen.

Nach knapp fünf Minuten näherte es sich den vorgelagerten Felsmassiven der Insel auf knapp dreihundert Meter. Die machten es jedem unmöglich, hier direkt vor Anker zu gehen. „Wir müssen zur Westseite der Insel. Dort ist der Hafen." Plötzlich zeigte sein Finger nach oben. „Dort! Sehen Sie doch, Signora. Da, Alina!" Kathy schaute mit ihrem Fernglas in die Richtung und konnte eine junge, ihr wohlbekannte Frau entdecken, die in einem wehenden weißen Seidenanzug am Rande der Klippe stand und augenscheinlich ihr Kommen beobachtete. Durch das Fernglas konnte sie die unbeweglichen, starren Gesichtszüge erkennen, die sich plötzlich zu einem merkwürdigen Lächeln verwandelten. Einem Lächeln, das Kathy kalt den Rücken herunterlief. Schließlich verschwand sie. „Woher wusste sie, dass wir kommen?" „Sie weiß es halt. Keine Ahnung woher, Signora." Das Boot hatte inzwischen das Ende der Klippe erreicht und bog in eine kleine Bucht, in dessen Mitte eine Hafenanlage zu erkennen war. Kurze Zeit später hatte das Polizeiboot an dem Steg festgemacht, und die Beamten, sowie Kathy, sprangen an Land. Ein Schild verbot Unbefugten das Betreten der Insel. „Und jetzt?" Kathy sah sich um und konnte außer einer asphaltierten Straße nicht viel entdecken. „Warten Sie, Signora." „Worauf, Kapitan? Meinen Sie, die Dame des Hauses wird uns einen Wagen schicken?" Plötzlich zeigte einer der Polizisten auf einen Kleinbus, der die Straße herunterkam. Er stoppte vor der erstaunten Kathy. Ein finster dreinblickender Kerl nickte den Polizisten zu, die daraufhin einstiegen. Als letzte nahm Kathy im Wagen Platz. Der Wagen wendete und fuhr in Richtung des Bertani-Anwesens. Trotz der Sonnenbrille, die der Fahrer trug, spürte Kathy seine Blicke im Rückspiegel. „Wie geht es Donna Bertani?" Der Kapitan versuchte es mit ein bisschen Smalltalk, um die gespannte Stimmung im Wagen zu lockern. Endlich hielt der Bus vor einem Eisentor, das sich wie von Geisterhand öffnete. Kaum hatte der Bus passiert, schloss es sich automatisch. Der Wagen fuhr direkt vor den Eingang der schlossähnlichen Villa. Kathy, der Kapitan und die Carabinieri stiegen aus. Er befahl seinen Männern, vor der Tür Wache zu halten, danach folgten beide dem Fahrer ins Haus. Drinnen empfing sie eine riesige Halle. Eine breite Treppe führte in den ersten und zweiten Stock und von da zu den Emporen. Ein gewaltiger Kronleuchter bildete das Zentrum des großen Deckenbogens. Die Wände waren mit Seidentapeten bespannt und hingen voller großer Gemälde. Der Marmorfußboden spiegelte sich im Sonnenlicht und umfasste herrliche Mosaike. Mehrere große Palmen, in Kübeln gepflanzt, standen im Foyer und bildeten mit ihrem satten Grün einen stimmungsvollen Kontrast zu den Bildern. „Was kann ich für Sie tun?" Eine hagere ältere Dame stand auf einen silbernen Gehstock gestützt in einem der angrenzenden Zimmer, dessen Tür geöffnet wurde. Sofort begrüßte der Kapitan mit überschwänglichem Getue die Dame. „Donna Bertani, ich grüße Sie. Ich hoffe, es geht Ihnen gut?" „Lassen Sie das elendige ‚Herumgekrieche', Kapitan." „Sie!", damit zeigte ihr Gehstock auf Kathy, „Was wollen Sie?" „Mein Name ist Kathy McGore, und ich habe hier einen Haftbefehl für ihre Tochter Alina Bertani." „Haftbefehl? Kapitano, was soll das?" „Nun Signora, ich glaube ja auch, dass es sich nur um ein Missverständnis handeln kann, aber im Moment ist Superintendent McGore befugt, ihre Tochter zu verhaften." „So, so, Superintendent also. Wo kommen Sie her, junge Frau?" „Aus Schottland. Doch das spielt keine Rolle. Im Moment untersuche ich einen Fall aus dem Norden Deutschlands. Berchtesgrund, das sagt Ihnen doch was?" „Oh ja. Wegen diesem Kaff wurden mein Mann und seine zwei besten Freunde unschuldig verurteilt." Bei dem Wort „unschuldig" hob sie theatralisch ihre Stimme. „Lassen Sie das. Sie wissen genau, warum ihr Mann und seine sauberen Kumpane für zehn Jahre eingefahren sind." „Was erlauben Sie sich? Kapitano, ich verlange, dass Sie diese Person sofort von hier entfernen." Verlegen schluckend, versuchte der Kapitan die Situation zu entkrampfen. „Donna Bertani, verzeihen Sie, aber wir müssen ihre Tochter mitnehmen." „Wie, mitnehmen? Ich denke, sie wird hier unter Arrest gestellt? Also, ich verbürge mich dafür, dass Alina zu dieser lächerlichen Verhandlung aufs Festland kommt. Damit ist das Gespräch beendet." „Lächerlich? Donna Bertani. Ich glaube, Sie haben den Ernst der Situation immer noch nicht verstanden. Es geht hier um mehrfachen Mord. Ich werde diese Insel nicht ohne ihre Tochter verlassen." „Meine Tochter ist nicht da, also verschwinden Sie von hier." „Das kann nicht sein." „Wollen Sie etwa behaupten, dass ich Lüge?" „Nun, wir haben Sie vorhin vom Boot aus gesehen." „Da müssen Sie sich irren?" Jetzt meldete sich der Kapitan zu Wort. „Verzeihen Sie, Donna Bertani, aber auch ich habe sie deutlich gesehen." „Kapitano, ihre Leujalität geht gerade den Bach hinunter." Langsam wurde es Kathy zu bunt. „Donna Bertani, ich erwarte, dass Sie mir augenblicklich den Aufenthaltsort ihrer Tochter mitteilen." „So, das erwarten Sie also von mir. Wissen Sie was, Sie können mich mal. Meine Tochter ist in unseren Laboren. Wenn Sie sich trauen, dann gehen Sie doch hin und verhaften Sie sie." Damit drehte sich die Alte um und der Fahrer schloss die Tür." „He Sie, wo geht es zu den Laboren?" „Hier entlang, bitte." Kathy, der Kapitano und der Fahrer verließen die Villa, gingen um das Haupthaus herum, bis sie einen bungalowartigen Zweckbau erreichten. „Dort hinein, bitte." „Gut, dann gehen Sie vor." Oh nein Signora, da kriegen mich keine zehn Elefanten hinein." „Und warum, bitte?" Da drinnen gibt es Schlangen, Skorpione und andere giftige Tiere. Nee, da kriegt mich keiner rein." „Na, dann verschwinden Sie von hier. Aber halten Sie sich zu unserer Verfügung." Na Kapitano, dann wollen wir mal." „Verzeihen Sie, Miss McGore, aber ist es das wert?" „Haben Sie etwa Angst?" „Ich hasse Schlangen." „Ich auch, also los!" Kathy zog ihre Waffe und öffnete vorsichtig die Tür. Im Inneren war es tropisch warm und feucht. Ansonsten standen diverse leere Terrarien nach Größen sortiert herum. Knapp zehn Meter von der Tür entfernt führte eine Eisentreppe in den unteren Bereich. Musik und ein bekanntes Lachen war von dort zu hören. Kathy legte ihren Finger auf den Mund. Mit der Hand postierte sie einen Beamten zur Treppe, mit den anderen stieg sie vorsichtig hinab. Nach der Hälfte der Treppe konnte sie in den Laborbereich sehen. Rechts und links des gut zwanzig Meter langen Raumes standen dicht an dicht Terrarien in verschiedenen Größen. An der Stirnseite befand sich ein großes Regal, das mit Glasröhren, diversen Kolben und Reagenzgläsern vollgestellt war. In der Mitte standen mehrere lange Tische, auf denen verschiedene chemische Apparaturen aufgebaut waren. Überall kochte und brodelte es. Auf einem zweiten Tisch lagen Schlangenbestecke und jede Menge von Gläsern, die wohl der Giftentnahme dienten. An einem der Tische hantierte ein älterer Mann mit irgendwelchen Glasschälchen herum. Und mittendrin drehte sich Alina auf einem Drehstuhl, laut lachend und mit einer Schlange in der Hand, deren Kopf gefährlich dicht vor ihrem Gesicht herumtanzte. „Schlange weg und Hände hoch!" Mit diesem Satz stürmten Kathy und die Polizisten in das Labor. Der Mann, der gerade dabei war, eine Probe unter das Mikroskop zu schieben, ließ vor Schreck die Trägergläser zu Boden fallen. „He, was soll das?" Alina saß jetzt ruhig auf ihrem Stuhl und beobachtete die Polizisten amüsiert. Kathy hatte immer noch ihre Waffe im Anschlag. „Ich sagte, Schlange weg." Alina stand langsam auf und ging auf Kathy zu. Wissen Sie, wie lange Sie noch zu leben haben, wenn Sie von meiner kleinen Freundin hier, nun sagen wir, in das Gesicht gebissen werden? Nicht sehr lange, meine Liebe." „Und wissen Sie, wie lange Sie noch zu leben haben, wenn Sie von meiner Waffe getroffen werden?" Alina schien zu überlegen, was sie jetzt tun sollte. „Was wollen Sie von mir?" „Alina Bertani, ich verhafte Sie hiermit wegen mehrfachen Mordes." „Was sagt meine Mutter dazu?" „Raten Sie. Doch zunächst legen Sie die Schlange weg. Alina starrte sie an. Man konnte sehen, wie sich ihr Gesichtsausdruck langsam veränderte. Plötzlich warf sie die Schlange in Kathys Richtung. „Hier, du Schlampe, mach es doch selbst." Von zwei Schüssen getroffen, klatschte das Reptil auf den gefliesten Boden. Entsetzt starrte Alina auf das zuckende Tier. Mit einem langen Schrei stürzte sie sich auf Kathy und versuchte ihr das Gesicht zu zerkratzen. Doch ein paar geübten Griffe, und Kathy hatte die Tobende im Nu überwältigt. „He Kapitano, kommen Sie her und helfen Sie mir." Mit aller Kraft versuchte sich Alina aus der Umklammerung zu befreien. Sie trat auf den Kapitano ein und versuchte ihn in die Hand zu beißen. „Seien Sie ja vorsichtig. Bei der Irren kann man nie wissen." Endlich klickten die Handschellen und zwei Polizisten führten sie hinaus. „So, und jetzt zu Ihnen, Herr Doktor." Dabei schlenderte Kathy an den Terrarien vorbei. „Sie werden uns begleiten. Wenn ich mich hier so umsehe, dann finde ich bestimmt hundert Gründe, um Sie lebenslang in die Klapse zu sperren. Also vorwärts." „Und wer wird sich um meine Lieblinge kümmern? Keine Angst, ich fordere ein paar Spezialisten an. Die werden sich um die netten Tierchen hier kümmern. Kommen Sie, Kapitano, ich muss hier raus." Damit verließen alle das Labor. Alina hatte sich draußen wieder beruhigt und wartete freundlich lächelnd auf Kathy. „Muss das sein?" Damit streckte sie ihr die Handschellen hin? Ich werde auch ganz brav sein." Gerade wollte ihr der Kapitano die Handschellen abnehmen, da kam von Kathy der Befehl: „Die Dinger bleiben dran." In diesem Moment stand Donna Bertani auf dem Hof. Als Alina sie sah, fiel sie ihrer Mutter schluchzend in die Arme. Die Alte tätschelte ihrer verstörten Tochter den Kopf. „Keine Angst, mein Kind. Ich werde dir helfen, das weißt du. Spätestens morgen wirst du aus dem Arrest wieder frei sein." „Meinst du, Mama?" „Oh ja, ich verspreche dir, du wirst San Cervenzo nicht verlassen." Damit küsste sie ihrer Tochter auf die Stirn, drehte sich herum und verschwand in die Richtung ihres Hauses. „Sie können sie jetzt mitnehmen, und jetzt verschwinden Sie von hier. Eddi, du kannst die Herrschaften jetzt zum Schiff bringen. Ich muss ein paar Anrufe tätigen." Kurz danach hielt der Bus vor der Gruppe, und Alina sowie der Doktor stiegen in Begleitung der Carabinieri ein. Den Schluss machte wieder Kathy. Nach kurzer Fahrt erreichten sie das Boot und gingen zügig an Deck. Alina setzte sich gemütlich an das Ende, so als wolle sie einen Ausflug machen. Kathy drehte sich noch einmal zu dem bärbeißigen Fahrer um. „Und bleiben Sie von dem Labor fern. Jetzt werden die Viecher erst richtig böse." Man konnte das Entsetzen auf seinem Gesicht förmlich spüren.

In San Cervenco angekommen, wartete bereits einer der Carabinieri mit dem Polizeijeep am Kai. Als der sah, wer da in Handschellen gefesselt im Boot saß, war er erstaunt und erschrocken zugleich. „Alina, und noch dazu in Handschellen? Kapitano, wissen Sie, was Sie da tun?" Doch der nickte nur mit dem Kopf in Kathys Richtung.

Die platzierte die Gefangenen zwischen zwei Beamte in den Jeep und nahm selbst auf dem Beifahrersitz Platz. „Kapitano, ich schicke Ihnen ihren Wagen gleich zurück. Und Sie könnten jetzt losfahren, oder wollen Sie hier weiter nur rumstehen?" Kathy wollte so schnell wie möglich ihre Gefangenen in einer Zelle verfrachtet sehen. Denn wer wusste schon, was sich die Alte einfallen ließ. Ihre Drohung war ja eindeutig gewesen. Und so raste der Jeep mit Blaulicht in die Richtung des Reviers. Alina hatte in der ganzen Zeit nicht ein Wort gesagt. Sie lächelte die ganze Zeit, wie ein braves Schulmädchen, das kein Wässerchen trüben konnte. Im Revier wurden beide in eine Zelle gesperrt. „Den Schlüssel behalte bis auf Weiteres ich. Einer ihrer Kollegen bleibt hier bewaffnet vor der Zelle. Und Sie holen ihre Kollegen. Aber, bitte pronto."

Inzwischen war die Verhaftung der jungen Bertani das Gesprächsthema im Ort. Dazu hatten die Gäste und der Wirt vom „Luigi" gesorgt. Überall am Kai und auf der Piazza standen kleine Gruppen von Menschen. Die Köpfe zusammengesteckt, tuschelten sie. Und ihre ausladenden Armbewegungen zum Himmel machten klar, was sie davon hielten. Für viele war klar, das war der Anfang vom Ende. Erste Einwohner hatten sich bereits vor dem Revier versammelt. Kathy, die das Ganze aus dem Fenster beobachtete, war nicht wohl bei dem Gedanken, das Revier notfalls mit Waffengewalt zu beschützen. Gott sei Dank, hielt in diesem Moment der Jeep mit den restlichen Beamten vor der Tür. „Da, sehen Sie, Kapitano." Damit deutete Kathy auf die größer werdende Menge an Menschen. „Nun, was haben Sie erwartet, Signora? Die Menschen haben Angst. Sie wissen, dass Donna Bertani sich das niemals gefallen lassen wird. Aber, ich werde mit ihnen reden." Doch in diesem Moment verstreute sich die Menge von selbst. Ein junger Mann in einer braunen Lederjacke stand vor der Gruppe und hatte ihnen wohl etwas erklärt. Als er sich herumdrehte, sah Kathy in ein ihr wohlbekanntes Gesicht. Es war Mario, ihr freundlicher Taxifahrer. „Sie haben ja ungeahnte Fähigkeiten, Mario!", rief ihm Kathy zu. Der hatte inzwischen das Revier betreten. „Hätte ich vorher gewusst, was Sie hierhergeführt hat, wer weiß, ob ich Ihnen das Hotel meiner Mama empfohlen hätte. Aber sagen Sie, Signora, haben Sie wirklich Alina Bertani verhaftet? Ich meine, um diesen merkwürdigen Biologen ist es ja nicht schade, aber das Mädchen?" „Wissen Sie, Mario, ich bin Ihnen für die Aktion da draußen dankbar, aber jetzt lassen Sie mich bitte meinen Job machen." „Wie Sie meinen, Signora." Damit drehte er sich herum, stieg in sein Taxi und fuhr davon. Gerade wollte Kathy mit Richter Stolla telefonieren, da wurde es im Bereich der Zellen laut. Alina hatte wohl wieder einen ihrer Anfälle und tobte und schrie. Einer der Carabinieri kam mit hochrotem Kopf zu Kathy. „Bitte, Signora, helfen Sie uns." „Was ist passiert? Sie werden wohl mit dieser jungen Dame fertig werden? Was ist das hier eigentlich? Eine Kinderstation oder ein Polizeirevier?" „Bitte kommen Sie, Signora." Mit einem Seufzer ging Kathy in den hinteren Bereich. In einem Halbkreis standen die Polizisten um die Zelle der Gefangenen und sagten keinen Mucks. Drinnen schlug Alina auf alles ein, was ihr zwischen die Finger bekam. Unter anderem auch auf den Doktor, der sich in eine Ecke der Zelle verkrochen hatte. „Was soll das, Alina? Wir können Ihnen auch wieder Fesseln anlegen. Und dieses Mal auch an den Füßen." Kaum hatte Alina Kathys Stimme gehört, wurde sie lammfromm. „Hallo, Miss Kathy, wir kennen uns von Strand. Erinnern Sie sich noch an mich?" Alina stand jetzt ganz dicht an der Zellentür und flüsterte ihr zu. Auch Kathy ging jetzt ganz dicht an die Tür. „Oh ja, ich kann mich an Sie erinnern. Kurz danach haben Sie Elli Petersen getötet. Also, was wollen Sie?" „Die musste weg, aber darum geht es nicht. Ich will nicht mit diesem Verbrecher da in einer Zelle sitzen." „Kapitano, bitte quartieren Sie diesen Molani in eine andere Zelle. War es das, Alina?" „Fürs Erste." Damit ließ sie die Beamten allein, ging wieder nach vorn und wählte die Nummer von Richter Stolla. Doch da war nur der AB geschaltet. „Ich habe Alina Bertani und diesen merkwürdigen Genetiker verhaftet und erwarte dringend das unterschriebene Auslieferungsersuchen. McGore, Ende." Wie hätte sie auch wissen können, dass Richter Stolla von zwei Kugeln getroffen tot auf dem Boden seines kleinen Büros lag. Während sie auf Nachrichten aus Palermo wartete, wurde es langsam Abend. Schließlich hatte sie keine Lust mehr. Sie drückte dem Kapitan die Schlüssel zu Alinas Zelle in die Hand. Ich werde jetzt verschwinden. Ich möchte, dass ein bewaffneter Beamter ständig vor der Zelle sitzt. Haben Sie mich verstanden? Ich hoffe, morgen im Laufe des Tages mit ihr verschwinden zu können." „Dürfen wir ihr etwas zu essen geben, Signora?" „Aber natürlich. Aber möchte ich nicht ein gemeinsames Abendessen bei ‚Luigi' erleben. Arrivederci, bis morgen." Doch bevor sie das Revier verließ, schaute sie noch mal bei Alina vorbei. „Na, haben Sie es auch bequem? Ich werde Sie jetzt verlassen. Wir sehen uns morgen wieder. Wissen Sie, Alina, bei uns in Schottland hätte ich Sie in das finsterste Verlies sperren lassen. Dagegen ist das hier ein Luxushotel." Alina sah sie mit freundlichem Gesicht an und lachte leise vor sich hin. Kathy verschwand in die Richtung ihres Hotels. Dort saßen Mario und seine Mutter beim Abendessen zusammen. Es gab Pizza, Pasta und viel Salat. „Kommen Sie, rief ihr Emilia zu. Setzen Sie sich und essen Sie mit uns." „Wenn ich darf? Ich hätte schon Hunger." „Kommen Sie. Ich hole schnell noch einen Teller." Damit verschwand sie im Haus, und Mario war gerade dabei, sich ein Stück der lecker duftenden Pizza in den Mund zu schieben. Während Kathy auf den Teller wartete, brannte ihr eine Frage auf der Seele. „Darf ich Sie fragen, was Sie den Leuten da vorhin erzählt haben?" Marios Mund verzog sich zu einem Lächeln. „Ich habe ihnen gesagt, wenn sie nicht gleich verschwinden, würde ich sie verhauen." Kathy musste lachen. In diesem Moment erschien Emilia mit einem Teller und einem sauberen Glas. Und bald darauf saßen die drei fröhlich essend und schwatzend vor dem Haus. Alinas Verhaftung war kein Thema mehr… Am nächsten Morgen wachte sie gegen acht Uhr auf. Gleich nach dem Duschen eilte sie hinunter zu Emilia, die schon in der kleinen Küche stand und singend frischen Nudelteig knetete. „Guten Morgen, Signora. Möchten Sie Frühstück?" „Ein Kaffee wäre schön, Emilia." „Gut, Signora, setzen Sie sich doch nach draußen. Ich bringe Ihnen gleich den Kaffee. Doch kaum hatte sie es sich gemütlich gemacht, hielt Mario direkt vor ihrem Tisch. „Kommen Sie, Signora, schnell. Wir müssen ins Revier. Es ist etwas Schreckliches passiert." Sofort sprang sie zu Mario in den Wagen. „Wenn diese Trottel sie doch raus gelassen haben, dann können die was erleben." Schon hielt das Taxi vor dem Revier, vor dem der Kapitan und seine Männer mit hängenden Köpfen standen. „Was ist passiert!", rief sie noch aus dem Auto. „Was ist los? Ist sie weg, Kapitano? Herr Gott, nun lassen Sie sich doch nicht alles aus der Nase ziehen." Jetzt hielt es Kathy nicht mehr aus, und sie stürzte in das Revier. Vor den Zellen stand ein versteinerter Polizist mit Tränen in den Augen. Beide Zellentüren waren einen Spalt offen. Also doch geflohen, dachte sie sich. Gerade wollte sie anfangen, den Polizisten zusammen zu stauchen, da sah sie in die Zelle und das Blut gefror ihr in den Adern. Alina lag friedlich schlafend auf ihrer Liege und vier bunte Frösche saßen auf ihrer Brust. Trotz ihres Lächelns war sie unverkennbar tot. In der Zelle daneben lag der Doktor am Boden in einer verkrampften Haltung. Neben seinem verzerrten Gesicht saßen drei Frösche. „Wie konnte das passieren?" Der Beamte zuckte nur wortlos mit den Schultern. Inzwischen standen alle Polizisten neben ihr. „Wie konnte diese Schweinerei hier passieren?" „Wir wissen es nicht, Signora." Neben den Toten lagen zwei Chromteller mit den entsprechenden Glocken auf dem Boden. „Wo sind die her?" „Na, von ‚Luigi'. Ich habe gegen acht das Essen für Miss Bertani und diesen schrecklichen Dottore bestellt. Ein Junge brachte es nach gut einer halben Stunde. Ich habe mir nichts weiter dabei gedacht. Ich habe ihnen die Glocken mit dem Essen in die Zellen gestellt. Dann habe ich die Türen wieder verschlossen und bin essen gegangen." „Wie, essen gegangen? Wohin, wenn ich fragen darf?" „Na, nach Hause zu Mama. Wir essen immer gemeinsam. Als ich gegen dreiundzwanzig Uhr zurück war, nahm ich an, dass die Gefangenen schon schliefen, denn es war nichts zu hören. Heute Morgen, so kurz nach sechs, wollte ich nach ihnen sehen, und da fand ich sie so vor." Kathy stand kurz vorm Platzen. „Kapitano, Ihnen ist doch hoffentlich klar, dass das hier eine Untersuchung nach sich ziehen wird." „Muss das denn sein, denn schließlich sind doch jetzt beide tot?" „Das ist nicht ihr Ernst? Diese Viecher sind ja nicht von allein da rein gesprungen. Die hat jemand an Stelle des Essens geschickt. Fragt sich nur, wer? O.k., damit ist der Fall an dieser Stelle für mich zunächst beendet. Sie sorgen dafür, dass die beiden umgehend obduziert werden. Das Ergebnis möchte ich an diese Adresse geschickt haben. Damit überreichte sie ihm ihre Karte. Ich verschwinde von hier. Meine Herren, das war es. Arrividerci. Mario, bringen Sie mich zurück ins Hotel."

Damit verließen beide das Revier, und Mario brachte sie zu seiner Mutter. Dort angekommen, saß sie im Fond, rauchte eine Zigarette und überlegte. „Nein, das kann ich mir nicht vorstellen. Das hat sie nicht getan. Sie ist schließlich ihre Mutter. Entschuldigen Sie, Mario. Ich werde packen, und können Sie mich dann zum Bahnhof bringen?" „Aber selbstverständlich, Signora." Kaum war Kathy im Haus verschwunden, griff Mario zum Telefon. Als sich nach kurzem Klingeln eine Stimme meldete, flüsterte er: „Sie reist ab. Du musst dich beeilen." Doch er hatte nicht mit diesem Tempo gerechnet. Schon nach fünf Minuten stand Kathy mit ihrer Reisetasche wieder an dem Taxi. Sie umarmte Emilia, dann drückte sie ihr ein paar Scheine in die Hand, die diese natürlich empört ablehnte. Doch, noch während sie lamentierte, hatte sie diese bereits in ihrer Kittelschürze verschwinden lassen. Endlich warf sie sich in den Fond des Wagens und Mario fuhr los.

Nach gut zehn Minuten steuerte ein großer, hager Mann zügig auf das Hotel zu. Er trug einen langen Trenchcoat und einen breitkrempigen Hut, der das Gesicht verdeckte. Die Hände hatte er tief in die Taschen gesteckt. „Du bist zu spät."

„Emilia, ich bin gleich los, als Mario mich angerufen hatte." „Das ist egal, sie ist jedenfalls weg. Lebend!"

Emilia war jetzt wie ausgewechselt. Sie stemmte ihre Arme wütend in die Hüften und ihre Augen funkelten böse." Ich weiß nicht, was meine Schwester dazu sagen wird? Du hast wieder versagt. So, wie schon in Berchtesgrund." „Aber das mit den Fröschen habe ich doch, wie befohlen, erledigt." Ich glaube Leon, es ist besser, du hältst jetzt deine Klappe und verschwindest von hier."

Der Mann zog eine Pistole mit Schalldämpfer aus der Tasche und sicherte sie. Für einen Moment war Emilia erschrocken. „Ich muss nach Hause. Du weißt, Traudl hasst es, mit dem Essen zu warten … Emilia lachte. So sind wir …

ISBN: 978-38-448-0293-1

Ein kleines Team von Spezialisten, begleitet von den „Dämonen der Lüfte",
dringt in „Edinburgh Castle" ein und stiehlt unter den Augen der Polizei
und der Armee die schottischen Kronjuwelen und den legendären
„Krönungsstein, den „Stone of Scune": Eine Beute von umgerechnet
700 Millionen Euro. Ein neuer Fall für Kathy McGore, die die Ganoven
durch ganz Schottland jagt. Doch nicht nur die Polizei ist den Ganoven auf
den Fersen. Ein auf Rache sinnender Killer verfolgt die Truppe. Bereit
jeden zu töten, der ihm vor das Visier kommt. Natürlich erfordert so ein
Coup eine präzise Vorbereitung. Und die beginnt Anfang März in Deutschland. in einem kleinen Örtchen an der Nordsee, in St. Peter Ording…
Das Buch ist der erste Band einer Serie von „Kathy McGore" Taschen-
büchern. Der Autor erzählt schnell und ohne Schnörkel die größten Fälle
dieser schottischen Elite-Polizistin. Eine rasante Jagd durch das herrliche
Schottland mit einem fulminanten Finale am Loch Ness. Wo denn sonst?